"Los fans de Carolyn Haines y Charlaine Harris se deleitarán con el debut en novela de misterio de Delgado (autora  Esteves (quien tiene un poco de mujeres Stackhouse) piensa que el matrimonio es amoríos con hombres casados. Cuando muerto en una banqueta de la Pequeña H sospechosa y tiene que llegar hasta el fondo del enigma para limpiar su nombre. Así que, para resolver el caso, decide confiar en su clarividencia, la cual no ha utilizado en años. Esto le da un nuevo giro a la típica trama de asesinatos. Con una prosa fluida, una narradora que es al mismo tiempo la novia atrevida y una alentadora actitud de auto-ayuda ("El secreto para hablar con los muertos es... creer que se puede"), no hace falta ser un psíquico para predecir que esta divertida novela será un éxito".

—**Publishers Weekly**

"*La clarividente de la Calle Ocho* me recordó por qué empecé a leer: para ser hechizado, transportado lejos de mi realidad y arrojado a un mundo más vivo y resplandeciente. Anjanette Delgado ama a todos sus personajes, incluso los sinvergüenzas, y nos hace amarlos también".

—**John Dufresne, autor de *No Regrets, Coyote***

"Es una comedia apasionante, divertida y misteriosa".

—**Patricia Engel, autora de *It's Not Love, It's Just Paris*.**

"Me perdí en el tejido maravilloso de *La clarividente de la Calle Ocho*. Por momentos hasta me pareció posible descubrir en ella ¡si yo también puedo ser clarividente! Anjanette Delgado es una genial *storyteller*".

—**Dra. Ana María Polo, abogada, árbitro de televisión y presentadora de "Caso Cerrado"**

"Nunca había leído un libro como *La clarividente de la Calle Ocho*; su trama fue capaz de absorberme, entretenerme y motivarme desde la primera página hasta la última. Recomiendo este gran libro a quien disfruta de una lectura real, humorística e ingeniosa".

—**María Marín, motivadora internacional, personalidad de radio, y autora de *Si soy tan buena, ¿por qué estoy soltera?***

"La extraordinaria historia de Mariela, es la viva expresión del murmullo de una Calle Ocho llena de música, de pasión, de vida, de olores, de engaños y mentiras...de camaradería, !de inesperadas muertes! De brujos y videntes, como ella. ¡De la búsqueda desenfrenada del verdadero amor que espera inadvertido y paciente!

Cada página está llena del voltaje que le imprime la fuente inagotable de energía y creatividad que es su autora Anjanette.

¿Te gusta lo que has leído?, me preguntó, estoy enredada en ella... Y no pude parar sino hasta cuando tuve que parar.

FIN

Recomendada".

—Ilia Calderón, presentadora de la edición nocturna de Noticiero Univisión

"Incluso si Anjanette Delgado no me hubiera hecho un personaje en esta ingeniosa, cálida y maravillosa novela de misterio, estoy seguro de que *La clarividente de la Calle Ocho* me habría impresionado. Con misticismo, humor y una brillante construcción, la autora nos ofrece un libro que resonará en los lectores de todo el mundo, aun en aquellos que no saben dónde está la Calle Ocho".

—Mitchell Kaplan, Presidente de la junta directiva de Miami Book Fair International

ANJANETTE DELGADO

La clarividente de la Calle Ocho

La clarividente de la Calle Ocho

© 2014, Anjanette V. Delgado

Título original: *The Clairvoyant of Calle Ocho*

Primera edición: Octubre de 2014.

D. R. © 2014, derechos de edición mundiales en lengua castellana:
Penguin Random House Grupo Editorial USA, LLC., una empresa de
Penguin Random House Grupo Editorial, S.A. de C.V.
2023 N.W. 84th Ave.
Doral, FL, 33122

Diseño de cubierta: Diego Medrano, a partir del diseño original de Kensington
Publishing Corp.
Ilustración de cubierta: Tom Hallman

Fotografía de la autora: Javier Romero

Comentarios sobre la edición y el contenido de este libro a:
megustaleer@penguinrandomhouse.com

ISBN: 978-1-62263-909-0

Printed in USA by HCI Printing

Para mis mujeres de mañana, Vanessa, Verónica,
Solange y Daniela: ¡Vivan! Amen y vivan.

Y para Daniel. Mi amor.

Mi mayor agradecimiento a Lynne Barrett, quien nutrió tanto a esta novela como a mí por casi dos años. También mi profundo agradecimiento a John Dufresne por su increíble corazón y por ser una gran inspiración para mí a través de los años.

A Patricia Engel, por su amistad y apoyo.

A la conferencia de escritores Bread Loaf en Vermont por dos de las semanas más maravillosas de mi vida.

A todos mis estudiantes del Centro Literario de la Florida, y a Mitch Kaplan y Cristina Nosti de Books and Books por su cariño y apoyo incondicional. A Mitch por permitirme hacer un personaje de él, y a Cristina por darme una razón para quedar (más o menos) a gusto con la portada de este libro. ☺

A mis "niños" en la unidad digital de Telemundo NBC, quienes comparten conmigo mis días y, por lo general, me permiten escribir en las noches.

A mis fabulosos agentes y editores, Andy Ross, Mercedes Fernández, Margaret Guerra Rogers, Silvia Matute y Casandra Badillo. A Casandra por ser mi editora y mi amiga, y a Silvia, que siempre piensa lo mejor de mí y que leyó esta novela mucho antes de que viera la remota posibilidad de publicarla, enamorándose de ella, animándome e incluso visitando la Pequeña Habana varias veces en busca de "el lugar mágico" que yo había descrito.

A mi mejor amiga, Migdalia, y a las otras tres "emes" que leyeron las versiones iniciales –y terribles– de este libro: María Cristina Marrero, Melba Jiménez y Marisa Vengas.

A mis otras dos madres, Berta Castañer y Helga Silva.

A las "doctoras de emergencia" de esta edición: Giselle Balido y Ana Rosa Thillet. No podría haber hecho esto sin ustedes.

Y para mis hermanas en México: Gloria Calzada (¡Te quiero, reina!) y Georgina Abud, mi alma gemela y regalo de Dios. También a las hadas madrinas: Martha Debayle, Martha Figueroa, Laura Lara, Fernanda Tapia y Juddy May, mi fan número #1 en México, comprobado.

Pero, sobre todo, a mi familia: Vanessa, Verónica, Lucy, Yadira y Solange, y a mis amores, Daniel y Chloe.

Los amo a todos.

Anja

Capítulo 1

No hay peor ciego que el que no quiere ver.

La vida me ha enseñado que nunca es esto más cierto que cuando se habla de mujeres casadas con hombres crónicamente infieles. (La proporción es perfecta: mientras más infieles ellos, más ciegas ellas).

¿Y qué de la otra parte en esa ecuación? ¿De la amante? Pues sobre ella sólo diré que nadie se convierte en la otra mujer por casualidad. Que es una decisión. Una decisión consciente. Sal huyendo a toda prisa de las que empiezan con su "es que yo no sabía" o peor: "Es que comenzamos como amigos y, cuando nos dimos cuenta, era muy tarde porque nos habíamos enamorado". Sí, muy tarde porque ya sucedió y dio la casualidad de que la vagina de la susodicha cayó, de veras que ella no se imagina cómo, justo encima del pene de tu marido. Perdóname la vulgaridad, pero la verdad es hija de Dios.

Entonces, no le creas. Ella no es inocente ni estúpida. No fue engañada ni, mucho menos, seducida. Tampoco es retrasada mental. Sencillamente está mintiendo (probablemente más a ella misma que a ti).

¿Que cómo puedo afirmar esto con tanta seguridad? Pues porque he estado en ambos lados de la ecuación: la mujer casada con un hombre al que le gusta esparcir lo suyo por dondequiera, y la otra, la zorra sin una buena excusa.

O al menos esta última era yo ese miércoles de septiembre a las dos de la tarde, registrándome, como quien no quiere la cosa, en el hotel St. Michel de Coral Gables. La otra, entrando a aquella habitación decorada a lo francés con paredes de un amarillo mediterráneo, muebles de caoba y sábanas estampadas con flores azules sobre fondo blanco por aquí, cubiertas con edredones a rayas azul marino por allá. La otra, encendiendo una docena de velitas flotantes y colocándolas dentro de otros tantos vasos de whisky que había traído en una bolsa de algodón reciclada. Yo, deslizándome dentro del translúcido babydoll negro que había comprado en una tienda de descuentos Ross Dress for Less por una cuarta parte de lo que habría costado en Victoria's Secret. Yo y la otra. La otra y yo: una misma persona. *Moi*, si prefieres, esperando a que mi amante, Héctor Ferro, llegara a la habitación.

Pero lo más importante no es que fuera la otra, sino que ya no era la misma. Era una nueva yo. Una yo soltera y sin dueño. Mientras que en el pasado había desperdiciado horas de vida alisándome el pelo negro y ondulado que llevaba demasiado largo porque "es que a mi esposo le gusta así", ahora lucía rizos cortos, castaños y saltarines que enmarcaban mis ojos café y la nariz pecosa cuya punta siempre estaba apuntando "hacia las nubes, igual que tu cabeza", según una maestra de secundaria que me detestaba. En vez de las faldas rectas para disimular mi proverbial trasero cubano, ahora lucía jeans ajustados a toda hora, como un uniforme simbólico para sentirme sexy, fuerte y libre de complejos.

Paseándome por aquella habitación de hotel esa tarde, fue fácil imaginarme en París en vez de Miami, aceptar mi papel de amante y permitirme sus privilegios. Por las rendijas de las persianas de madera entornadas, el sol de la tarde se filtraba como un fósforo sigiloso, iluminando las paredes amarillas y encendiendo sobre ellas lo que a mí me parecía una hoguera cálida, reconfortante.

Hacía unos meses que yo también me sentía como si tuviera una hoguera por dentro. Una llama que me iluminaba el rostro y le daba ritmo a mis pasos, que me daba más energía a mis casi cuarenta años que la que jamás tuve a mis veintinueve, y me despertaba a diario tan radiante como si acabara de hacerme un tratamiento facial.

Si te digo la verdad, parte de la energía provenía de unos batidos verdes que mi vecina Iris me había enseñado a preparar, y de la receta de té rojo sudafricano de la doctora Etti, con la que había eliminado las casi treinta libras de más que, con sólo cinco pies y dos pulgadas de estatura, había cargado durante casi toda mi vida. (Pela una manzana y una piña. Coloca las cáscaras en una cacerola con agua. Añade un puñado de fresas o bayas de goji. Deja que todo hierva. Agrega un par de bolsas de té rojo, también llamado rooibos. Retira la cacerola de la candela para que se asienten los sabores antes de refrigerar el té. Bébelo frío con un chorrito de néctar de agave azul: un delicioso diurético antioxidante).

Pero había otra razón para mi resplandor: por primera vez en mi vida estaba disfrutando ser objeto del deseo irresponsable y sin razón lógica de un hombre, y nada más. Ya había representado el papel de la esposa traicionada dos veces. ¿Acaso, para variar, no era mi turno de estar del otro lado de las promesas rotas?

Un suave golpe en la puerta de la habitación, ¡toc!, me avisó que Héctor había llegado y corrí a abrirle, perversamente complacida con el hecho de que este hombre estuviese dispuesto a saltar por encima de toda clase de obstáculos, incluso a poner en cierto riesgo su matrimonio, con la única meta de hacerme el amor. Y lo mejor de todo: la certeza y la tranquilidad de saber que los hábitos infieles de este espécimen que ahora me recorría lenta pero decididamente con sus ojos, no eran problema mío, sino de su esposa.

Héctor ya andaba por el último tercio de sus cuarenta años muy bien vividos. Era atractivo, creo. Tenía la sencillez sofisticada de esos que se llaman a sí mismos ciudadanos del mundo. Una mandíbula fuerte bajo la nariz judía y ojos de un azul oscuro cuyas patas de gallina se revelaban ante el más mínimo asomo de una sonrisa. Llevaba el cabello castaño cenizo con partidura a un lado, como los presentadores de noticias, y tenía la figura larguirucha y ligeramente desgarbada de esos seres que pueden comer lo que quieren sin aumentar de peso. Había sido maestro universitario en Argentina y todavía se vestía como tal: pantalón café, camisa de algodón siempre abierta con una camiseta blanca debajo y la misma gabardina caqui con la que seguramente solía atravesar su campus en Buenos Aires, pues aun en Miami rara vez se la quitaba, hubiera lluvia, sol o sereno. Me era fácil imaginarlo caminando hacia sus clases, absorto en sus pensamientos, sin suponer jamás que la economía de su país se desplomaría de tal manera que se vería obligado a emigrar a Estados Unidos con su esposa —una nutricionista macrobiótica—, y a usar los ahorros que habían protegido del gobierno para comprar una pequeña librería en el poco aburguesado sector de Miami conocido como la Pequeña Habana. Era uno de esos hombres cuya incipiente calvicie no disminuía en nada su masculinidad, y no me era difícil imaginar cómo la combinación de su mirada, enmarcada por esas cejas rebeldes, y la sonrisa, que yo había llegado a conocer tan bien, siempre entre tímida y traviesa, les habría resultado irresistible incluso a las más emocionalmente estables de sus alumnas.

Ésa era la sonrisa que estaba viendo en el rostro de Héctor en aquel momento. Su mirada subía como ascensor de mis pies descalzos a mis caderas, visibles a través del babydoll, antes de continuar el ascenso pausado hasta mis pechos, pestañeando levemente antes de continuar camino a mi boca, que delineó con la mirada antes de llegar al piso final, mis ojos, con una expresión de pudor mal fingido, como si el morbo de sus pensamientos fuera demasiado hasta para él.

—*Hey*—lo saludé en inglés.

—Ey —me devolvió el saludo olvidando la *h*, entrando a la habitación y cerrando la puerta con el pie en un solo movimiento. Acto seguido me envolvió en sus brazos con fuerza, casi cargándome, sin dejar de caminar hacia adelante, de modo que yo caminaba de espaldas, como si ejecutáramos un tango en reversa hacia el pequeño salón que había que atravesar para llegar a la habitación, donde escuché el ruido de lo que adiviné sería un libro cayendo sobre la cama a mis espaldas.

—*I brought you "somesing"* —me dijo al oído entonces, y su acento argentino (presente aun cuando hablaba en inglés) me pareció más sexy que nunca.

Me liberé de su abrazo para ver qué mensaje podría estar oculto en el libro que había escogido para mí esta vez. Era la versión de bolsillo de *Chiquita,* una novela sobre la vida de una bailarina de *burlesque* que enloqueció a los hombres a finales del siglo XIX a pesar de medir poco más de dos pies. Sonreí. Héctor había marcado un párrafo en la página 405 con el papelito de aluminio de su cajetilla de cigarrillos. Comencé a leerlo en voz alta mientras esquivaba sus esfuerzos por liberar mi cuerpo del babydoll.

—"Un escándalo como ése no le convenía a nadie, así que con dolor de sus almas los amantes tuvieron que separarse" —concluí cerrando el libro, confundida.

—¿Qué pasa, flaca? —me dijo cuando me detuve.

—Caballero, ¿por casualidad usted está intentando decirme algo con esa cita?

—¿Qué? ¡No! Claro que no. El marcador debió rodarse de posición, ¿viste? Ya ves lo sofisticado que es, el pobre —me dijo quitándose la gabardina y los zapatos—. No, más bien pasa que me fascina este autor. Y no sólo vive aquí en Miami, sino que pasa seguido por la librería, así que, si querés y si te gustá la novela, te lo presento un día de estos, nada más.

—Ah.

—¿Por qué? ¿Tenés miedo de que te esté "queriendo decir algo"?

—Oh, *puleeze* —dije en mi inglés callejero, frunciendo mis labios hacia un lado, como buena cubanoamericana.

—Si te digo la verdad, lucís un poco asustada, ¿eh? —dijo acercándose.

—Pues no, señor. Esas cosas no me asustan. Es más, *frankly, my dear, I don't give a damn* —concluí con la voz grave y lo que yo creía era una estupenda imitación de esa otra fantástica imitación de un sureño estadounidense llamada Rhett Butler.

Pero Héctor me miró con la expresión que reservaba para cuando no tenía la menor idea de lo que yo estaba diciendo.

—¿*Lo que el viento se llevó*? "¿Francamente, querido, me importa un bledo?" —le insistí sin poder creer que no hubiese reconocido la cita.

—Aaaaah, por Dios, pero claro, si es que no citás libros. Se pueden hacer buenas citas de los libros. A ver, ¿por qué no citás libros?

—Es lo que estoy haciendo. Pero se trata de un libro con más de mil páginas que nunca voy a leer mientras haya una película de sólo tres horas para contarme la historia.

—Sí, pero si leés el libro, sabés que la cita es "Querida, no me importa". Nada de "francamente" ni esas otras boludeces. Limpio. Simple. Como debe ser. Por eso es que es mejor citar y leer libros.

—Sí, profesor Ferro —me burlé, pero no sin antes hacerme una nota mental para acordarme de comprar el dichoso libro y leer aunque fueran los primeros capítulos para que nadie me los tuviera que contar.

Ésa era una de las cosas maravillosas de mi amorío con Héctor. A pesar de que nunca fui a la universidad, siempre me gustó estudiar, y hacía mucho tiempo que me había propuesto compensar la educación formal que me había negado a mí misma leyendo todo lo que caía en mis manos.

Había pasado incontables horas autodidactas aprendiendo historia del arte, matemáticas, filosofía, política, biología y lo que más disfrutaba: la ficción. Literatura de élite o novelita rosa de estante de supermercado: eso era lo de menos. Las historias me enloquecían y me sentía frustrada cuando mi limitada educación no me permitía comprender a cabalidad las expresiones del inglés antiguo presentes en una gran historia de amor como *Cumbres borrascosas*. (Estoy convencida de que aún hay mucho que no asimilo a pesar de haberla leído dos veces). Pero ahora, con Héctor, era como tener un tutor privado capaz de descifrar los secretos de cualquier libro. Él lo llamaba "contextualizar". Yo lo llamaba "ver la luz" porque no tienes idea de cómo me emocionaba entender finalmente cosas que antes me habían eludido, a veces durante años.

—Lo dicho: soy un pelotudo —decía Héctor ahora—. Una mujer hermosa en mi habitación de hotel y yo comportándome como un imbécil. Está confirmado, ¿eh? Soy un aburrido. ¿Por qué tengo yo que decirte qué citar? Somos personas diferentes, con vidas independientes y formas de pensar completamente distintas. Si querés ver la película, vos ves la película y yo leo el libro, y listo. Es más, así nos complementaremos el uno al otro, ¿qué te parece? Bárbaro, ¿no?

—Sí. Bárbaro —dije sin estar segura de que me gustara esa interpretación tan pragmática de nosotros.

—Lo único malo es que nunca sabré lo que estás citando —dijo besándome, sus manos ya ocupadas con mis caderas, y mi mente, como siempre ante su tacto, corriendo a guardar las llaves de mi sentido común en un armario tan figurativo como recóndito, donde ni él ni yo las fuéramos a encontrar.

—No somos tan diferentes —dije, distraída ya, cerrando los ojos—. Tú eres el que dice que tenemos la química narrativa y…

—Momento —dijo Héctor levantando la palma de una mano—. ¿Qué es esto? —preguntó mientras su otra mano se concentraba en localizar algo en la parte superior de mi muslo izquierdo.

—¿Qué es qué?

—Esto —dijo él muy serio, sentándose en cuclillas para examinar mi muslo más de cerca, mientras deslizaba la yema de su dedo índice por mi piel como si estuviera delineando algo.

—¿Qué?

—Mirá, una especie de círculo, justo aquí.

—Ah. Eso. Es un lunar de nacimiento —dije dándome cuenta de que estaba jugando conmigo, pues había tenido ocasión de ver mi lunar por lo menos dos docenas de veces—. Mi madre tenía uno igualito en el mismo lugar —continué, queriendo darle a la mancha circular color canela, que tanto había intentado borrar con crema antipecas en mi adolescencia, un aire de reliquia familiar.

—Pues es muy interesante —dijo como si realmente lo fuera, cerrando los ojos y besándola—. ¡Ey! ¿A dónde se fue?

Le seguí el juego y encogí los hombros inocentemente, manteniendo los brazos rectos y pegados a mi cuerpo con el fin de provocar la caída del babydoll al piso. Entonces, puse una mano en cada cadera y dije: "Ni idea".

Él, aún en cuclillas frente a mí, miró el babydoll a mis pies y levantó la mirada para hacerle frente a la mía.

—Notable la mejoría, ¿eh? La verdad hay que decirla.

—Pensé oportuno demostrarle que no tengo nada que esconder —respondí muy seria.

—Excelente decisión —respondió imitando mi tono institucional—. Tal vez ahora seamos capaces de encontrar a este lunar fugitivo.

—Tal vez —dije pensando en lo adorables que pueden ser los hombres cuando están siendo ridículos y prefiriendo a este Héctor mucho más que al que no perdía oportunidad para discutir, mas nunca era capaz de aceptar que estaba equivocado.

—Claro, a menos que lo estés escondiendo, lo que sería una falta gravísima —murmuró a la vez que besaba puntos imaginarios en línea recta entre mis piernas y mi pelvis—. No me dejás otra opción que ser muy minucioso en mi búsqueda —continuó, subiendo sin esfuerzo hasta mi ombligo, besándolo, y besando después mis costillas derechas.

—Momento —dijo de nuevo—. Creo que se está escondiendo… aquí debajo. A ver —dijo deslizando la palma de su mano bajo la curvatura de mi seno mientras miraba hacia el techo, como si realmente buscara algo—. Ajá. Sí. Aquí mismo.

—Yo… no lo creo —atiné a decir.

—Sí, sí. El, ¿cómo decís que se llama?, el lunar de nacimiento… está escondido aquí como un espía. Definitivamente, no nos deja alternativa, hay que obligarlo a salir. Puede sobrecalentarse mucho escondido ahí. Es peligroso. ¿Me permitís?

Quería reírme pero estaba muy excitada.

—Muy bien. Si no hay de otra, pues hágalo, pero mi lunar y yo tenemos principios y no vamos a revelar una palabra, no importa lo que haga —dije.

—Así que sos una mujer desafiante.

—Sí señor. Sí, lo soy.

—Muy bien. Entonces, como dije, no me dejás otra opción que enseñarles a ti, y a tu lunar, un poco de obediencia y docilidad.

—¿Obediencia?

—Mmmhm —murmuró, su lengua haciendo ya un diestro reconocimiento de la concavidad de mi boca, sus manos bajando por mi espalda como alpinistas en reversa.

—Héctor… —intenté hablar cuando sentí sus manos, una en cada cadera, y las puntas de sus dedos hundiéndose en mis carnes, como si no pudiera decidir entre aferrarse y apoyarse en ellas con tal de ceñirme a él con más fuerza, su perfume filtrándose en mi piel como la tinta de un tatuaje. Creo que intenté decir algo de nuevo, pero si fue así, su boca deshizo las palabras antes de que yo las formara, temiendo quizás que se tratara de las protestas de un pudor que hacía meses ya no sentía con él, deteniéndose sólo cuando estuvo seguro de que yo no tenía nada realmente coherente que decir.

—¿Sabés que debo examinar el área si es que vamos a encontrar a este astuto lunar de nacimiento? —dijo entonces.

—Como dije antes: si no hay de otra —respondí, tratando de quitarle la camiseta a pesar de que las manos me temblaban un poco y mis rodillas no me sostenían con la firmeza de hacía sólo un rato.

Él detuvo mi avance rodeando mi cintura con un brazo, mientras que con la mano opuesta acercaba mi pecho izquierdo hasta su boca, besando y rozándolo suavemente con sus labios como delineando el rosado borde de mi pezón con su aliento. Caímos en la cama; yo completamente convencida de los beneficios de la obediencia, cautivada tanto por su creatividad seductora, como por la habilidad de sus manos y la calidez de su aliento.

Cuando los jadeos que habían comenzado a escapárseme amenazaron con subir de volumen, Héctor, siempre en personaje, me siseó al oído.

—¿Qué hacés? Mirá que vas a asustar a nuestro fugitivo.

Esto me hizo estallar en carcajadas.

—Me ofendés, ¿eh? —me dijo con su sonrisa pícara—. Y en medio de una misión táctica, nada menos.

—¿No querrás decir de una "misión táctil"? —le susurré, consciente de su aliento desplazándose lentamente hacia los territorios al sur de mi corazón.

—Sí… eso. Yo siempre… quise saber… cómo… mmm, se decía… esa…

—Tác…

—Shhhh, flaquita, pará. Mirá que creo que ya lo encontré.

Capítulo 2

Ojalá pudiera decirte que fue mi decisión de ser la otra lo que me trajo todos los problemas que vinieron después. Pero no fue así. No. Lo que realmente me arruinó la vida fue ser una clarividente incompetente.

Todo empezó con los malos matrimonios. Éstos fueron las primeras señales de los extremos de mi ceguera psíquica y emocional.

Esto fue lo que pasó. A los veinticuatro, y luego a los treinta y cinco, me casé con hombres aparentemente diferentes que resultaron ser exactamente iguales. Ambos me fueron infieles y ambos debieron haber estudiado el mismo "manual del usuario" (en el sentido de "manual para usar a otros") porque cuando me divorcié de ellos, los dos exigieron una pensión alimenticia, demandándome por la mitad de todo lo que poseía, sin tener en cuenta que fueron ellos quienes me habían dejado por otras mujeres. ¿Que cómo no me di cuenta de que eran unas ratas inmundas? ¿No se supone que una clarividente, por más mala que sea, hubiese sido capaz de darse cuenta en algún momento?

Bueno, la verdad es que eso depende, porque interpretar a los hombres no tiene nada que ver con predecir el futuro, sino con ser capaz de ver claramente lo que ya está frente a tus propios ojos. En otras palabras, si escucharas lo que él te está diciendo ahora, nunca tendrías que adivinar lo que "realmente estaba tratando de decirte". Lo sabrías. Sabrías lo que va a pasar entre ustedes porque generalmente lo que va a pasar después es el resultado directo de lo que está pasando ahora. (La mejor lección de clarividencia que recibí en mi vida).

Pero aquí está el asunto: un psíquico ve a través de sus sentimientos. Lo que significa que cuando nuestras emociones están involucradas, nuestra capacidad para ver cosa alguna se va al carajo. ¿Y cómo pueden tus emociones no estar involucradas cuando lo que está pasando te está pasando a ti? Por eso es que podemos ver el futuro de otro y, sin embargo, estar más ciegos que un murciélago con miopía severa cuando se trata de ver lo jodidas que están nuestras propias vidas.

Pero, para aquel entonces, yo no sabía nada de esto. Y fue precisamente el no saber este "pequeño detalle" lo que me hizo renunciar a mi clarividencia luego de que mi madre fuera diagnosticada con cáncer durante mi último año de secundaria. Pensé: ¿pero qué clase de clarividente soy? ¿Cómo pude no saber? Para la chica de dieciocho años que era entonces, era tan sencillo como que yo había matado a mi madre. O, al menos, fracasado en salvarla, como un guardia de seguridad incompetente que se duerme y empieza a babearse sobre la hoja en la que se supone debe apuntar los números de tablilla de aquéllos a los que permite entrar. Si mi supuesto don hubiese servido para algo, ella podría haber vivido. Pero no sirvió y, sintiéndome culpable y avergonzada, decidí matar mi proclamado don ignorándolo para siempre.

¿Y tú sabes lo que le sucede a una mujer que va por la vida negándose a ver más allá de sus narices? Pues que pierde su "detector de mentiras" en relación a los hombres. ¿De qué otro modo podría yo haber sido tan anormal como para casarme con el hombre equivocado dos veces y luego decidir que la única forma de protegerme de un "corazón partío" era convertirme en la otra mujer? Salir con hombres casados. Maravillosos hombres a corto plazo sin las más mínimas expectativas de permanencia revoloteando a su alrededor. Hombres incapaces de causarle mayores pérdidas de bienes raíces a mi estado financiero, ni mayores pérdidas de identidad a mi propio sentido del ser.

Hombres de quienes sería imposible enamorarme.

O eso era lo que yo creía. Porque fue justo esa perspectiva tan llena de miedo, tan desesperada por protegerme del dolor, la que me llevó justo al lugar que había estado tratando de evitar y terminé enamorándome de uno de ellos.

Su nombre era Jorge y no había hombre más inadecuado para mí que él. Era un espíritu libre, un muchacho, todavía lleno de luz e impulsos de fantasía, a pesar de estar en sus treinta y de ser sólo tres años menor que yo. Extrañaba a la familia que había dejado en Cuba, y trabajaba como chef mientras ahorraba el dinero necesario para traer a la esposa con la que se había casado durante una visita a la isla. Era un tontuelo divertido, amable y muy, muy sexy. Pero sobre todo, conocía bien la conexión legendaria entre el corazón y la cocina. La comida era su religión y su primera lengua, y sabía usarla para hacerte llorar de satisfacción, o para hacer desaparecer lo que te afligiera, o para hacer que lo amaras y enloquecieras de miedo, sabiendo que, tal y como tu tía Luisa, tu madre y tu abuela lo habían hecho antes con tu tío Paco, tu padre y tu abuelo, respectivamente, él también podía usar su poder lo mismo para conquistar tu corazón que para demolerlo.

Y, ¿qué fue lo que hice ante semejante amenaza? Pues correr. Derechita a los brazos del primer hombre casado "menos peligroso" que encontré y que resultaría ser mi inquilino de varios años, Héctor Ferro.

Sip. Debió de haber sido el miedo a volver a sufrir por amor una vez más lo que me volvió imbécil y me convenció de que podía escapar ilesa utilizando a Héctor para protegerme el corazón. Que podía tener un romance con él, justo bajo las narices de su esposa, Olivia, sin ninguna consecuencia. Quizás fue precisamente esta forma de pensar lo que me hizo incapaz de anticipar las cosas terribles que pasarían después, cuando Héctor rompió conmigo y ya era demasiado tarde para evitarlas.

De hecho, fue por esos días que tuve uno de aquellos sueños, el primero en años. Un sueño extraño en el que lo único que sabía era que algo muy malo estaba a punto de pasar y que yo era de algún modo responsable. Era sólo un sueño. Por supuesto que lo ignoré. Después de todo, ¿cuándo había sido la última vez que mis instintos me habían guiado en la dirección correcta?

Pero desafortunadamente para mí, y por primera vez en mucho tiempo, esta vez mis instintos resultaron estar en lo cierto.

Capítulo 3

Sí, muy bueno, la verdad, muchas gracias. El sexo con Héctor en el St. Michel siempre lo era. Sin embargo, esa tarde, no sabía exactamente por qué, tenía la sensación de que algo no estaba bien.

Quizás porque por primera vez en ocho meses, no bien habíamos recuperado la respiración, cuando ya Héctor estaba en el baño dándose una ducha, en vez de estar en la cama hablando de un millón de cosas tontas conmigo. De no haber sido así, seguro que el comentario que me había hecho antes no habría regresado a atormentarme, ruidoso como la sirena de una ambulancia, mientras yacía en la cama cubierta sólo con una sábana: "Somos personas diferentes, con vidas independientes". Y ahora que lo pensaba mejor, ¿no era mucha casualidad que la cita del libro que me había traído hablara de amantes que se separan?

Así pasé varios minutos, convenciéndome con cada nuevo pensamiento de que, a pesar de todo el romance y de la fabulosa sesión de caricias y seducción que me había obsequiado, "somesing" había cambiado en Héctor.

¿Que cómo lo sabía? Pues porque si una cosa me han enseñado los hombres en esta vida es que cuando tienen mucha prisa por irse a atender algún otro aspecto de su vida justo después del sexo, por el motivo que sea, no importa cuán razonable, y aunque sólo sea su mente la que se traslada a otro lugar, algo anda muy mal. No hay que ser clarividente para saberlo. Esta regla no tiene excepciones.

—¿Todo bien? —le pregunté tan pronto salió del baño.

—Sí, claro, ¿por qué?

—"Sí-claro-por-qué"… porque estás ansioso, corriendo. ¿Te pasa algo?

—No estoy corriendo.

Sin embargo, no salió al pequeño balcón de la suite a fumar su cigarro vestido sólo con boxers como era su costumbre, ni trató de asustarme haciéndome creer que orinaría sobre algún portero que estuviera en ese momento debajo del balcón, a la entrada del St. Michel.

—Podemos pedir un par de cafés rápidos. ¿Tal vez uno de esos pequeños *soufflés* de chocolate que tanto te gustan?

—Lo siento, flaca. No puedo, viste, tengo un asunto de la librería que tengo que resolver. Va a haber una reunión y bueno, en fin, vos no te hagás problema, quedate acá y descansá si querés.

Miré el reloj digital de la mesa de noche.

—¿Una reunión de la librería a las cinco de la tarde?

—¿Y? ¿Qué tiene que ver?

—¿Un miércoles?

—Sí, un miércoles, y no a las cinco de la tarde sino a las seis. Y, Mariela, por favor, hagás lo que hagás, intentá no hacer eso que estás haciendo, ¿estamos, flaca?

Sabía exactamente lo que me estaba diciendo: que no rompiera el credo sagrado de las amantes, cometiendo el error de comportarme como una esposa.

—Tienes razón. Soy una boba —dije saltando de la cama. Agarré la ropa interior, la camiseta y los jeans desgastados con los que había venido y me dirigí al baño—. Es más, yo también tengo cosas que hacer, así que ¿qué tal si me acercas de vuelta al edificio?

—¿Ahora?

—Sí. Ahora. ¿Cuándo va a ser si no es ahora? —imité su tono exasperado—. ¿No dices que vas para la librería? —entre la librería y mi apartamento apenas había milla y media de distancia, que conste.

—Claro. Sí. Te llevo. Pero andá a la ducha, para que nos podamos ir —dijo con una impaciencia que yo había visto antes en él, pero nunca dirigida a mí.

—En serio que tengo mil cosas que hacer —dije, sintiendo como si tuviera que justificarme.

No me contestó. Ni siquiera asintió de forma ausente como cuando estaba distraído. Definitivamente, algo estaba pasando. Esto era lo opuesto del Héctor detallista y motivado que se vanagloriaba de saber atender a una mujer "antes, durante y después".

—Puedo llamar un taxi si prefieres —dije antes de cerrar la puerta del baño.

—No, no te hagás problema. *I'll just, eh, drop you… off a few blocks away* —dijo haciendo la pausa que hacía siempre que empleaba algún coloquialismo en inglés. Le fascinaban esas frases, que siempre le hacían pensar en su significado literal a pesar de llevar varios años ya viviendo en este país. Podía darme cuenta de que ya su mente estaba en eso, considerando la frase "drop you" e imaginando que me "dejaba tirada" como a una guanábana sobre cualquier acera.

—Nada que no hayamos hecho antes, ¿no? —dije.

De hecho, lo habíamos hecho muchas veces durante los ocho meses de la relación porque, como quizás debí contarte antes, Héctor y su esposa eran mis inquilinos.

Soy dueña de un pequeño edificio de apartamentos que te he mencionado. Es lo que aquí en Miami llaman *fourplex,* un edificio con la forma y el tamaño de una casa grande, pero con dos pisos, y cada piso dividido en dos apartamentos. Yo vivía en el apartamento 1, mientras que Héctor y Olivia habían vivido en el apartamento 4 durante casi tres años ya. Hubiera preferido una situación amorosa menos complicada, pero al menos ahora comprenderás por qué no podía ver a Héctor ni en mi casa ni en la de él, que eran lo más cercano posible a la misma cosa, sin que lo fueran exactamente.

Mis otros inquilinos eran Gustavo y Ellie. El apartamento 2 en el que vivía Gustavo estaba justo frente al mío en el primer piso, con la puerta de entrada al edificio por un lado y la escalera al segundo piso por el otro. Gustavo apenas había cumplido los treinta años. Era soltero y muy pero muy buena gente. Trabajaba en una ferretería del vecindario de día, pero en las noches se convertía en artista y creaba esculturas cinéticas con pedazos de latón, hierro y aluminio reciclado.

Arriba, en el apartamento 3, justo sobre el mío y frente al apartamento 4 en el que vivían Héctor y Olivia, vivía Ellie, una joven que trabajaba como cajera en el McDonald's de la Calle Ocho y la avenida 14 y que había adquirido la mala costumbre de pagar su renta mensual sólo hasta que yo amenazaba con desalojarla.

—Sí, flaca, pero apurate, ¿querés? —dijo resignado, dirigiéndose al balcón, cigarro en mano—. Mirá, no lo tomés a mal, pero la verdad deberías comprar un carro. No tiene que ser nuevo. Algo que te lleve y te traiga, nada más.

—Sabes perfectamente que me da miedo manejar. Y no me digas que lo supere, que ya lo intenté.

—Sí, sí, ya me lo has dicho, pero ¿quién vive en Miami sin un carro, viste?

—¡Yo! Yo vivo en Miami sin un carro —dije preguntándome de dónde salía esto justo ahora. Héctor sabía perfectamente que yo trabajaba en mi apartamento y que hacía la gran mayoría de mis compras y diligencias por Internet—. Y, a ver, explícame, ¿por qué exactamente es que yo necesito un carro con tanta urgencia? —pregunté.

Héctor me miró como si la razón fuese más que obvia.

—Deberías pensar en un carro —dijo. Y salió al balcón.

Me metí a la ducha preguntándome qué había pasado para que la tarde se hubiese puesto tan negra, tan de repente.

Mientras me enjabonaba, pensaba, y mientras pensaba, una niebla distantemente familiar comenzó a envolverme tan sutilmente que, al principio, creí que era sólo el vapor del agua caliente aprisionado de este lado de la puerta cerrada del baño. Pero entonces la niebla habló. En algún lugar dentro de mí, dijo: "Éste es el comienzo del fin". Eso fue todo lo que dijo. Pero antes de que digas: "¿No? ¿En serio? ¿Te parece?", déjame decirte que ésa es exactamente la forma en que todos nos engañamos a nosotros mismos cuando tratamos de descifrar lo que nos están diciendo nuestros instintos. De hecho, fue lo que me dije a mí misma esa tarde. Pensé: ¿qué tiene de especial pensar que esto se está acabando con mi amante, cuando, por primera vez en nuestra historia, tiene tanta prisa por hacerme a un lado después de hacer el amor?

Había ignorado a mi yo interior durante tanto tiempo que había perdido la habilidad de apreciar la diferencia entre mis propias ideas y este mensaje que mi subconsciente me había comunicado con tanta fuerza que había podido sentirlo físicamente dentro de mí. La niebla no había dicho: "Tal vez se está cansando de ti. Tal vez se terminó", como mi propia inseguridad lo hubiese dicho y lo dijo. No. Podía leer el mensaje: "Éste es el comienzo del fin". Y digo "podía leer" porque el efecto era como ver las palabras de un lenguaje extraño en la pantalla de una computadora convertirse de pronto en una misiva clara y entendible según se iba traduciendo.

Debí haber escuchado, pero había pasado tanto tiempo desde que fui clarividente que estaba segura de que mi capacidad para ver estaba muerta, enterrada viva o perdida en algún lugar dentro de mí, y nunca se me ocurrió siquiera la posibilidad de que mi don pudiera estar haciendo un último intento por salvarme de mí misma antes de que fuera demasiado tarde. Es por eso que en lugar de ponerle atención a la inusual fuerza de aquella niebla pesimista esparciendo su rocío de presentimientos adversos sobre mí, escogí "usar mi cabeza" y me dije que todo lo que pasaba era que el comportamiento de Héctor me había recordado a todas aquellas otras rupturas en mi pasado. Luego, racionalicé. Tal vez estaba preocupado. Tal vez algo andaba mal en su librería, en su negocio. Tal vez estaba teniendo un mal día. Todo lo que yo tenía que hacer era dejar de preocuparme y, si estaba en lo cierto y era "el comienzo del fin", pues que así fuera y amén. Héctor era mi amante, no el amor de mi vida, me recordé.

Quince minutos después, estábamos en su Saab turbo color negro 1993 perfectamente restaurado, dirigiéndonos en silencio hacia la Pequeña Habana.

—¿Acaso hice o dije algo malo?

—No —respondió en un tono que nunca le había escuchado.

Me quedé mirándolo fijamente hasta que respiró hondo y encendió el radio sin quitar la vista de la carretera. Segundos después, cuando las primeras notas de la música clásica de su estación de radio favorita habían llenado el espacio dentro del auto, sentí su mano en mi rodilla.

—Lo siento, Mariela. Soy un tremendísimo boludo. ¿Cómo es que lo decís en inglés? ¿Ésa que es con *j*?

—¿*Jerk*?

—Sí, pero no, la otra…

—*Jackass* —dije haciendo un esfuerzo por no sonreír, por no deponer las armas tan rápidamente.

—Ésa es. Mirá, lo siento, flaca. ¿Me perdonás? Pasa que tengo mucho estrés en estos días. Vos lo entendés, ¿verdad? ¿Estamos bien? —preguntó sin que esta vez yo pudiera evitar sonreír.

—Sí, estamos bien. Claro que estamos bien. No pasa nada —dije halándole la oreja juguetonamente y notando con una sensación de zozobra cuán aliviada me sentía tan pronto él se disculpó y me hablaba como si nada estuviera mal. Tan aliviada que me convencí de que, en efecto, nada estaba mal. Y no contenta con eso, fui más lejos y hasta me maravillé mentalmente con mi propia habilidad para estresarme por absolutamente nada.

Capítulo 4

Claro que ahora que te he contado sobre Héctor no tengo más remedio que contarte también sobre mi lista. Todas las mujeres (excepto vírgenes y, quizás, monjas) tenemos una. La mía está escrita en una libreta de hojas con rayas sujetas al centro por unas utilitarias puntadas de hilo blanco. Pero aunque la tuya sólo exista en tu subconsciente, dispersa entre los post-its multicolores de tu memoria, cada nombre un papelito cuyo adhesivo ya comienza a evaporarse, da igual, porque el caso es que ahí está.

Y no me refiero a la lista de las cualidades que queremos en un hombre, cosa que, *by the way*, sólo funciona si tú ya tienes las mismas cualidades que estás buscando. (¿O acaso crees que vas a encontrar a un hombre con un maravilloso sentido del humor si sales a la calle lista para ladrarle al que se meta contigo, sea el portero de tu edificio, tu compañera de cubículo o tu propia madre? ¡Bruf!).

No, la lista a la que me refiero es la que contiene los nombres de los hombres con quienes te has acostado. O los nombres de los hombres con los que te has acostado que terminaron rompiéndote el corazón. O los de los hombres con los que te acostaste que fueron buenos en la cama y te dejaron loca como una cabra, o lo que sea que sea importante para ti sobre los hombres con los que te acuestas.

Y es que los parámetros que uses para elaborar tu listita son lo de menos. Tampoco importa si la componen nombres de hombres o de mujeres, que eso es asunto tuyo y de nadie más. Lo que importa es que sepas que esa lista de quienes han estado dentro de ti, así como los detalles de lo que pasó o no pasó con

29

ellos después, dice mucho más sobre tu pasado, presente y futuro de lo que jamás podría revelar la más aventajada psíquica, con o sin baraja del tarot.

Mi lista, por ejemplo, contiene el nombre de cada hombre con el que me acosté alguna vez que luego me dio más de una razón para desear no haber posado jamás mi vista sobre él.

Aunque, para ser justa, te diré que la realidad es que fuimos nosotras las que los escogimos y aunque no siempre estemos conscientes de las razones tras estas decisiones, de seguro las hubo. En mi caso, esas razones pueden ser trazadas derechito hasta mi madre. Y como no hay manera fácil ni sutil de explicarte por qué sin revelar este pequeñísimo detalle de mi pasado, voy a dejarme de rodeos. Voy a decirlo y ya: mi madre era prostituta.

También era inteligente, terriblemente hermosa y de una voluptuosidad devastadora. Además, y a diferencia de las putas de a dólar que algunas veces contaminaban la acera frente a mi edificio de apartamentos caminando de una esquina a otra como gallinas cluecas que recién habían perdido sus cabezas, mi madre tenía una visión empresarial, un arma estratégica a la que le gustaba llamar "generosidad femenina".

Ella sabía que había una buena posibilidad de que un hombre poderoso, dispuesto a pagar por sus encantos, fuera un hombre cuya autoestima se había ido de vacaciones sin avisarle. Sabía que un hombre así anhelaba una carcajada cuando hacía una broma y una mirada de admiración cuando se bajaba los pantalones, más de lo que ansiaba la explosión cataclísmica del orgasmo por el que estaba, posiblemente, arriesgando su matrimonio y su reputación. La razón por la que mi madre sabía, o pensaba que sabía, tanto sobre hombres poderosos era porque de ellos constaba el cien por ciento de su clientela. Para acostarse con Mercedes Esteves, mientras más poderosos (y posiblemente corruptos), mejor. Corredores de bolsa, abogados, banqueros o políticos. Ésa era la regla. Para su suerte, era la década de los setenta, y hombres corruptos con hambre de poder era lo que sobraba en Miami.

"Sé generosa con tus hombres cuando crezcas, Mariela", me dijo una vez mientras trenzaba mi cabello. "Sostenlos cuando el fracaso amenace con derribarlos y ya verás cómo no serán capaces de olvidarte".

Pero olvidarme fue exactamente lo que hicieron, lo cual demuestra que la misma estrategia que pone huevos de oro para una mujer, puede ser incapaz de producir otra cosa que no sean enormes plastas de mierda color ocre para otra.

Y si la enfermedad de mi madre fue la razón por la que nunca fui fiestera cuando joven, entonces su estilo de vida fue la causa de que creciera obsesionada con vivir un amor verdadero, como diría el salsero Willie Colón. Anhelaba pertenecer a otros, a una familia, a una comunidad. Era lo único que quería: una vida sencilla pero genuina, lo más opuesta posible a lo que ella había tenido.

Cuando murió, vendí la casa en la que habíamos vivido y me dediqué a alquilar las propiedades que me dejó, manejándolas lo mejor que pude. Estaba el *bungalow* modernista de mediados del siglo veinte localizado en el hermoso barrio de Pinecrest, al sudeste de Miami, la casita mediterránea en el centro de la rica ciudad de Coral Gables y el edificio de apartamentos de Coffee Park que ya conoces.

Tenía apenas veintiún años y ya era seguramente la *landlady* más joven de Miami, además de trabajar a medio tiempo en Lion, una pequeña tienda de películas para alquiler que se especializaba en cine extranjero, difícil de encontrar en Miami en aquel entonces. Acepté el trabajito más por ahuyentar la soledad que por lo que me pagaban, y no sé qué habría sido de mí sin él, pues allí pasaba todo mi tiempo libre, viendo película tras película en la trastienda, llorando de soledad y extrañando a la única familia que había tenido, a la compañera de todos los días y las noches de mi vida hasta entonces. Las películas andando y yo tratando de convencerme de que había una razón de suma importancia por la cual seguir viviendo, aunque yo no la viera ni ese día ni el que seguía.

Dos años después, conocí a Alejandro.

Él tenía cuarenta y un años y yo veinticinco cuando nos casamos otros dos años más tarde. Era maestro de niños con necesidades especiales, un talentoso jugador de ajedrez, y no tenía "ni un duro", como él mismo decía sin pizca de vergüenza. Además, lo más importante: no se parecía en nada a los "novios" de mi madre.

Al principio fuimos felices, probablemente porque yo no sabía nada de nada, y mucho menos la diferencia entre la felicidad y la estabilidad. Era una joven vieja, abierta a las instrucciones, agradecida con la calma. Me gustaba escucharlo decir "mi esposa", jugar al ama de casa y soñar con los hijos que íbamos a tener.

Con el tiempo, no sé cómo, comencé a crecer y a no disfrutar lo que hasta entonces me había complacido, a aburrirme con la monotonía como cualquier mujer normal, a sentirme ahogada por el tedio intransigente de la vida con mi marido y a rebelarme ante la arbitrariedad de nuestras rutinas, o más bien de las suyas. No ayudaba a la situación que Alejandro guardara toda su paciencia para sus estudiantes. Era español y, como sabrás, en España se considera vulgar, mas no inusual, decirle a la gente que se vaya a tomar por saco (por no decir por el culo), como una forma de enviar al que esté importunando directito al infierno. "A tomar por saco, tía", decía mi marido sin sonrojarse en medio del más leve altercado. Por cierto, yo había descubierto que mientras más años le caían, más parecía ser ésa la única forma en que le gustaba tener relaciones sexuales, y estaba reevaluando seriamente nuestro matrimonio cuando me sorprendió dejándome por la chica que presentaba el tiempo en uno de los canales locales de televisión. Me dijo que me abandonaba porque quería una mujer con una carrera de verdad, no alguien que "jugaba" a ser una inversionista de bienes raíces pero gastaba todo su tiempo en el cine, dándole a la mandíbula con sus inquilinos o perdiendo el tiempo en su computador.

Y como —gracias a las inversiones inmobiliarias de mi madre— yo tenía un "nivel de solvencia" al que él se había "acostumbrado" y un estilo de vida que su salario de maestro no le permitía mantener, y como él no tenía más propiedad que un Kia usado, mientras que yo tenía tres propiedades pagadasy rentables en zonas altamente valorizadas de Miami, el juez le dio el *bungalow* modernista en el que habíamos vivido, justificando su decisión con el valor adquirido por la propiedad durante el tiempo que habíamos estado casados. *Never mind*, como dicen en inglés, que el alza inmobiliaria de la ciudad no había sido obra de Alejandro en forma alguna, el juez igual me miró como que yo era una egoísta que no quería darle una mísera propiedad a este hombre tan educado a pesar de que yo ya tenía otras dos.

Es que no puedes imaginarte cuánto me encantaba esa casa, tan rodeada de árboles en medio de un vecindario lleno de techos inclinados inspirados en los años cincuenta y sesenta. Pude haber peleado por ella, pero para cuando Alejandro y su abogado terminaron conmigo, mi voluntad para negociar y hasta para hablar había muerto y mi única esperanza era que se lo tomara con calma con el "saco" de la chica del tiempo, ella que tenía que hacer su trabajo de pie, la pobre.

Tras el divorcio y, como siempre haría después de una pérdida, regresé a refugiarme en Coffee Park hasta que cinco años más tarde, presa del pánico a cumplir treinta y cinco y no estar casada o tener hijos, me casé con Manuel y me mudé con él a la casa de Coral Gables.

Manuel era lo opuesto de Alejandro. Puertorriqueño, sexy, bueno en la cama, realmente divertido y realmente irresponsable. Después de dos años, cuando ya empezaba a cansarme de mentirle a la gente sobre dónde estaba mi marido cuando llamaban para amenazar con demandarnos si él no terminaba el techo por el que ya le habían pagado, él conoció a una maestra de yoga que sintió que "apoyarlo" (más bien, mantenerlo) era lo menos que podía hacer a cambio de la energía positiva que él había traído a su vida.

—¿Tú sabes cuál es tu problema, Mariela? Que no ves a la gente. ¿Y sabes por qué? Porque es que, bendito, tú no eres espiritual —me dijo con su habitual talento para hacer preguntas y contestárselas él mismo—. ¿Alguna vez apreciaste todo lo que hice por ti? No, pues claro que no.

Me soltó esta perorata la vez que no tuve más remedio que llamarlo para decirle que un cliente muy enojado me estaba tumbando la puerta, y que le iba a dar la dirección de su amante si él no venía y se hacía cargo del problema, pero ya, en ese mismo instante.

Y aunque nunca hubo en esta tierra alguien más capaz que Manuel para virarte la tortilla y hacerte pensar que la que estaba loca eras tú, aun así, recuerdo haberme tomado algún tiempo después de que me dijo todo eso para examinar cuidadosamente nuestro matrimonio, haciendo un esfuerzo por identificar los momentos buenos que él había fomentado, por buscar en mi memoria esos regalos de nuestro tiempo juntos que él decía que me había dado. Y aunque mucho me vino a la mente, nada era positivo, por lo que concluí que él tenía razón. Debió de haber algo bueno —siempre lo hay—, y si yo no lo había visto era porque no había estado mirando. Él tampoco me había visto a mí realmente, pero no lo culpo por eso. Nunca le conté ni a él ni a Alejandro la historia de mi madre. Nunca les confesé la verdad de mi clarividencia natimuerta. Así que ¿cómo podía esperar que me comprendieran o que vieran lo que yo no había estado dispuesta a mostrar?

Esta conversación con Manuel había tenido lugar casi tres años atrás, y todo este tiempo lo habíamos pasado divorciándonos. Al final estuve de acuerdo en permitirle que se quedara con la casa de Coral Gables a cambio de que me liberara de responsabilidad en el préstamo que hizo para financiar su negocio, en el que yo había sido una muy entusiasta (y muy estúpida) consignataria.

Era una casa maravillosa con una ubicación envidiable: justo en medio de la ciudad de Coral Gables, que está justo en medio de la ciudad de Miami. Tenía un patio enorme, una piscina bordeada con piedras de coral, y estaba ubicada en el lado residencial de la avenida Aragón. Desde allí, una podía irse caminando hasta Books & Books, la librería y café independiente de estilo antiguo que sigue siendo hasta el sol de hoy mi lugar preferido en todo Miami, no sólo por los libros sino por el lugar en sí: estantes de madera que llegan al techo, barandillas de hierro estilo español y un acogedor patio con sombrillas anaranjadas y luces colgantes en el jardín para iluminar las frescas noches del otoño.

Pero mantener la dichosa casita era incosteable para mí, y aunque la convirtiera en una estructura multifamiliar y lograra alquilarle algunos pedacitos, la realidad es que lo que generara apenas habría alcanzado para los impuestos y la jardinería. Así que dejé que se quedara con ella. Algo me dijo que la "energía positiva" que sería capaz de darle a su nueva esposa, después de pagar los obscenamente altos impuestos a la propiedad de la ciudad de Coral Gables, no sería mucha, y que cuando así afuera, ella no tendría mucho reparo en ponerlo de patitas en la calle. Bueno que le pasara por perezoso y aprovechado.

Leí en alguna parte que la actriz Zsa Zsa Gabor dijo una vez: "Yo soy una maravillosa ama de casa. Cada vez que dejo a un hombre, me quedo con su casa y me convierto en la ama de ella". Bien, pues puedes pensar en *Dumb and Dumber*, números uno y dos, como los Zsa Zsa Gabor de mi vida y de mi lista.

Después de esos dos, pensé que el problema podía ser el matrimonio. Esa absurda necesidad de complicarlo todo con la falsa promesa (ya que la persona que promete no puede estar absolutamente segura de que será capaz de cumplirla) de seguridad y exclusividad.

Es más, hasta ese momento, siempre me había preguntado si mi madre no hubiera sido más feliz con un hombre honesto dispuesto a entregarle su vida, en lugar de apresurarse a vivir, y trabajar, y ahorrar para su soleado horizonte sólo para morir de un cáncer tan olímpicamente veloz. Pero no, mi madre había tenido razón desde el principio. Era mi estrategia de relaciones "normales" basadas en "amor verdadero" la que estaba errada. Y no era sólo el matrimonio. Era la esperanza del "para siempre" y esa necesidad de aferrarse al otro lo que al final había causado mi pobreza de fe y de finanzas.

Algo tenía que cambiar, así que lo cambié.

Lo primero que hice fue mudarme de regreso al apartamento 1 de mi *fourplex* y colgar un viejo letrero rojo bombero en la puerta proclamándome "La Landlord" y otro pintado a mano, en letra cursiva, que decía "Gestiones y diligencias" en la ventana, ofreciendo mis servicios resuelve-problemas. Piénsalo: yo acababa de pasar el equivalente de una maestría en el tema de abogados, cortes y divorcios, sabía encontrar información usando una computadora, llenar formularios y usar un teléfono. Además, era bilingüe. Así que compré un escritorio, una computadora, una impresora y un fax, y abrí mi negocio.

Segundo, tenía que encontrar la forma de protegerme de mi traicionero corazón. No podía permitir que el amor me entregara una vez más en las manos de un hombre que me quitara lo que tenía y me dejara preguntándome qué cosa tenía yo que me hacía propensa a que los maridos me abandonaran por otras. Teniendo en cuenta que lo único de valor que alguien podía quitarme era mi edificio, me pareció que mientras no cometiera el error de casarme, estaría segura. Es por eso que, con la tinta del decreto del divorcio número dos aún fresca, tomé la muy consciente decisión de acostarme con hombres casados y sólo con hombres casados.

¿Y quién habría de ser el afortunado (o infortunado, según lo veas) número tres?

Pues conocí a Jorge por medio de Gustavo, mi inquilino del apartamento 2, quien lo trajo un día y me pidió que ayudara a su amigo con la solicitud de un préstamo como pequeño empresario. Jorge quería estar seguro de que la había llenado correctamente, ya que no confiaba en sus destrezas de inglés como-segundo-idioma. También quería contratarme para que le encontrara una escuelita conversacional donde practicar lo que sabía mientras ahorraba para abrir su propio café.

Me dijo que era chef y que había trabajado en algunos de los mejores hoteles de Varadero antes de lanzarse al mar y pasar casi dos años como refugiado en la prisión de Guantánamo, durante el éxodo cubano de 1994, antes de llegar a Miami.

Era casi un pie más alto que yo, musculoso y energético. Caminaba rápido y quizás por eso tardé en darme cuenta de su ligera joroba, producto de cocinar doblado exageradamente sobre el mostrador, de manera que sus ojos siempre estuvieran en el mismo plano con lo que estaba fileteando, cortando o pelando. Lo que sí noté desde la primera vez que lo vi fue el brillo de su ondulado cabello negro, que siempre lucía despeinado, algo que hacía deliberadamente. Tenía ojos grandes y oscuros que le daban a su rostro un aire melancólico o triste, hasta que sonreía. Entonces brotaba su naturaleza risueña, amigable y coqueta, haciéndote pensar en un muchacho tímido que recién aprendió a ser atrevido.

No fui capaz de resistirme a él. En vez de eso, me convertí en su alumna y aprendí a bailar salsa casino. En poco tiempo sabía la diferencia entre un "dile que no", un "setenta complicado" y un "adiós con la hermana". También me enseñó a cocinar frijoles negros, y a contar un chiste usando todo el cuerpo y las expresiones faciales que fueran necesarias para que diera risa. Me enseñó a jugar dominó como una experta y a besar correctamente los lados de los dedos y los tobillos, la parte interna de las muñecas y la parte de atrás de las rodillas. (Abre tu boca. Impulsa tus labios hacia afuera un poquito y, entonces, arrástralos suavecito, de manera que la parte cálida, húmeda y carnosa de ellos recorra la parte del cuerpo de tu pareja que hayas escogido para hablarle. Cuando llegues al final —al dedo, al tobillo, a la muñeca o al doblez de la rodilla— quédate ahí por un segundo y respira. Ahora une tus labios y besa.)

¿Cómo podía él hacer todo esto conmigo mientras estaba casado? ¿Qué, no había una esposa que se diera cuenta? ¿Una rutina que interfiriera? Ay, mi amiga, déjame decirte, si no te has enterado ya, que cuando de Cuba y de cubanos se trata, el asunto es complicado.

Después de estar en Miami por casi diez años, Jorge, ya convertido en residente estadounidense, había regresado a Cuba a ver a su madre. Estando allí, conoció a una ayudante de enfermería llamada Yuleidys y se enamoró. El noviazgo se desarrolló entre llamadas y viajes cortos de regreso a la isla, y en uno de esos, se casó con ella. Pero de eso hacía casi dos años y luego a él no lo habían dejado regresar más. Cuando no era porque el pasaporte no tenía el sellito de entrada, era porque el sellito estaba vencido y, cuando no, era la prórroga la que no llegaba. Mientras tanto, la tal Yuleidys había movido no sé qué contacto y había obtenido sus papeles de liberación del gobierno cubano. Pero parece que hasta ahí había llegado el poder del contacto porque pasaban los meses y el día de salida no llegaba. Para cuando yo conocí a Jorge, la llegada de Yuleidys a Miami se había convertido en algo que podía suceder "cualquier día", pero que nunca pasaba.

Eso sí, la de ellos era la más romántica de las relaciones, potenciada por las noventa millas de océano que los separaba e idealizada tanto por la distancia y las restricciones como por las cartas, las fotos, los videos caseros y las llamadas de 1.29 dólares por minuto, aun en la era postSkype de llamadas internacionales gratuitas.

Mientras tanto, conmigo Jorge era cariñoso y considerado. Me llamaba a todas horas, me traía café o té a la cama y se quedaba a dormir cuando no tenía turno en el restaurante con la excusa de "velarme el sueño", pues decía que nunca había visto un dormir más inquieto que el mío y que había comprobado que bastaba con que me abrazara mientras dormía para que yo sonriera como si lo que fuera que me había estado afligiendo se hubiera disipado. Yo me hacía la que no le creía y le preguntaba si no sería que habían subalquilado su casa y no me lo estaba diciendo.

Él sólo se reía y me seguía el juego en todo, tratándome siempre como si lo nuestro fuera algo real, como si me amara, aunque yo sabía que no era más que un remedio pasajero en contra de su soledad y su frustración con las políticas de los políticos.

Y no es que yo fuera su única medicina. A menudo solucionaba su nostalgia parrandeando con sus amigos cocineros después del trabajo, bebiendo vino y fumando marihuana hasta las primeras horas de la mañana, para luego dormir hasta cualquier hora, viviendo su vida de habitante de la "tierra prometida" durante las pocas horas que tenía antes de tener que regresar al trabajo.

"Eres tan talentoso, que no entiendo por qué despilfarras tu vida parrandeando. Esto no es una versión light de un episodio de *Miami Vice*", le dije una vez, y luego le repetí la misma cosa de una docena de maneras diferentes durante los meses, casi diez, que estuvimos juntos.

Pero él siempre respondía igual: "Mi vicio eres tú", lo cual sonaba tan cursi en aquel momento como te debe estar sonando a ti en éste, aunque, en su defensa, lo decía con la voz queda y ronca mientras me miraba con esa mirada que le das a la gente a la que sabes que jamás podrías decirle que no, no importa lo que te pidan.

Un día, después de una tarde de hacer el amor durante horas, y luego de un platón repleto de sopa de mariscos calientita y otras tantas copas de un muy buen tinto de verano (pon los siguientes ingredientes en una jarra de vidrio grande: dos copas de Rioja español barato, un cuarto de copa de granadina, un chorro de jugo de limón fresco, media taza de jugo de naranja, media taza de agua mineral y cuatro cucharadas de azúcar prieta. Agítalo y refrigéralo. Sírvelo con unas ramita de menta), cometí un error. Le conté mi secreto: que alguna vez tuve que cubrir mis oídos para no escuchar los susurros y los llamados de seres a los que no siempre lograba ver, que sabía lo que era sentir el peso de los secretos de gente extraña que se cruzaba en la calle conmigo por casualidad, y que había logrado asesinar todo aquello de la misma forma que él lograría, algún día, matar la nostalgia por los amigos, las calles y los pequeños rituales de la pobreza que él pensaba que había dejado atrás. Se lo dije para darle la fe de que su tristeza también pasaría. Para darle algo en qué sostenerse. Para evitar que botara su vida sólo porque le costaba trabajo acostumbrarse a esta nueva etapa de ella.

Al siguiente día me rogó que lo acompañara a ver a su madrina, una dominicana que se había enamorado de un hombre cubano y había vivido en Cuba hasta el día en que él murió. Ahora ella vivía en el vecindario miamense de Allapatah, en una pequeña casa de madera pintada de azul que casi no se veía desde la acera porque estaba oculta por grandes matorrales y matas y un árbol de mango que había crecido demasiado.

Bueno, pues no hice más que poner los ojos sobre su madrina y se me asustaron hasta las pecas. Tenía la piel café y unos extraños ojos verdes, tan intensos que parecían fluorescentes. Pero lo que más me asustó fue su voz. Mientras ella saludaba por un lado, la sombra de su voz se iba por el otro a contar historias de mujeres lanzándose tras los féretros de hombres que amaban, de niños obligados a convertirse en hombres en esos segundos en los que, con las palmas sudorosas y mirando a los ojos de otros niños, halaron los gatillos de pistolas que casi pesaban más que ellos. Su voz contaba historias de madres ansiosas, sentadas frente a las ventanas que miran hacia la calle, sabiendo en sus corazones que sus hijas ya no regresarían esa noche, ni ninguna noche. Era como un elepé. A un lado de éste tenía la canción que te estaba saludando a ti y preguntándole a Jorge que de dónde te conocía. La otra, más que canción, era un poema hablado o un rap pausado, compuesto o hilado con los titulares más tristes del mundo entero.

Creo que yo la asusté también. En cuanto tomó mi mano entre las suyas para estrechármela, abrió los ojos en forma desmesurada, visiblemente disgustada con lo que fuera que yo hubiera "traído conmigo". Entonces las dos canciones se convirtieron en una sola, y esta nueva canción era la melodía de los sucesos de toda mi vida. Así, me dijo que hubiera podido tener hijos pero que ya era demasiado tarde y que iba a ser trágicamente infeliz hasta que empezara a respetar la voluntad de Yemayá para mi vida, que me pusiera a "ver" como se suponía que debía ver y a servir a mi prójimo con mi don, que cómo me atrevía a despreciar un regalo así. Entonces procedió a decirle a su ahijado favorito que se alejara de mí si sabía lo que era bueno para él, porque yo no tenía nada que darle que no fueran problemas, antes de, básicamente, espantarnos y empujarnos para que nos fuéramos —o me fuera yo— de su casa.

"Mariela, ¿cómo le vas a hacer caso a la vieja, por tu vida, ta-tica?", dijo Jorge una y otra vez en el camino a casa, una mano en el timón y la otra llevando mis manos a su cara y pidiéndome que por favor perdonara a la vieja loca y que lo perdonara por traerme. Incluso detuvo el auto a un lado del camino para abrazarme hasta que dejé de temblar, prometiendo que pasaría mucho tiempo antes de que él viniera a ver a la bruja de mierda esa de nuevo, aunque fuera su madrina. Él sólo había querido ayudarme a entender que no tenía nada de qué sentirme avergonzada. Él había querido que su madrina adivinara la razón perfectamente lógica por la que no había visto la enfermedad de mi madre, para que yo pudiera en-tenderlo y me liberara de esa culpa, de esa carga.

Pero la experiencia me sacudió tanto que no sólo lloré todo el camino hasta llegar a la casa, sino que cuando una semana des-pués él recibió la noticia de que ya había fecha para la salida de su esposa, y que sería en dos meses, lo convencí de que empezara a prepararse para su nueva vida con fidelidad y le hice prometer que no me llamaría de nuevo, pasara lo que pasara. También yo le prometí que no lo buscaría, mientras que por dentro me hacía otra promesa más a mí misma: que nunca volvería a cometer el error de contarle a otro ser el secreto de mi clarividencia truncada.

Mas mi clarividencia y los vaticinios de su madrina no fueron las razones principales por las que renuncié a él. Tampoco el saber que ahí había algo de verdad, algo que yo no iba a poder controlar. Que no podría sobrevivir a su estilo de vida loco e irresponsable, ni a su aún más loca madrina y mucho menos a mi propia mala costumbre de involucrarme sólo en aquellas relaciones carentes de esperanza y posibilidad. No. Lo que me pasó es que ese algo que estaba sintiendo me hizo querer para él lo que nunca había tenido yo: un matrimonio feliz, unos hijos, una vida real.

No te digo esto ahora porque ha pasado el tiempo. Yo sabía lo que sentía entonces, pero pensaba que era probable que su ma-drina tuviera razón al decir que yo no tenía nada que ofrecerle. Por todo esto renuncié a lo que sentía por él y me ocupé de llenar rápidamente el espacio que había ocupado. No fuera a ser que le diera por regresar por mí, ignorando que le había pedido que me olvidara, porque se había dado cuenta de que era a mí a quién quería realmente (mi fantasía secreta), o peor, que comenzaran a pasar mis días con la esperanza de verlo regresar y al final no tuviera más remedio que aceptar que jamás había tenido la intención de volver por mí.

Capítulo 5

—¿Vos vas a estar bien caminando? —me preguntó cuando ya casi llegábamos a la esquina de la avenida 20 y la Calle Ocho esa tarde. Hacía poco más de quince minutos que habíamos salido del St. Michel y, aunque ya Héctor sonreía de nuevo, era obvio que su mente estaba a muchos mundos de distancia.

—Sí, claro. Ni siquiera está oscuro todavía.

—Bárbaro, flaca. Andá con cuidado entonces —dijo disminuyendo la velocidad hasta parar y olvidando pedirme que le enviara un mensaje de texto cuando estuviera ya en mi apartamento y hubiera cerrado con cerrojo.

Abrí la puerta del auto lentamente para darle tiempo a que me dijera que me llamaría más tarde para desearme buenas noches, como de costumbre. Pero no lo hizo, así que salí y me alejé lentamente. Me preguntaba qué cosa sobre esta tierra podría estar preocupándolo tanto como para convertirlo tan abruptamente en este ser tan distante.

Hasta recuerdo haber pensado que Héctor estaba actuando como alguien a punto de embarcarse en esa maravillosa etapa en la vida de todo romance conocida como "el comienzo". Sólo que me sentía más como la esposa que como la amante porque, si Héctor estaba comenzando algo, definitivamente no era conmigo.

Escuché al auto alejarse en la dirección opuesta y aceleré mis pasos por la acera de la Calle Ocho que me llevaría a Coffee Park. Al pasar la esquina de la avenida 15, y como era ya un acto reflejo en mí, procuré no mirar hacia la casa donde vivía Jorge cuando estuvimos juntos, o donde quizás aún vivía con su mujer, a pesar de que nunca habíamos coincidido allí ni por casualidad después de nuestra ruptura.

Desde esa esquina, me tomaría otros diez a quince minutos llegar a mi apartamento, y como fue justo en este barrio de mis amores en el que se desarrollaron todas las cosas alucinantes que sucedieron después, quizás sea el momento perfecto para darte un tour rápido del lugar: de la Pequeña Habana, de Coffee Park y de la guerra civil que convirtió ambos lugares en sitios poco ordinarios en los cuales vivir.

Verás: a finales de los años noventa, hubo todo un movimiento para revitalizar y promover la Pequeña Habana como destino turístico, enclave principal de la cultura cubana en Estados Unidos y sede del más grande festival hispano del mundo, el carnaval de la Calle Ocho en Miami. (¡Qué viva Celia, por siempre, caballero!).

Pero pronto se suscitaron las tensiones cuando algunos de los residentes más liberales del área comenzaron a sentir que aquella autenticidad nostálgica de la Pequeña Habana, esa energía que los había llevado allí en un comienzo, estaba siendo amenazada por la obsesión de la ciudad con "limpiar" o más bien "desinfectar" el área con el único propósito de relanzarla como atracción turística comercializada.

—Mira, Mariela, si yo quisiera vivir en un suburbio de Disney World, viviría en un *fucking* suburbio de Disney World —me había dicho mi vecina Iris en aquel entonces.

El resultado del dale pa'llá y vente pa'cá fue que muchos de "los rebeldes" terminaron mudándose a nuestro lado de la Pequeña Habana: a Coffee Park, que en aquel entonces no era mucho más que una cuadra grande con espacios verdes y árboles adultos en el medio, pero que ahora estaba repleto de pequeños cafés, boutiques independientes y apartamentos que desempeñaban múltiples funciones: estudios de yoga, cooperativas artísticas y farmacias holísticas atendidas por jóvenes barbudos defensores de la marihuana medicinal. Así, Coffee Park se convirtió en un símbolo de la rebeldía comunitaria, cuando sus residentes decidieron, de manera consciente y colectiva, desafiar a los burócratas y ser allí tan bohemios, progresistas y liberales como les fuera posible.

Claro que además de los pequeños negocios que siguieron apareciendo por todas partes en Coffee Park, el área también tenía grandes casas convertidas en *duplexes, triplexes* y *fourplexes,* la mayoría construidas entre las décadas de los veinte y los cuarenta, orgullosamente asentadas en su suelo, coexistiendo con las fachadas de las tienditas.

Esta mezcla, que más bien era un mejunje, nos convirtió en una comunidad casi autónoma cuyos habitantes respondían "Coffee Park" cuando se les preguntaba dónde vivían, aun cuando Coffee Park era, oficialmente y para todo propósito práctico, parte de la Pequeña Habana.

Mi *fourplex,* por ejemplo, había sido construido en 1935. Era un gran cuadrado de cemento del que alguien se apiadó, dotándolo de detalles arquitectónicos de estilo español, como altos cielos rasos, molduras, arcos ornamentales y grandes ventanas. Manuel, mi ex, lo había pintado de un color papaya que yo odié en aquel momento, pero que aprendí a adorar por el hermoso contraste que hacía con el verde intenso de los árboles al otro lado de la calle, haciendo juego de algún modo con los toldos de las tienditas *bohochic* que rodeaban el parque.

Por dentro era un espacio encantador con apartamentos de una habitación, pisos de madera original, una chimenea inservible e impráctica pero simpática en cada unidad y escapes de fuego en la cocina de los apartamentos del segundo piso, que algunos inquilinos habían utilizado para satisfacer su afición por la jardinería, convirtiéndolos en pequeños bosques selváticos para almas urbanas. El edificio tenía también un pequeño patio posterior con un gran árbol de aguacate, bajo cuya sombra la hierba se mantenía siempre verde y húmeda.

Pero así de seductor, como sin duda lo era mi pequeño edificio, la verdad es que también era un bolsillo con un enorme agujero por el cual se escapaba el dinero. Como le ocurre a cualquier estructura vieja, cada quince o veinte años necesitaba un techo nuevo y una reparación a fondo de las tuberías de agua y quién sabe cuántas otras cosas para las cuales yo no tenía dinero.

No creas que no me preguntaba (y bastante a menudo) por qué no vendía el bendito edificio, sabiendo, tan pronto lo pensaba, que no era tan sencillo. No podía vender lo único que me quedaba de mi madre y, a pesar de la forma tan estrepitosa en la que había explotado recientemente la burbuja inmobiliaria, no me cabía duda de que los bienes raíces seguían siendo la inversión más segura del mundo. Era sentido común. El área tenía que despegar, rodeada como estaba por elegantes vecindarios como Brickell, Downtown Miami, Design District y Wynwood.

Podía visualizarlo convirtiéndose en el próximo Greenwich Village antes de que Greenwich Village se diera cuenta de lo cool que era, tal y como mi madre lo había pronosticado una vez. Ella había comprado el pequeño *fourplex* en el momento justo, en mitad de una crisis económica, y pocos meses antes de que empezara la pugna por el desarrollo turístico de la Pequeña Habana. En ese entonces la plaza era sólo un pastizal verde salpicado de casonas, localizado al final de la Calle Ocho y demasiado cerca del ruido y el polvo de la interestatal 95. Aun así, ella estaba decidida a comprarlo, como si de algún modo supiera que algún día comerciantes, artistas y activistas iban a empezar a mudarse a las casas que rodeaban el parque y convertirían la plaza en su propio pequeño enclave liberal para bohemios.

"Este lugar", había dicho ella, "tiene potencial. Puede que no haya heredado el don de ver el futuro como tú, Mariela, pero tengo la visión que dan el instinto y la experiencia, y te digo que Coffee Park va a progresar y a valer mucho dinero algún día". Ese miércoles, mientras caminaba de regreso a casa tras mi tarde con Héctor, la cuadra estaba limpia, los árboles estaban aún verdes y no había señales de la música demasiado alta que a veces se escuchaba en las noches aunque fuera un día de semana y la gente tuviera que trabajar al día siguiente. Tampoco se veía al par de inofensivos seu-doindigentes que ya me saludaban por mi nombre, ni a las prosti-tutas que a veces iluminaban mis tardes con sus tops de lentejuelas, sus hot pants y sus tacones altos. Y no es que yo las juzgara por ser putas. Dios me libre a mí, y si las juzgué alguna vez fue más por no darse cuenta de que atraerían más clientes invirtiendo, de vez en cuando, dos dólares con setenta y nueve centavos en un tubo de crema dental ultrablanqueadora con control de sarro, que por ser putas. Pero el punto es que a pesar de todo eso, la verdad era que Coffee Park era un pequeño gran vecindario.

También era el lugar donde me había reinventado después de mis divorcios. Recordarás que cuando no pude costear seguir viviendo en mi casa de Coral Gables (posesposo número dos), de-cidí (fui obligada a) convertirme en empresaria, regresando a Co-ffee Park armada de mis recién afiladas capacidades de internauta resuelve-problemas y de mi habilidad posdivorcio para encontrar la información, los recursos, el préstamo o la beca que fueran ne-cesarios con sólo mi computadora y mi teléfono.

Al principio, la mayoría de mis clientes fueron personas que tenían algunos recursos pero no la paciencia para esperar todo el día en el Club Kiwanis de la Pequeña Habana, una de las pocas organizaciones comunitarias sin fines de lucro que prestaba servi-cios a los inmigrantes del área. Así que, los que podían venían a mí y yo corregía algún error en un cobro, les ayudaba a negociar el aplazamiento de un pago, encontraba una dirección en Map-Quest o bajaba e imprimía el itinerario del Metromover. Hacía declaraciones básicas de impuestos por debajo de la mesa, llenaba solicitudes de ayuda financiera para tomar clases de inglés (como lo había hecho con Jorge), escribía cartas de todo tipo y una o dos veces fui contratada para llamar al jefe de alguien y decirle que "mi esposo" estaba enfermo y no se presentaría a trabajar ese día.

Pero ocurrió que, poco a poco, con el pasar del tiempo, una cierta clase de clientela comenzó a fluir por mi salita/oficina con más frecuencia que el resto: mujeres. Confundidas, con el corazón roto, convertidas en demonios creados por la rabia, despecho y desilusión del amor que, ante la posibilidad de un divorcio o separación y que, habiéndose enterado de mi "historia", pensaban que quizás yo tendría una o dos estrategias que compartir con ellas. Esto era perfectamente normal. Viviendo en Coffee Park, uno termina por escuchar la historia de todo el mundo, y el hecho de que hubiera tenido que regresar al barrio dos veces después de que un hombre me traicionara era motivo suficiente para que la gente recordara mi historia particularmente. Ah, pero déjame decirte lo importante, y es que fue ahí, con esas mujeres, que por primera vez sentí esa sensación deliciosa que se siente cuando estás haciendo lo que se supone que estés haciendo.

Toma el caso de Silvia.

—¿Ya le pediste el divorcio? —le pregunté cuando vino a verme.

—¡Por supuesto!

—Retráctate.

—¿Qué? ¿Pero no escuchaste lo que dije? Que se está acostando con mi prima, Dios mío, mi pri... mi pri... ¡mi priiiiiiiiiiima! —sollozó durante un minuto antes de sacudir la cabeza con fuerza y gritar—: "¡Mi prima!", de manera redundante.

—Ya sé, Silvia. Ya lo sé. Créeme, sé cómo te sientes y es por eso que necesitas un abogado: él no tiene trabajo; tú tienes dos. Él ha venido encargándose de los niños mientras tú trabajas y...

—¡Eso es lo peor de todo! Mariela, ¿tú sabes lo que hizo ese hijo de la gran puta?

—Sí, pero dímelo de todas formas —le dije, comprendiendo que iba a tener que dejar que se desahogara antes de que me permitiera ayudarla—. ¿Qué fue lo que hizo?

—Trajo películas para los niños, helados y todo tipo de *junk food*, y metió a la puta desgraciada esa por el cuarto de atrás, el que queda al lado del *laundry*, con los nenes viendo televisión en la sala —terminó, a punto de una trombosis, su abundante pecho subiendo y bajando como una masa de agua con síntomas de tsunami.

—Ya sé. Ya sé, pero…

—¿Tú lo sabías?

—No, lo que quiero decir es que sé lo que se siente.

—Ah —asintió, sin duda recordando lo que había escuchado sobre mi pasado sentimental.

Traté de que me escuchara una vez más:

—En la corte, todo lo que sabrán, o querrán saber, es que tú eres el sostén del hogar y la que tiene dos trabajos y cero tiempo para cuidar de sus hijos, y probablemente dirán que mantener las cosas así, tú ganando el dinero y él cuidando a los niños, sería lo menos perjudicial para los niños, ya que él lo ha estado haciendo durante…

—Oh, sí. Él lo ha estado haciendo. Que si lo ha estado haciendo. Mira, Mariela, ¿tú quieres que yo te dé perjudicial a ti?

Suspiré, tratando de mantenerme serena y objetiva para no caer en ese pozo tan oscuro y tan profundo que era su rabia, y desde donde yo sabía que no podría ayudarla.

—Lo que estoy tratando de decirte es que él podría quedarse con la custodia compartida, los niños viviendo con él y *tú* teniendo que pagarle manutención *a él*.

—¡No! ¿Tú crees? No. Es que él no se atreve conmigo.

—¿Pero no estás diciendo que se estaba acostando con tu prima, en tu casa, con tus hijos presentes, mientras tú tenías dos trabajos?

—Ay Dios. Ay, es verdad. Tienes razón. Él sí se atrevería, el desgraciado ese.

—Todo lo que te estoy diciendo es que tengas cuidado. Porque déjame decirte que "la distribución equitativa de bienes" en este asqueroso estado donde nadie tiene culpa en un divorcio, no importa lo que haga, es la forma que encontró la Florida de cobrarte hasta por el sol.

Silvia asintió con los ojos bien abiertos antes de decirme:

—Mariela, lo que yo necesito es un *motherfucking* abogado que sea bien hijo de puta.

Estaba contenta de que hubiese dejado de pensar que no necesitaba abogado y que decidiera que quería uno bien *motherfucking*. Sin embargo, como conocía a unos cuantos de ellos y sabía que Silvia no tenía suficiente para pagar ni cinco minutos de lo que le cobraría cualquier abogado genuinamente hijo de puta en Miami, le pregunté:

—¿Te conformarías con un *motherfucking* abogado del programa público de ayuda legal?

Cuando asintió con urgencia, encontré el número de la oficina de Legal Services of Greater Miami y el del Departamento de Niños y Familias para el estado de la Florida y coordiné citas en ambos antes de imprimirle cuanto documento útil pude encontrar en Internet sobre divorcio y leyes de familia.

Me sentía tan feliz de poder ayudar a estas mujeres. Por lo regular, mi tarifa era de diez dólares por hora, pero frecuentemente les cobraba menos o les trabajaba tiempo adicional que no cobraba porque, en lo que a mí concernía, éste era mi verdadero don. Ya no quería saber de la clarividencia porque, si algo me habían enseñado mis fracasos matrimoniales, era que si alguna vez tuve la habilidad para ver el futuro, esa habilidad llevaba mucho tiempo nadando en un lago de mierda en alguna parte.

Mientras tanto, con mi teclado podía ver más lejos que cualquier psíquico. Algunas veces todo lo que tenía que hacer era buscarle a una mujer la respuesta sencilla a una consulta en mi computador (sin costo si la consulta me tomaba cinco minutos o menos) para que me mirara como si mi computadora fuera una bola de cristal y yo la maga con el talento para leerla. Odiaba eso. Me recordaba cómo mi clarividencia me había hecho sentir especial en mi adolescencia. Tú sabes, antes de que mi madre se enfermara y yo descubriera que era un fraude.

Y así estaban las cosas. Yo, creyéndome la madre Teresa con laptop. De día, entregada a mis clientes y a mis inquilinos. De noche, firme creyente en mi soledad y en mi regla estricta de "sólo hombres casados". Ambas vidas venían sin muchas obligaciones reales y sin riesgos de pérdidas financieras ni emocionales. Además, tenían el beneficio agregado de ocupar el espacio que de otra manera hubiera estado tentada a ofrecer a peligrosos hombres supuestamente disponibles.

No creas que siempre fui tan cínica y desconfiada. Al contrario. Toda mi vida había deseado tener una hermana o una mejor amiga. Otra mujer con quien tener un lazo tan cercano como el que tuve con mi madre. Pero, por alguna razón, no conocía a una sola mujer, aparte de Iris, a la que verdaderamente pudiera llamar mi amiga. Y no sé, quizás porque a un número de ellas parecía haberles dado por robarse a mis porquerías de maridos, quizás por eso, yo había perdido la capacidad de lamentar que ahora yo pudiera estar tomando prestados los de otras.

Simplemente seguía adelante con mi vida, un día a la vez, tratando de no pensar en el triste hecho de que ayudaba a mujeres con una mano mientras las hería con la otra.

Capítulo 6

Unas cuadras antes de llegar a mi apartamento, me detuve en la frutería Los Pinareños por un batido de guayaba. Estaba delicioso, una mezcla perfecta de agrio con dulce. Unos pocos sorbos después me había convencido, una vez más, de que todo estaba en mi mente. A Héctor no le pasaba nada. Era yo la que estaba haciendo un volcán de un cenicero.

Cuando una mujer ha estado sola durante algún tiempo, es como la niña de *La pequeña princesa,* que sube las escaleras de su desván después de una horrible dosis de trabajo forzado, pobreza y abusos para luego descubrir que un filántropo millonario le ha enviado a ella su mono con todo tipo de comidas maravillosas, regalos y atenciones para reconfortarla. Entonces, Dios era mi filántropo, Héctor era su mono, y todo lo que yo tenía que hacer para proteger mi buena suerte era guardar el secreto y mantenerme en las sombras designadas para "la otra mujer".

El tráfico de la Calle Ocho me pasaba al lado mientras caminaba y sorbía mi batido, me preguntaba por qué le había pedido a Héctor que me trajera, en vez de quedarme en Coral Gables recorriendo las tiendas de Miracle Mile antes de tomar la guagua de regreso.

A esa hora de la tarde, el ruido de los vehículos era tan fuerte que cuando llegué a Coffee Park tenía un fuerte dolor de cabeza que me obligó a detenerme en la farmacia de medicina naturista en busca de unas gotas de remolacha orgánica. Sarah, la novia del dueño, estaba detrás del mostrador. Era una chica joven, toda huesos, cabellos rubios y grandes ojos azules. Tenía uno de esos rostros pálidos en los que la nariz y la boca eran apenas leves signos de puntuación. Había venido del este de California con Pedro, el dueño, pero era natural de Madison, Wisconsin. Lo primero que escuché cuando la puerta se abrió con el tintineo de unas campanitas de bronce atadas a la puerta con una gruesa cuerda roja fue a Pedro gritándole a Sarah desde algún lugar en la parte posterior del establecimiento.

—Pues, vete. Lárgate de regreso a Madison a criar unas cuantas vacas si es lo que quieres hacer. ¡Pregúntame si me importa!

—Ya quisieras tú que Miami tuviera la clase y la sofisticación que tiene Madison, Wisconsin, en una sola cuadra. ¿Me escuchaste? Oh… hola, Mariela. ¿En qué te ayudo?

—Puedo regresar más tarde.

—No seas tonta. Ignóralo.

—Unas gotas de remolacha fresca, por favor, si las tienes listas para llevar.

—Claro que sí —dijo ella con una media sonrisa; se veía triste y como cansada.

La cortina que daba a la trastienda se abrió bruscamente y apareció Pedro con la cara roja a punto de estallar y la boca ya abierta para decir algo, pero cuando me vio se detuvo, murmuró un "hola" avergonzado y regresó a hacer lo que fuera que estuviera haciendo atrás.

Tan pronto se alejó, Sarah murmuró:

—Te juro que estoy harta de ese hombre. Me iría a casa en este instante si pudiera —y su voz estaba tan llena de rabia que no me cupo duda de que lo decía en serio. Estaba tan enojada que olvidó anotar mi pedido en su libreta de recibos, ignorando la caja registradora y guardando el efectivo que le di en el bolsillo delantero de sus jeans.

Me fui de allí pensando que ése era otro de los beneficios de mi relación con Héctor: el poco tiempo para pelear. Claro, eso si aún tenía una relación con él.

Al bordear el parque hacia mi apartamento, concluí que la tensión con Héctor había sido mi culpa. Yo sabía que la regla número uno de cualquier romance es ser siempre misteriosa, lo cual funciona igual de bien con clarividentes como con mujeres comunes y corrientes intentando mantener fresca una relación clandestina con un hombre casado. También sabía que el método más fácil para restaurar el misterio perdido es la ausencia. Por eso, un poco sacudida por la discusión entre Pedro y Sarah, deseé ya estar de regreso en mi casa. Tomaría una ducha tibia para centrarme y aniquilaría el hambre y la ansiedad cocinando mi deliciosa tortilla de pimientos piquillos sofritos en ajo, aceite de oliva, jugo de limón y azúcar. Disfrutaría de una buena copa de vino, me liberaría del drama por una noche, recobraría mi misterio y dejaría de hacer "esa cosa" que Héctor me había pedido que no hiciera. Quizás incluso habría tiempo para terminar *La elegancia del erizo*. La trama se desarrollaba en París y la protagonista era la conserje de un edificio tan enamorada del arte que, educándose ella misma en secreto, se volvió tan delicada como la más culta diletante. Cuando la solté la última vez, todo parecía indicar que el sabio, rico, guapo y viudo japonés que vivía en su edificio había descubierto su maravilloso secreto y se estaba enamorando de ella. Sólo pensar en una buena historia me emocionaba y me llenaba de esperanza, así que apreté el paso. La vida era grandiosa otra vez.

Cuando llegué a mi edificio me di cuenta de que el auto de Héctor estaba estacionado enfrente. ¿Qué estaba haciendo él aquí en vez de estar en la librería? ¿Qué había pasado con su importante reunión? Abrí la enorme puerta de madera y entré al vestíbulo que separaba mi apartamento del de Gustavo. Era un espacio pequeño, de unos dos ocho pies cuadrados, que contenía la caja de la electricidad, los buzones de correo y la escalera que llevaba a los apartamentos de arriba.

Había empezado a extraer mi correo del atiborrado buzón que decía "Apartamento 1" con esmalte rojo cuando escuché a Héctor y a Olivia bajando las escaleras y riéndose de algo, al parecer bastante gracioso. Era demasiado tarde para escaparme a mi apartamento. En segundos estaban frente a mí sin darme tiempo ni para recuperarme de la sorpresa. A ella no la había visto en semanas, mientras que él había estado dentro de mí hacía apenas un par de horas.

—¿Qué hacés, querida? —saludó Héctor como si no me hubiera visto en años.

—Bien. Acá, digo, estaba, tenía cosas que, ya saben, aquí —dije, o traté de decir, como si no viviera ahí y tuviera que explicar mi presencia.

—Che, pues que bueno verte. ¿Cierto, Olivia?

Ella se tomó su tiempo para responder y luego lo hizo en el mismo modo parco y helado tipo Morticia que yo recordaba de las pocas veces que habíamos tenido que cruzar palabra desde que vivían en el apartamento 4:

—Muy lindo tu top.

—Ah, sí, gracias. Tú te ves espectacular —repliqué, pensando: "para asistir a una convención de los años setenta".

Olivia ya picaba los cincuenta y llevaba el cabello rubio ceniza largo cortado en capas alrededor de la cara. Al parecer, nadie le había contado que la propia Farrah Fawcett se había quitado ese peinado mucho antes de morir. Era delgadísima, con un rostro angular en el que sobresalían sus enormes ojos cafés y unos labios grandes que parecían estirarse tanto como su cara. Su único buen rasgo, en lo que a mí concernía, eran sus pómulos, que eran altos y pronunciados. Se había puesto algo de maquillaje, todo muy tenue, excepto por el rojo borgoña de sus labios; completaba el look con un traje de coctel negro, que parecía colgar de ella, y unas zapatillas también negras de tacón bajo. La única cosa que no cuadraba perfectamente era un macizo reloj de oro de hombre, manifiestamente fuera de lugar.

—Fue el primer regalo que me hizo Héctor —me dijo siguiendo la dirección de mi mirada—. El reloj de su padre, para que siempre supiera la hora que era sin tener que dejar jamás de flotar en mi mundillo.

Terminó con esa gotita de sarcasmo que nunca me dejaba estar segura de si la había escuchado o no. ¿Lo habría dicho él en esa forma tan condescendiente en aquel entonces? ¿O era ella quien lo decía sarcásticamente ahora? Las posibilidades contenidas en ese pequeño bocado de información me fascinaban. Las queridas siempre queremos saber lo que pasa dentro del único lugar que nos es prohibido: el matrimonio de nuestros amantes.

—Bueno, nos tenemos que ir —dijo Héctor empujándola con suavidad hacia la puerta, de forma tal que ahora estaban justo entre la puerta de mi apartamento y yo. Héctor lucía cómodo y relajado. Yo no entendía como podía estarlo.

—Tu perfume —dijo ella.

—Gracias —dije yo demasiado rápido, ya que ella no me lo estaba elogiando exactamente—. Es limoncillo.

—Sí, ya lo reconocí —dijo, congelándome el corazón—. Lo cultivo en mi apartamento. Es bueno para las migrañas.

Ese último comentario, la posibilidad de que ella reconociera mi perfume y que pudiera un día de estos reconocerlo en la ropa de Héctor, puso a Héctor visiblemente tenso, lo cual, sospeché, había sido la intención de Olivia. ¿Sabría algo? Y si no, ¿por qué carajos estaba siendo sarcástica con una cosa tan inocua como el limoncillo?

Justo cuando la situación no podía ser más incómoda, la puerta del apartamento 2 se abrió y salieron Gustavo, Abril y Henry. Gustavo es el inquilino y vecino del que ya te he hablado. Abril era una chica que rentaba uno de los apartamentos de mi vecina Iris en el edificio de al lado, y Henry, su hijo de siete años. Gustavo y Abril habían empezado a salir hacía poco y ahora se veían sorprendidos de hallarnos a todos agolpados en el pequeño vestíbulo. Henry, sin embargo, se puso muy contento cuando vio a Olivia.

—Te ves bonita —le dijo mirándola con ojos tan grandes como los suyos gracias a los gruesos cristales de los espejuelos que había comenzado a usar recientemente para su hipermetropía. Arrastró los pesados zapatos ortopédicos que usaba por causa de sus pies planos para acercarse y tocar su reloj, reverente.

—¿También te llamó la atención el reloj, Henry? Pues tenés muy buen gusto —dijo Héctor, despeinando el cabello café cobrizo de Henry como si estuviera encantado de verlo.

¿Desde cuándo a Héctor le gustaban los niños? ¿O tal vez lo que le agradaba era la conveniente distracción que este niño en particular le estaba proveyendo?

Olivia se había quedado mirando fijamente los ojos de Henry.

—Hay un remedio natural muy bueno para los ojos de los niños —dijo sin dirigirse a nadie en particular.

—Yo usé un remedio natural bárbaro para curar los míos: el láser —dijo Héctor, convertido de pronto en comediante.

Olivia lo ignoró y continuó su intenso examen del rostro de Henry.

—Ya saben, ella está siempre hablando de que esto es natural y aquello es natural. ¿Qué más natural que la luz? —continuó Héctor.

¿Será que por fin se había puesto nervioso? ¿O estaba siendo irónico y hasta un poco despectivo hacia la consciencia macrobiótica naturista de su esposa para mi beneficio?

—Tenés que comprar polvo de raíz de regaliz —continuó Olivia, sin siquiera mirar a Abril, a pesar de ser ya obvio que era con ella con quien hablaba—. Mezclás media cucharadita de ese polvo con una cantidad igual de miel y con un cuarto de cucharadita de mantequilla clarificada o *ghee*. Se lo das al niño con el estómago vacío —concluyó.

—Mi estómago ya está vacío —dijo Henry mirándola a los ojos con la misma fijeza con que ella miraba los suyos, sonriendo divertido como si se tratara de un juego.

—Mil gracias, aunque tendré que pasar por su apartamento con una libreta de apuntes para anotarlo todo con cuidado —dijo Abril con tal reverencia que cualquiera diría que ella era la campesina más pobre del mundo y Olivia era el papa.

Ésa era una cosa que me fastidiaba de Abril. Esa forma que tenía de meter a su hijo por los ojos a los demás, emocionándose cuando alguien le demostraba cariño o lo acogía bajo su ala, como si Henry fuera huérfano simplemente porque su padre no estaba en el panorama.

—Los doctores dicen que su tipo de hipermetropía es extremo y que se está manifestando antes de tiempo. Apenas tiene siete años y ya le está molestando muchísimo —continuó Abril, ajena a mis pensamientos maliciosos.

—¡Y tengo unas gafas nuevas! —dijo Henry, otra vez ofreciéndole a Olivia su adorable sonrisa de dientes torcidos.

—Sí, bueno, tenés que lidiar con eso —le dijo Olivia a Abril, sin mirarla ni a ella ni a Henry, dando la conversación por terminada, como si el tema la aburriera.

Miré a Henry y, tal como pensé, lucía lastimado.

—Tus gafas son muy bonitas, Henry. A mí me gustan muchísimo —dije cayendo en la trampa de Abril y queriendo proteger a su hijo de la mala leche de adultos de mierda.

Henry sonrió ampliamente de nuevo, asintiendo muchas veces como poseído.

—¿Lo ves, Henry? Te dije que eran súper cool. Las fuimos a buscar juntos —dijo Gustavo, poniendo su mano sobre el hombro de Henry de forma protectora.

—Nosotros de veras que tenemos que irnos —dijo Héctor en el mismo tono impaciente que había usado conmigo esa tarde.

—Un placer verlos de nuevo —dijo Abril, como si se fueran sus grandes amigos—. Henry siempre me está pidiendo que lo lleve a la librería, ¿verdad Henry?

Por su mirada, era obvio que Henry no sabía de lo que su mamá hablaba.

—Bueno, gusto verlos —dijo Gustavo, viniendo a su rescate.

Déjame decirte que en los cinco años que llevaba Gustavo siendo mi inquilino, jamás lo había visto tan embelesado con una mujer. No me vayas a malinterpretar. No es que él no fuera buen muchacho, pero cuando se trataba de mujeres, era un perro. Era atractivo y yo no tenía duda de que, en el tiempo que había vivido en mi edificio, se había acostado, o había tratado de acostarse, con casi todas las mujeres lindas y sin compromisos menores de treinta y cinco de Coffee Park, cambiando de elección rápidamente en el instante que lo aburrían.

Pero era claro que esta vez era diferente.

Abril tendría veintisiete o veintiocho años pero parecía una colegiala con su largo pelo lacio rayado al medio, sus aros de plata, sus brazaletes y su interminable colección de vestiditos de verano. Y, sí, tengo que admitir que, obviamente, era una buena madre que amaba a su hijo aunque me sacara de quicio a veces. Además, si hiciera falta otro argumento en favor de mi teoría sobre el misterio, Abril era el ejemplo perfecto. Tenía ese aire de lo desconocido que enloquece a los hombres. Meses después de conocerla a través de Iris, todo lo que sabía de ella era que había vivido en la Pequeña Habana por un tiempo, que se había mudado a Nueva York para estar cerca de su familia dominicana y que había regresado con un hijo. Que amaba la costura, la cocina, a Henry y ahora, por lo que parecía, a Gustavo.

—Buenas noches —dijo Héctor otra vez, abriendo la puerta y haciéndole señas a Olivia para que lo siguiera. Pero cuando abrió la puerta, Olivia se volvió hacia Abril.

—La hipermetropía en niños es usualmente hereditaria, ¿vos la padecés también?

—¿Perdón? Ah, no. No. Yo no, pero parece que Henry…

—Entonces sólo él. El regaliz.

—Sí, claro. Gracias otra vez —dijo Abril.

Me había quedado ahí parada, percatándome de que Héctor había alcanzado a cambiarse de ropa: pantalones negros y camisa gris oscura con mancuernas de plata. ¿Ésta era su reunión importante? ¿Una cita con su mujer?

—¿Estás bien, Mariela? —me preguntó Gustavo cuando la puerta se hubo cerrado tras Héctor y Olivia.

—¿Eh? Ah, seguro, sí, un poco distraída. Un millón de cosas. ¿Por qué? —respondí, abriendo de prisa la puerta de mi apartamento.

—Te quedaste muy rara de pronto.

—Tú me conoces, nací rara. Los veo luego. Adiós, Henry.

Entré rápidamente a mi apartamento, aseguré la puerta firmemente y corrí a la ventana sin siquiera prender la luz. Quería ver a Héctor y a su dichosa esposa antes de que se subieran al carro ¿Le abriría la puerta? ¿Le sonreiría, guiñándole un ojo sin razón alguna, como lo hacía conmigo?

Pero antes de que pudiera llegar a la ventana, escuché unos zapatos de plataforma de madera en la escalera. Era Ellie, que otra vez intentaba escabullirse de su apartamento para evitar pagarme la renta.

—Justo la persona con la que quería hablar —dije.

—*I was coming down to talk to you myself* —me respondió en inglés.

—¿Quien más lo haría si no *yourself*? —le contesté, sabiendo que el hecho de que me burlara de su forma de hablar había atravesado el jean barato y había ido a parar a la parte de su cuerpo que usaba para pensar y escuchar. No soy purista, pero Ellie tenía una manera de mezclar el inglés y el español que hacía que al final su pensamiento no tuviera sentido ni en un idioma ni en el otro, y terminaba sus oraciones con la palabra *yeah,* como en "así que hice esto y aquello y entonces así que, pues *yeah*".

—*You know*, pa' que sepas, me estoy mudando *some time next week*, okay, Mariela? Así que, pues *yeah*.

—Ellie, ya hemos hablado de esto. Te mudes o no, tú ya viviste el dinero de tu depósito. Necesito el dinero de tu renta de este mes ahora, antes de que se acabe el mes, y necesito estar segura de que el apartamento está en buenas condiciones antes de que te vayas, no después.

—¿Y qué vas a hacer si no tengo el dinero? *Evict me?*

Respiré profundo.

—No se trata de eso. Se trata de que seas responsable con tu deuda y de asegurarme de que dejes el apartamento como lo encontraste para que alguna otra persona en esta comunidad pueda disfrutarlo.

—*Oh my God!* Estoy *halta* de Coffee Park. Aquí todo es la comunidad pa' aquí y la comunidad pa' allá, y que si el karma y el honor. *What is up with that?*

—Mira, Ellie, a donde vayas, vas a tener que pagar tu renta. Así que a mí no me imporrrrrta cuántas veces te dejaron caer de la cuna cuando eras bebé, ¿okay? Tú vas a pagar tu renta y punto. ¿Me entendiste?

—Ten cuidado, Mariela. Que tú seas mi *landlady* no te da derecho a *amenazalme*.

—Ellie, no seas estúpida. Nadie te está amenazando.

—¿A quién tú estás llamando estúpida?

—Dije "no seas… estúpida".

—Mira, yo no tengo que aguantarte tu *mielda*, ¿okay? Puede que la gente acá no lo sepa, pero yo sí sé quién tú eres.

—¿Perdón?

—Sí, eso es lo que tienes que hacer. *Pedil* perdón. Te gusta mucho hablar de la comunidad, pero cómo te gusta usar los "recursos comunitarios" —dijo haciendo comillas en el aire.

—¿Tú tienes algo que decirme, Ellie?

—*Oh, I've said my piece* —dijo mirando hacia las escaleras y subiendo la voz.

—Pues tú creerás que has dicho "tu parte", pero la única parte que yo quiero escuchar es la fecha en la que vas a pagar tu renta y a entregar tus llaves.

—Cuando me dé la gana. ¿Me entendiste? —dijo imitando mi tono y mi respuesta de hacía unos momentos.

Estaba tan enojada que podía haberla arrastrado por aquellas escaleras y olvidar que ya no estaba en la escuela peleando con chicas que hacían ruidos de miedo y murmuraban cuando yo pasaba, sólo porque había sido lo suficientemente estúpida para creer que eran mis amigas y les había dicho que era clarividente. O podía olvidar que ya no estaba en high school, cuando no me importaba tener que darle una bofetada a cualquiera que se atreviera a decir algo de mi madre. Pero no lo hice.

—¿Es ésta la manera en la que quieres manejar las cosas, Ellie? —dije en lugar de eso, mirándola fijamente para que supiera que estaba mucho más loca de lo que ella iba a estarlo jamás y que no me importaba lo que pensaba que sabía, aun cuando me daba cuenta de que si ella sabía lo que yo me imaginaba que sabía, era probable que Olivia lo supiera también. (¿Sería eso lo que estaba haciendo Héctor esta noche? ¿Calmando las sospechas de su mujer?).

Ella debió haber captado el mensaje porque movió el fondillo más rápido que volando, y se fue con un portazo y un "jódete".

La observé alejarse a través del pedacito de cristal decorativo de la puerta de entrada con una sensación de pesimismo.

Nunca había sido una buena inquilina, pero últimamente se había puesto peor. Era como si ya no le importara nada. Cuando se mudó al edificio, era sólo una jovencita desesperada por liberarse de una madre opresiva. Yo había querido ayudarla, velar un poco por ella. Recuerdo que fue cortés, hasta amable, cuando le pedí que recordara poner sus latas de aluminio en el receptáculo de reciclaje y que, por favor, no tirara colillas de cigarrillo por la ventana de manera que cayeran sobre mi jardín. Pero últimamente se había vuelto grosera, lucía sucia y había adquirido una expresión desafiante y desenfocada que me inquietaba. Me preguntaba si estaría consumiendo drogas. Muchos dirán que las drogas sociales como la marihuana no son "tan malas". Pero si hacen que la gente sea algo que no es y que no le importen las cosas que normalmente le importarían, pues tampoco debe ser tan buena, ¿sí o no?

Lo peor de todo era que yo no podía permitirme un apartamento vacante en ese momento. Era como si Dios me estuviera enviando una señal tras otra de que debía terminar este absurdo enredo con Héctor. Su extraño comportamiento de esa tarde, los comentarios de Olivia, el atraparlos a punto de salir en una cita y el comentario de Ellie de que sabía quién yo era realmente y lo que hacía con los "recursos comunitarios" eran señales de que debía terminar el romance y mantenerme alejada por pura decencia. Pero, ¿dónde estaba exactamente la línea de la decencia? ¿No la estaba rompiendo yo ahora estando con él?

Esto es lo que te sucede cuando eres "la otra mujer". Pierdes toda perspectiva y gastas energía preciosa pensando si ser su casera hace más o menos decente que salgas con un hombre casado a quien todavía le importa su esposa lo suficiente como para interrumpir una tarde con su amante para llevarla a pasar una noche por la ciudad.

Esa noche, me senté al escritorio de metal de mi sala-come-dor-oficina-librería y miré por la ventana hacia la ciudad que contenía a Héctor y a Olivia en algún lugar. Intenté escribir una carta de ruptura a la vez que los imaginaba celebrando su aniversario o alguna otra cosa importante. Sentía celos de ellos por saber con una certeza que yo nunca tendría que, a pesar de todo y de todos, ellos estarían juntos hasta que la muerte los separara. Sí, las amantes siempre tienen celos de la esposa y yo no era diferente.

Estaba bastante segura de que no estaba enamorada de Héctor, al menos no conscientemente, pero sabía que era tiempo de parar porque, fuera lo que fuera que estaba sintiendo, ya era obvio que estaba derrotando el propósito de salir con hombres casados como antídoto contra el mal de amor.

Lo peor era que había tenido cientos de oportunidades para decidir esto antes, pero no. Tuve que esperar a que él se cansara de mí. Maldita sea. Él era un hombre casado teniendo una aventura. ¿Qué otra cosa podría pasar? ¿Había estado subconscientemente esperando que las cosas con Héctor fueran diferentes? Si no, ¿por qué estaba tan sorprendida?

Bueno, para comenzar, por lo abrupto. Héctor había puesto mucho esfuerzo en construir una conexión conmigo más allá de nuestros cuerpos; había trabajado muy duro para usar mi cabeza como un puente a mis pantalones antes de perder el interés repentinamente, justo ese día. Pero, ¿por qué?

Por primera vez en años me sentí tentada a "encender" mi supuesto don, a traer mi clarividencia de regreso desde el olvido al que la había condenado tantos años atrás. Necesitaba ver el futuro. Saber con seguridad que, con o sin Héctor, la soledad no estaría en las cartas para siempre. Me di cuenta de que era igualita a mis clientas, aferradas a malas fotocopias del amor por miedo a que el original nunca llegara.

Comenzó a llover sobre Coffee Park y la Pequeña Habana. El aire pasó de cálido a frío en minutos, cosa común en Miami, así que puse a un lado la carta que había estado escribiendo y me hice una taza de té chai con leche y especias picantes para calentarme un poco el estómago y subirme el ánimo, mi fantasía de vino y omelet, tirada al olvido.

Luego me senté junto a la ventana a ver cómo el viento y la lluvia creaban bailarinas con resplandecientes faldas verdes con las ramas de los árboles. Pronto la lluvia volvió borroso el cristal de la ventana, mientras que el hecho de que lo mío con Héctor se había acabado se volvió muy, pero muy claro.

Capítulo 7

Y es exactamente ese estúpido miedo a estar solas, o a que nos dejen, lo que crea la miseria de nuestros errores. Es también la razón por la que el número cuatro de mi lista llegó a mi vida.

Bueno, eso, y la librería.

Y la crisis inmobiliaria del año 2008.

Fue durante el otoño anterior, en 2007, que Héctor, un hombre extremadamente inteligente y estratégico, convenció a su mujer de vender su casa en el vecindario para ricos venidos a menos de The Roads, lo que hicieron justo antes de que la burbuja explotara. De este modo, me había explicado, habían podido salvar su librería y convertir su patrimonio en dinero en efectivo, que de otro modo no hubieran podido obtener después. El siguiente otoño, en octubre de 2008, se mudaron a mi edificio.

En aquel momento, si no hubiera estado en medio del proceso de atrapar a mi esposo número dos con la maestra de yoga, un hombre que vendía su casa con tal de no cerrar su librería hubiera sido un afrodisíaco demasiado difícil de resistir para mí.

Y, aunque es cierto que Héctor vino a ver el apartamento con su esposa Olivia, también es cierto que regresó solo después para firmar el contrato de arrendamiento y pagar el primer mes de renta, trayendo consigo un libro y un *soufflé* de chocolate como regalos.

—Gracias. Pensé que era el casero quien daba la bienvenida a los inquilinos con un regalo.

—Pero es que usted ha sido más que amable, Mariela. ¿De qué otro modo podría haberme inspirado a traerle estos detalles sin importancia? Vos, ¿me permitís tutearte? Es que se ve que eres una mujer increíblemente cálida, sin mencionar además que muy hermosa, ¿qué otra cosa podía hacer yo sino traerte alguna muestra de admiración? Le había tomado la medida al instante: pomposo, mujeriego y con una esposa que me helaba la sangre. Siempre silenciosa, sonriendo con esa sonrisa superior de los que están medio locos. Le di las gracias por el *soufflé*, le dije que no era un buen momento pero que podía regresar cuando quisiera a firmar el contrato, cerré la puerta en sus narices y no pensé más en él. Tú estás clara en que yo no estaba de ánimo para personas con penes justo en aquel momento, ¿verdad?

Por un tiempo, todo fue calma. Tuve un par de romances cortos, tan ordinarios y poco memorables que ni agregué a sus protagonistas a mi lista. No buscaba ni le pedía ayuda a nadie, y no alentaba a ningún hombre a que buscara nada conmigo. Estaba completamente sola: sin familia, sin amigos y sin relaciones reales además de las que tenía con mis demás inquilinos y la gente de Coffee Park.

El tiempo pasó y Manuel pasó. Y Jorge vino y se fue. Pasó más tiempo y entonces un día, cuando estaba finalmente cansada de tener casi cuarenta años y podía sentir la soledad infiltrando mis huesos como el moho, él volvió.

Como se trata de Miami, no hacía frío esa mañana de febrero en que Héctor tocó de nuevo a mi puerta. A pesar del clima cálido, él lucía chaqueta y bufanda porque, como supe después, siempre se vestía para la temporada sin importar en qué parte del globo terráqueo se encontrara.

—Buenas tardes, Mariela. Lamento mucho importunarte —dijo con su dicción precisa y su marcado acento argentino.

—Está bien. ¿Pasa algo en tu apartamento?

—Oh, no, no, no. Es que creo que he traspapelado mi contrato y me hace falta una copia.

—Ah, okay. Pasa un momento y te imprimo una.

Pero mientras yo buscaba el documento del contrato en mi computadora, él pasó como Pedro por su casa hasta la cocina.

—¿Dónde guardás el café? Ah, aquí está. Pensé que te podía hacer un capuchino ya que estoy acá —explicó cuando vio que lo había seguido hasta la cocina con un lápiz entre mis labios y una expresión de sobresalto en mi cara.

—Perdón —dijo entonces, luciendo avergonzado—. ¿Demasiada confianza? Dios, soy un boludo. Un *jackass,* como decís en este país. Siempre me pasa. Me conecto con la química narrativa y no hay quien me detenga.

—¿La química narrativa?

—Te gusta leer, ¿no? La ficción, las historias, los cuentos —dijo señalando la gran colección de libros que ocupaba una pared entera de mi pequeña sala-oficina y que podía verse desde el lugar de la cocina en donde estaba parado.

—Seguro —dije, lo suficientemente halagada como para desear que los inspeccionara, para que se sorprendiera con la variedad de autores que tenía allí representados: Allende, John Barth, Carver, Junot Díaz, Doctorow, Vikram Chandra.

—Bien, pues estoy seguro de que has leído éste —dijo entregándome un libro que sacó del bolsillo interior de su chaqueta estilo *trench*—. Pero ésta es una edición temprana, firmada por el autor. Muy muy valiosa. Sé que a vos te gusta este libro. Una mujer tan hermosa como vos tiene que tener este libro. Por favor, acéptalo. Como un regalo.

Era un ejemplar de *El amor en los tiempos del cólera,* que yo había leído y del que sólo recordaba que el objeto de la atracción casi pedófila del protagonista tenía el pelo púbico rojo.

Y fue ahí cuando pasó. Y por "pasó" quiero decir que yo decidí. Decidí que me gustaba la visión de este hombre quitándose la chaqueta y la bufanda y preparándose para hacerme un café en mi cocina. Y decidí abrirme a las posibilidades, dejar que él me sucediera como un evento, si él quería. Decidí que él no era mi problema, sino el de su esposa.

—¿Quieres revisar el contrato con tu esposa, en caso de que necesites que actualice algún dato? —sondeé, ya bebiendo su café y preguntándome si él entendería lo que realmente yo estaba preguntando: si estaba seguro de que entendía los riesgos de encontrar lo que había venido a buscar.

—No, qué va —contestó como un padre hablando acerca de un hijo rebelde—. Olivia no se entiende con estas cosas. Ella… no tiene problemas. Ella no está lo suficiente sobre la tierra para tenerlos o para saber que tiene uno cuando los tiene —concluyó con una sonrisa torturada, como de resignación, que obviamente había visto la luz antes de este momento.

Asentí, pensando que yo conocía bien su juego, que quizás hasta lo había inventado. Pero me convencí de que su esposa o conocía perfectamente los hábitos y defectos de su marido y no le importaba una pizca tener un esposo tan obviamente infiel, o no lo sabía y era más feliz de ese modo. Al menos conmigo ella no tenía que preocuparse de que él fuera a divorciarse de ella y se llevara sus propiedades con él cuando la dejara.

—Puedo preguntar… ¿cuántos años tenés?

—Eso no se pregunta a una mujer —me reí.

—Es sólo que me recordás a una actriz, la mística de la madurez y la sonrisa de la juventud al mismo tiempo, eh, Licia, su nombre es Licia Maglietta. Italiana —concluyó, como si el que algo fuera italiano significara que era innegablemente superior.

—No creo que a Licia le halagaría la comparación, hasta creo que la mortificaría, pero muchas gracias igual.

—Y sexy —agregó.

—¿Mortificada y sexy?

—No, madura y juvenil, sexy e inocente, todo al mismo tiempo.

Sonreí, ocupándome del libro que me había traído como regalo de su tienda, lo que se haría su costumbre de siempre.

—Oye, tus libros son caros, ¿eh? —dije—. Bueno, pues gracias por partida doble.

Pasé a una página en la que él había dejado un separador de su librería. Había una nota escrita a mano en ella. Leí en voz alta:

"El placer sexual está en el cerebro y comienza horas, días, meses, algunas veces años antes de hacer el amor".

—¡Ay, Dios! No puedo creer que olvidé eso ahí —dijo tomándolo con una sonrisa avergonzada que no me tragué—. Pero es verdad, ¿no? El placer es un hambre que alimentás. Si tu paladar no es educado en esos asuntos, arremetés con avidez, como bebiendo una bocanada de vino barato. Pero si sos alguien que realmente disfruta de hacer el amor, entonces alimentás esa hambre lentamente, disfrutando el placer de cada bocado que ponés dentro de la boca de tu mente. ¿Me perdonás por ser tan atrevido contigo? Es que me siento bien en tu presencia, viste, como si te hubiera conocido hace mucho tiempo.

Como dicen aquí en Estados Unidos los de un comercial de tarjeta de crédito: *Priceless*. No tenía precio. Podía ver claramente que era un hombre pretencioso, dado a la infidelidad crónica y, posiblemente, a la condescendencia. Pero escogí ser ignorante. Escogí ser ignorante porque estaba sola y aburrida con la vida y hambrienta de atención, y tenía miedo de que nadie volviera a fijarse en mí.

Lo dejé entrar porque estaba vacía, y él parecía ser justo lo que yo necesitaba para sentirme llena, aunque fuera sólo por un rato. Lo dejé entrar sabiendo exactamente lo que estaba haciendo, y cuando él se fue esa noche, no tuve duda de que volvería.

Capítulo 8

—No era una cita.

—Es lo que parecía.

—Pero no lo era —dijo Héctor.

—Una celebración, entonces —insistí.

—No era una celebración. Era una cena. Una cena, ¿okay? —dijo, suspirando exageradamente como si yo fuese una niña requiriendo más paciencia de la que él era capaz de tener en ese momento.

—Okay, una cena de celebración.

—¡No! Una cena de negocios, con gente de la oficina de asuntos culturales de la ciudad, Mariela. No me hinches las pelotas, por favor.

—Pensé que dijiste que se trataba de un asunto de la librería.

—Y así fue. Están haciendo una campaña para promovernos, para ayudar al pequeño negocio local, a los independientes, y por primera vez, por primera vez desde que llegué a esta puta ciudad, yo tuve voz y voto en esa mesa. Por primera vez estaba yo, y no el pelotudo de Mitchell Kaplan.

Mitch Kaplan era el dueño de Books & Books, el referente literario del que te he hablado y mi librería favorita en todo Miami. Héctor lo consideraba su némesis y se engañaba a sí mismo al pensar que su librería, llamada Del tingo al tango, localizada en la Calle Ocho y la avenida 19, representaba competencia alguna para Kaplan.

—¿Y?

—¿Cómo que y? ¿Cómo decís y? Y era importante para mí. ¿Podés entender eso?

—No hay necesidad de levantar la voz. Y no tienes que darme explicaciones. Yo solamente soy tu amante.

Él suspiró otra vez.

—Mirá, no debí haberte llamado tan temprano. No debí sacarte de la cama, pero sabía que ibas a estar enojada y voy a estar un poco ocupado más tarde, así que pensé…

—Ah, porque tú crees que yo iba a estar menos enojada si me hubieras llamado al mediodía en lugar de llamarme a las ocho de la mañana al día siguiente de tu cita romántica con tu mujer. ¿En serio?

—Lo que creo es que estás buscando una pelea.

—Y si así fuera, ¿qué?

—Puede que no te guste el resultado. A mí, por ejemplo, me disgustan bastante.

—Pues no sé. El resultado ya es una mierda, así que ¿dónde está la pérdida?

—Mariela, ten cuidado. Estoy tratando de darte una explicación. ¿Te morís si sos amable?

—¿Ser amable? ¿Quieres decir hacerme la boba? Pues sí. Me moriría. Las amantes no hacemos eso. Eso le toca a las esposas.

Mierda. Ahora sí que me había pasado.

—Sabés, Mariela, tengo muchos problemas en mi vida en este momento. No sé qué es lo que he hecho que es tan malo. Pero sé que no necesito esto.

—¿Como qué? —pregunté.

—¿Como qué? —repitió él.

—Sí, ¿como qué? ¿Qué problemas tienes tú en tu vida en este momento?

—Ya quisiera yo poder contarte.

—Entonces cuéntamelo. Lo que sea, dímelo.

—Puede que no me quede más remedio.

—Pues hazlo. Yo te digo los míos y tú me dices los tuyos —le dije tratando de aliviar la tensión, de traernos de regreso de ese lugar del cual tal vez no pudiéramos volver.

—Me tengo que ir. Te llamo más tarde.

Me había pasado como en el cuento del gato. A un hombre se le poncha una de las llantas de su auto en medio de una carretera desierta. El hombre camina y camina buscando quien le preste un gato para montar la llanta de repuesto. Mientras camina, se da cuerda convencido de que nadie le va a querer prestar el dichoso gato. Cuando por fin llega a una casa y están despiertos y el hombre de la casa le abre la puerta con una sonrisa, un "Buenas noches" y un "¿Cómo le podemos ayudar?", el hombre de la llanta le contesta con un "Pues ahora te puedes ir a meter el gato por el culo".

Yo era la que había pasado la noche dándome cuerda y escribiendo versiones de una carta de ruptura que no estaba segura de querer entregar. Y claro, de tanta cuerda, cuando Héctor llamó en la mañana con sus explicaciones, se encontró a una Mariela con la mala combinación de falta de sueño y exceso de pensamientos en la cabeza que no supo hacer mejor cosa que provocar una pelea.

Pero hubo algo más esa noche. Por primera vez en más de dos décadas, había intentado ver, cerrando los ojos con la intención expresa de traspasar al plano de la intuición, qué estaba haciendo él, dónde estaba y qué iba a pasar entre nosotros. Por supuesto que fallé miserablemente porque, aun si hubiera estado "al día" con mis habilidades y hubiese recordado qué hacer, una petición tonta y egocéntrica como la mía nunca habría sido respondida.

No. Éste no era el plan. Esta zozobra ante la sencilla posibilidad de que alguien terminara conmigo era lo opuesto a lo que yo había estado buscando con Héctor, y me estaba costando trabajo manejarlo. ¿No se suponía que la función de un amante casado era ser una distracción placentera, ligera y libre de complicaciones?

Y ahora él había colgado sin siquiera darme tiempo a recordarle que mi cumpleaños número cuarenta sería pasado mañana.

Sintiéndome ansiosa tras colgar con él, hice lo que todos hacemos cuando tenemos miedo: recurrir a aquello que recordamos de nuestra infancia como sólido y genuino, sea una oración, un cuento, un remedio, un hechizo o cualquier otra cosa. En mi caso, era algo que había visto a mi mamá hacer con frecuencia. Si ella quería que una persona se alejara de ella, escribía su nombre en un pedazo de papel, lo ponía dentro de un vaso lleno de agua y lo colocaba en el congelador para que se volviera hielo. Y ahí lo dejaba, entre las alas de pollo y los vegetales congelados. Durante años, tuvimos familias enteras en nuestro congelador. Desde la de Fidel Castro hasta la de una vecina que una vez le gritó en media calle que no debía dejar que tantos hombres la visitaran porque era una mala influencia sobre mí, a lo que mi madre respondió que al menos sus visitas la venían a ver a la luz del día, y no por la puerta de la cocina a las tres de la mañana, como las suyas.

Si, por el contrario, mi madre quería que alguien se mantuviera bien cerquita de ella, escribía su nombre en un pedazo de papel, lo ponía en un plato con miel y lo dejaba en el borde de la ventana o en algún otro lugar donde le diera el sol.

Ahora era yo la que escribía "Héctor Ferro" con un marcador de punta fina en un post-it púrpura antes de colocarlo en un platito de cerámica blanca. Lo cubrí de miel Mil Flores y lo puse frente a la ventana de la cocina, al lado del lavaplatos, entre mi orégano cubano, mi menta y mi romero. Ya veríamos.

Luego preparé un café bien fuerte y me alisté para el día que me esperaba. La noche anterior casi no había podido dormir, entre las veces que desperté creyendo escuchar el ruido del auto de Héctor regresando a casa y los ataques de cuernos que, una vez despierta, me hacían difícil volverme a dormir, imaginando a Héctor con Olivia en algún salón de tango de Miami Beach, bailando lento y sensualmente, redescubriéndose porque de alguna manera saben los dos que la tercera persona ha vuelto a ser puesta de lado y sólo existen ellos dos nuevamente.

También me preocupaba mi situación financiera. Dando vueltas en la cama, se me ocurrió que al menos podía hacer algo en esa área de mi vida. Tenía que lograr mantener todos los apartamentos alquilados y se me ocurrió que quizás podía hacer un trueque con los *handymen* del barrio para hacer algunas de las reparaciones más críticas que necesitaba el edificio, y poder así capear esta tormenta.

Porque esta no podía seguir siendo mi vida. Como mi madre, a quien le arrebataron para siempre su hogar en Cuba, teniendo que venir aquí de niña, sin entender y, quizás por ello, sin poder olvidar lo que había dejado atrás, lo que la había abandonado a ella, aunque fuera ella la que se había subido sin querer a esa avión, extrañando tanto su isla que cuando fue grande usó todo su dinero en comprar tantas propiedades como le fue posible, tratando de compensar de alguna forma el hogar al que nunca podría regresar.

No, yo tenía que hacer algo y decidí empezar por arreglar la situación de Ellie. Subiría y hablaría con ella, le ofrecería alguna clase de arreglo o plazo para lo que debía y le daría la oportunidad de quedarse si se comprometía a hacer un esfuerzo.

Calmar la situación tenía mucho sentido práctico porque si Ellie se iba, tendría que preparar y pintar el apartamento, anunciarlo, mostrarlo y finalmente rentarlo, lo que implicaba más dinero, esfuerzo y energía de los que yo tenía en ese momento, y ciertamente más de los que me tomaría lograr que Ellie se quedara y pagara al menos una parte de su renta.

Pero cuando toqué a su puerta, la peste que salía de su apartamento me abofeteó como villana de telenovela. Olía a metal quemado, a comida dañada y a sabe Dios qué especie de animal muerto. Después de tocar varias veces sin recibir respuesta, bajé a buscar mi llave de repuesto para su apartamento y me tropecé con Iris que estaba cuidando a Henry mientras Abril hacía alguna diligencia de importancia en el centro de la ciudad. Había venido con él para traerme una postal que el cartero había dejado en su edificio por error. Era una postal de cumpleaños de mi dentista.

—Aquí tienes, vecina. Déjame decirte que, independientemente de la edad que tengas, te ves estupenda.

Ella también, con todo y sus sesenta años largos. Tenía el pelo rubio, o más bien *strawberry blonde*. Y no me refiero a la versión de ese color que ves en las cajitas de tinte para el cabello, sino a que su pelo era rubio platinado con gruesos mechones color fresa como la fruta. Tenía brillantes ojos azules y grandiosas mejillas que parecían estar siempre a punto de levantarse en una sonrisa. Pero lo más importante era que tenía un fabuloso sentido del estilo. Ese día, por ejemplo, llevaba leggings negros con geométricas pizcas blancas, una *cut-up* (el nombre que daba a las camisetas que ella misma rediseñaba con retazos reciclados de otras camisetas) y una bufanda gris con lentejuelas de plata que la hacía ver como el alma iluminada y feliz que era. Además de manejar las seis unidades que tenía su edificio, Iris ponía su sentido del estilo a trabajar diseñando ropa de verano: vestiditos y camisetas adornados con listones de encaje y retazos de tela vintage que eran la imagen de Miami y que se vendían muy bien en las pequeñas boutiques independientes de Coffee Park, la Pequeña Habana y el Downtown de Miami.

—Ni se te ocurra tratar de pescarme revelando mi edad, Iris. En lo que a ti te concierne, yo estoy y estaré siempre en mis treinta, ¿okay? —dije abriendo la puerta para que pasaran ella y Henry.

—Ay, querida, yo solía esconder mi edad. Pero la verdad es que a nadie le importa si tengo sesenta y ocho o ciento ocho. En esta ciudad, después de cierta edad, para la gente da igual. Eres una vieja cagalitrosa y punto —dijo riendo. Era triste, pero cierto, como la mayoría de las cosas que decía Iris.

—Muy bien, okay, ganaste. Son cuarenta, y los cumplo pasado mañana.

—Sábado 24 de septiembre. Así que eres libra, aunque por muy poquito. Bueno, entonces lo voy a decir otra vez: te ves maravillosa para cualquier edad.

—Gracias, Iris —dije, ya con las llaves del apartamento de Ellie en mi mano.

Estaba a punto de pedirle a Iris que subiera conmigo cuando escuché a Henry en la cocina.

—Hé... Hé... Héc...

—Oye, oye, oye, ¿qué estás haciendo aquí, mi amigo? —dije corriendo hacia la cocina, alzándolo y plantándole un gran beso en la mejilla mientras lo llevaba de regreso a mi sala-oficina.

—¿Ése es mi nombre en el *pancake syrup*, Mariela? ¿Cómo puedo leerlo si lo cubres con *syrup*?

—No se dice *syrup* en español. Se dice almíbar. Y no es almíbar, sino miel, y es para… para las plantas.

—¿Las plantas comen miel?

—Tengo un asunto que solucionar arriba. ¿Subirías conmigo? —le dije a Iris, tratando de cambiar el tema.

—¿Ellie? —preguntó Iris, sabiendo la respuesta.

Asentí.

—Hey, un momento. ¡Las plantas no pueden leer! —dijo Henry, enderezándose la camisa exageradamente ahora que yo lo había soltado y se sostenía sobre sus propios pies de nuevo.

—Bueno, pero la tinta les hace bien —repuse, yendo hacia las escaleras e ignorando el desconcierto de Iris.

—Yo sé leer muy bien, Mariela, pero el *syrup* vuelve las palabras borrosas.

—Olvida eso ahora, Henry —dijo Iris—. Ven, que tenemos a una descarada que atrapar. Ay, Dios mío, y ¿qué coño es ese olor?

—¿Qué es una descarada? —preguntó Henry, apurándose para alcanzarnos a pesar de sus pesados zapatos.

Pero la palabra *descarada* no le hacía justicia a Ellie. Adentro, el apartamento 3 lucía como si un terrorista suicida hubiera fallado en su primer intento y hubiese tenido que intentarlo varias veces más para terminar el trabajo, dejando sus restos esparcidos por todo el lugar. O eso, o Ellie nunca había limpiado una sola cosa desde que se había mudado. Además de la suciedad que había dejado, los pisos de madera original estaban rayados profundamente en al menos una docena de puntos, el mostrador de formica de la cocina estaba quemado en varios lugares y debió haber dejado que el agua de la tubería del fregadero se obstruyera y se filtrara al gabinete, porque estaba hecho polvo por la humedad.

Una de las ventanas tenía un cristal roto y había un intenso olor que venía de la colonia de cucarachas plácidamente instaladas dentro del gabinete arruinado. El ventilador de techo no funcionaba, había ceniceros repletos de colillas por dondequiera y, para colmo, la tapa del tanque del baño tenía una profunda grieta en una de sus esquinas. Las únicas áreas relativamente despejadas eran aquéllas donde parecían faltar muebles, y la ropa que se veía estaba sucia en montones o esparcida por el piso.

También había una buena cantidad de marihuana dentro de una olla arrocera y una docena de piedras de color entre negro y café, del tamaño de sortijas, en bolsas plásticas para guardar alimentos.

Okay. Lloré. Lloré recordando a la muchacha que se había mudado allí. Recordé haberle dicho que debía estudiar para comediante por lo mucho que me hacía reír cuando me contaba historias de cómo cambiaba las órdenes de los clientes del McDonald's de la 15 cuando se ponían groseros, dejando fuera los cubiertos, las servilletas, el sorbeto o la sal, para fastidiarlos. Eran las travesuras de una niña inmadura que jugaba a ser adulta, algo que yo sentía que nunca había tenido oportunidad de hacer por haber tenido que crecer de prisa cuando mi madre murió. (Si alguna vez te has preguntado por qué nunca pueden recordar la maldita orden de comida rápida correctamente, ya sabes la respuesta: te ha tocado una Ellie).

Vi las cortinas que le había dado como regalo cuando se mudó aún cuidadosamente guardadas en el armario, la única cosa limpia en todo el apartamento. Ni siquiera las había llevado consigo a donde fuera que había comenzado a mudarse.

—Iris, espérame aquí. Voy a traer bolsas grandes de basura para recoger toda esta porquería y tirarla a la basura.

—¿Y qué con lo que tú sabes? —preguntó Iris mirando hacia donde estaba la marihuana—. ¿Llamamos a la policía?

—Nop.

—¡Llamemos a la policía! —chilló Henry.

—¡No vamos a llamar a ninguna policía, Henry! Y no toques nada. Ya vuelvo.

Tres horas y ocho grandes bolsas de basura verde oscuro después, lo habíamos retirado todo y Gustavo había cambiado las cerraduras y dejado un mensaje en el teléfono de Ellie diciéndole que las bolsas estarían en el patio de atrás por las próximas 48 horas, después de las cuales las tiraríamos a la basura. También le dijo que yo había encontrado sus drogas y que si ella no me pagaba cada centavo que me debía, ochocientos dólares en total por el mes de renta, yo se las llevaría a su madre (cuyo número Ellie sabía que yo tenía porque era su contacto de emergencia). Era una amenaza tonta, hecha más para asustarla y para que no cuestionara mis dudosas prácticas de desalojo, que para lograr que me pagara el dinero que me debía.

Por el momento, mi propósito era sacarla del apartamento con un mínimo de problemas. Pero una vez que las cosas se calmaran un poco, encontraría la forma de hacerle saber a su madre lo que estaba pasando con su niña para que Ellie pudiera recibir la ayuda que necesitaba. La marihuana ya era lo suficientemente mala, pero estaba segura de que esas feas rocas de color oscuro eran algo peor, y no podía quedarme callada y dejar que lo que fuera que Ellie estaba haciendo la matara. Sencillamente no podía.

—Ay, Gustavo, un millón de gracias por salir corriendo en tu hora de almuerzo a ayudarme. No iba a estar tranquila hasta que esas cerraduras estuvieran cambiadas —le dije.

—Tranquila, Mariela. Si hoy yo fui a trabajar porque quise. Había pedido el día para llevar a Abril al *downtown*. Me iba a pasar el día con ella, llevarla a comer después de su diligencia y ahorrarle la molestia de tener que usar transporte público. Pero no sé qué pasó y cambió de opinión. Me dijo que quería ir sola, que yo era un paternalista que la quería controlar. Vaya, ¿pa' qué? —terminó, negando con la cabeza y con el rostro desencajado, confuso.

Iris y yo nos miramos, pero Iris bajó los ojos y se hizo la distraída, quitándole el Windex a Henry, que no entendía por qué se le permitía ayudar a limpiar con un trapo mojado, pero no le dejaban usar la divertida bombita con el líquido azul, como si él fuera un "niño pequeño".

—¿Así que Abril prefirió el Metrobus? —le pregunté a Gustavo, incapaz de imaginar a nadie que prefiriera el transporte público de Miami al carro de su novio.

—No lo sé, no voy a pensar en eso y Henry sabe por qué —dijo.

—Porque no hay quien entienda a las mujeres —dijo Henry muy seriamente cuando escuchó su *cue*.

Abrimos todas las ventanas para que el aire fresco circulara en el espacio y bajamos a mi apartamento.

Después de que Gustavo se hubo tomado el café negro que le preparé y regresado al trabajo, Iris me dijo:

—Yo tampoco entiendo a esa muchacha. Pensarías que se dejaría ayudar.

—¿Qué quieres decir?

Iris me hizo señas para que me diera cuenta de que Henry escuchaba nuestro chismorreo con atención, así que prendí la televisión y lo dejé instalado viendo los muñequitos, antes de llevarme a Iris a la cocina donde preparé emparedados, más café para nosotras y avena para Henry.

—Creo que encontró al padre de Henry —susurró Iris.

—No sabía que se le había perdido.

—Tú sabes que ella vivía aquí en la Pequeña Habana hace como ocho años.

—Sí, me lo dijiste una vez.

—Ella tenía dieciocho o diecinueve y vivía aquí con una tía. Después se fue para Nueva York para estar cerca de su familia en Washington Heights.

—¿Fue allá donde conoció al papá de Henry? —dije, pero no bien lo había preguntado en voz alta, la respuesta salió de algún lugar dentro de mí, sorprendiéndome: no.

—Eso era lo que yo pensaba, pero Henry tiene siete y medio, así que saca la cuenta.

—Estaba embarazada cuando se fue.

—Exactamente. Y yo creo que regresó por él. Para encontrarlo. Para obligarlo a ocuparse de Henry.

—¿Qué te hace pensar eso?

—Bueno, primero se mudó aquí pidiendo un contrato de mes a mes y algún descuento porque ella estaba aquí sólo para resolver "un importante asunto familiar". Después empezó a pedirme la impresora para hacer copias y cada vez que alcanzo a ver algo, se trata de un formulario legal, una aplicación o la copia de algo oficial, como un certificado de nacimiento o un récord médico.

—Tal vez está enferma —dije silenciosamente, pensando en mi madre.

—Y siempre me está pidiendo que cuide a Henry o que lo lleve a esperar el bus del colegio porque ella tiene que ir al *downtown* al amanecer de Dios. Ahora, ¿qué te dice todo eso?

—Pues la verdad que no mucho, Iris.

—¡Ella está yendo a la corte!

—Bueno, tal vez no exactamente a la corte, pero quizás estés cerca. Puede estar entablando una querella oficial por manutención ante la oficina del fiscal del estado. Tiene sentido porque ella no podría calificar ni para Medicaid si no demuestra que ha hecho un intento "serio" por localizar al padre del niño para que pague su cuota de manutención y ayude con las cuentas médicas de Henry; tendría sentido que lo estuviera haciendo así. Tal vez eso es todo lo que está pasando y nosotras aquí haciendo una novela.

—Tal vez, pero mira esto. Ayer me pidió que cuidara a Henry hoy porque es uno de esos *planning days* de los maestros, y no quería llevarlo con ella. Así que le pregunté: "¿A dónde vas?". Y dio mil vueltas esquivándome para terminar diciéndome que, si todo salía bien, las cosas iban a cambiar y que Henry sería un niño muy feliz. Sabes qué, yo creo que tienes razón: o está demandando al malnacido para que pague la manutención, o ya lo había demandado y el estado lo acaba de encontrar.

—Bueno, yo he tenido un par de clientes con el mismo problema, y puede tomarle años a la División de Manutenciones de la oficina del fiscal del estado localizar a un padre, si es eso lo que está haciendo.

Excepto que era jueves y lo último que había escuchado es que la División de Manutenciones no atendía clientes los jueves. Sin embargo, era posible que Abril hubiera encontrado a un *motherfucking* abogado de Miami, como diría mi cliente Silvia, y que las consultas fueran con él.

—¿Así que crees que el padre de Henry está aquí en Miami y no quiere sacar la cara por él? —pregunté.

Pero no bien hecha la pregunta, comencé a sentir algo, una sensación extraña pero familiar a la vez, una inquietud en alguna parte de mi cuerpo sobre la cual no podía poner el dedo, figurativamente hablando.

—Yo creo que hay algo más —dijo Iris, ajena a mi inquietud interior—. Tú sabes que Henry tiene el apellido de su madre —dijo retorciendo un mechón de pelo color fresa con su índice derecho y uno rubio con el izquierdo.

—¿Y qué? Tú puedes darle a tu hijo el apellido que quieras. Y tú misma dijiste que ella había logrado comenzar clases en la escuela de enfermería, así que tal vez sí le está pagando la manutención.

—Tal vez él es casado y famoso —dijo Iris, ignorándome.

—Eso no significa nada. Si fuera famoso, tendría una razón más para pagarle y evitar escándalos.

—Tal vez se niega a darle al pobre Henry su asqueroso apellido y el apoyo económico al que tiene derecho —concluyó Iris como si finalmente hubiese logrado articular una teoría en la que llevaba trabajando mucho tiempo.

—Sí, es posible —dije, rindiéndome—. ¡Tal vez Henry es el hijo ilegítimo de Enrique Iglesias o de Luis Miguel!

—Yo no lo dudaría. Ella es lo suficientemente bonita e inteligente. Tal vez Henry sí es el hijo de Luis Miguel. ¿Te imaginas?

—Pero él no tiene una casa en Miami —dije.

—Que tú sepas. Además, un hombre no necesita tener una casa para engañar a su esposa, novia, o lo que sea que tenga.

Como si yo no supiera eso.

—Te lo digo yo, Mariela. Esa chiquita está pasando por algo muy fuerte. Pero como se rehúsa a confiar en nadie… A mí, por ejemplo, aparte de pedirme que le cuide a Henry de vez en cuando, no me pide ni me acepta ayuda ni me cuenta sus cosas. Y hasta al pobre Gustavo, que está muerto con ella, lo trata como si fuera un primo lejano en vez de un novio.

—Pues yo no sé ella, pero él no la ve como a una prima lejana; eso te lo aseguro. El otro día salieron del apartamento de él con Henry, y se veían de lo más amorosos. La verdad es que hacen linda parejita. Me gustó verlos juntos, Iris. Gustavo se veía tan feliz.

Iris permaneció en silencio por un momento.

—Extraño a mi esposo, Mariela —dijo finalmente.

—Ay, Iris. Lo siento. ¿Duele mucho todavía?

—No, no, mira, después de diez años, es un poco más fácil. Pero hay veces que quisiera poder verlo, aunque fuera una sola vez más, ¿tú me entiendes?

Bajé la mirada porque la fuerza del deseo de Iris era tal que se estaba conectando con algo dentro de mí sin pedir permiso y yo no estaba para ver ni para escuchar a nadie cuya dirección no incluyera un código postal en aquel momento. Y eso, si es que era capaz de lograr conectar con el más allá todavía, a pesar de haber fallado miserablemente la noche anterior.

Mi silencio debió haber hecho sentir incómoda a Iris porque cambió el tema.

—Bueno, de cualquier forma, tú tienes razón en una cosa: Gustavo está enamorado. Y se lo merece. ¿Te acuerdas lo mal que se portó con la chiquita bonita aquella que lo venía a buscar? ¿Cómo era que se llamaba?

—Mónica —contesté—. ¿Te acuerdas el día que tuve que distraerla para que él pudiera salir de su apartamento con esa otra, la del pelo azul?

—¡Cierto! Qué muchacho tan loco ese.

—Quién sabe, quizás sólo estaba esperando a la chica indicada —dije, creyéndolo sinceramente.

—Sí, seguro. Eso lo creeré cuando lo vea al cabo de muuuu-cho tiempo —dijo Iris con una mueca—. Pero dejemos a Gustavo a un lado por un minuto y cuéntame, ¿qué vas a hacer el sábado para celebrar tu cumpleaños?

—¿Yo? Una gran fiesta de limpieza sacando la mugre del apartamento inmundo ese de allá arriba —dije haciendo planes mentales de estar en el St. Michel con Héctor, deshaciéndonos de todos los malentendidos que habían surgido entre nosotros. Aun-que estuviera de salida como su amante, quería dejarlo deseándome más, no aliviado de librarse de mí.

—Deberías hacer algo divertido. ¿Quién ha oído de limpiar el día de un cumpleaños importante? —dijo antes de gritarle a Henry que ya se iban.

—Iris, dile a Abril que si necesita encontrar un buen abogado o ayuda legal gratuita, yo la puedo ayudar con mucho gusto. He hecho muchas búsquedas sobre ese tema y le puedo dar algunos recursos muy buenos.

—Se lo diré, pero conociéndola, me va a mirar como si no en-tendiera de lo que estoy hablando. De todos modos, ya sabes que los viernes son noches de Spam All Stars en Hoy Como Ayer, así que, si cambias de opinión y decides hacer algo especial para la noche de tu cumpleaños, estás invitada a compartir con mis amigos y conmigo mañana en la noche. Tú sabes, para que celebres con un poco de *cuban funk* —dijo ejecutando un bailecito y haciéndome reír al ver sus trenzas color fresa moviéndose al compás de sus caderas.

—¿Nos tenemos que ir ahora? —dijo Henry, corriendo a la cocina.

—Sí, señor, tenemos que irnos. Arriba, vamos —le dijo Iris.

—¡Pero yo no quiero volver arriba!

—Es una expresión, muchacho de Dios. Vamos para mi casa. Y Mariela, recuerda, un poco de baile, un poco de diversión, no matan a nadie.

—Prometo pensarlo —dije, rezando por tener otro compro-miso. Y no es que Hoy Como Ayer no fuera divertido. Al contrario.

Era esa mezcla perfecta de nostalgia y vanguardia lo que le daba encanto y mística al lugar. Tenía una vibra sexy que emanaba de la gente linda que lo mismo cantaba en voz alta que reía alegremente o bailaba con locura bajo las luces del club y la mirada de los curiosos-lujuriosos amantes de escuchar la música sin bailarla, fumando sus cigarros y tomando sus mojitos y su ron con Coca Cola. Era un lugar donde podías conectarte con la energía de esos que estaban alrededor tanto como quisieras (lo que podía terminar en muy interesantes… experiencias), o retirarte y perderte dentro de ti misma, sola pero no realmente sola, hasta que te sintieras completa, reconectada, o recuperaras lo que sea que fuera que se te hubiese perdido.

Era allí donde los miamenses iban a escuchar a algunos de los mejores músicos cubanos underground de la ciudad, y yo no había estado ahí en lo que me parecían siglos. Bueno, de hecho, la última vez fue poco antes de empezar con Héctor, durante una celebración de año nuevo; esa noche, que lucía un trajecito azul celeste y zapatos plateados de tacón alto, me percaté con asombro de que me sentía feliz y que, debido a ello, tenía que romper esa misma noche con el que me iba a abandonar tarde o temprano. Excepto que no fue él quien me abandonó a mí. Fui yo misma la que lo devolvió al mar porque tenía miedo de enamorarme de él, de perderlo, de sufrir. Ese miedo había sido suficiente para lanzarme de cabeza, no de corazón, en los brazos de Héctor. Y ahora, sin que hubiera pasado un año siquiera, aquí estaba yo de nuevo, perdiendo algo.

Cuando Iris se fue, puse un CD de Julieta Venegas y traté de relajarme. El sonido de su voz de plata llenaba el espacio con una canción sobre esos cambios en ti misma que no puedes ver, que apenas percibes, hasta que ese algo en ti es completamente diferente. Por lo general, sólo un par líneas de cualquier canción de Julieta eran suficientes para llevarme a un estado imaginado de felicidad y bienestar, pero no hoy. Hoy era como si la canción hablara de presentimientos de tiempos difíciles, como si me animara a que prestara atención a los pensamientos que había tenido desde el día anterior, a que los trajera al primer plano de mi consciencia, confirmando, en vez de aliviando, con cada verso, mi temor a no saber jamás lo que se sentía ser realmente amada.

Pensé en Héctor y en nuestro romance, tratando de descubrir por qué me era tan difícil dejarlo atrás. Al comienzo había sido emocionante encontrarme con él en un lugar distinto cada vez. Algunas veces nos veíamos sólo para hablar. Y aunque la lectura me apasionaba desde antes de conocerlo, fue él quien me enseñó cómo perderme realmente en el placer de un buen libro, cómo cortarlo como un buen trozo de fruta, dejando al descubierto la parte más jugosa de su pulpa. "Puedes aprender más sobre la vida en una buena novela que en diez libros de autoayuda", me dijo alguna vez.

—Eso no es cierto —le dije.

—Es absolutamente cierto.

Así que se dedicó a leerme libros. Me leyó *El amante turco,* de Esmeralda Santiago, *Para salvar el mundo,* de Julia Álvarez, *Mujer perdida,* de Sandra Cisneros y *Así es como la pierdes,* de Junot Díaz, dándome mil y una lecciones con cada página y seduciéndome mientras lo hacía, haciéndome olvidar mi vida para existir sólo en ese momento, en la historia que me estuviera leyendo.

Leyendo, también, me había abrazado y habíamos conversado y me había mirado como si lo fascinara, queriéndolo saber todo acerca de mí. Así que le conté casi todo, y luego escuché cómo sonaba su voz cuando sus labios estaban cerca de mis oídos. Y luego escogí olvidar un poco más; sus palabras, el agente adormecedor que me permitía recordar al hombre que había amado antes de su llegada, con una embotada sensación de tristeza, con una penita lejana, sin la angustia de la desesperación.

Mientras tanto, a Olivia, su esposa, casi nunca la veía porque rara vez salía de su apartamento, excepto para ir al jardín orgánico donde trabajaba como voluntaria. Cuando la veía, lo extraño hubiese sido que me contestara el saludo, con lo cual me facilitaba el creerme que lo que yo estaba haciendo no importaba, que mi romance con Héctor era como ese inesperado y fugaz placer de releer una línea ingeniosa que uno escribió hace mucho, enterrada entre cosas más importantes en un diario que nadie se va a preocupar por leer jamás.

Por supuesto, todo era sexy a niveles obscenos. Héctor era un maestro natural. Me envolvía en conversaciones fascinantes que mezclaban el intelecto y el sexo en formas que me hacían desear estar bajo su influjo para siempre. Me analizaba constantemente como si yo fuera una luciérnaga compleja y preciosa, y, a pesar de mí misma, empecé a verme de una forma diferente a través de sus ojos: fluyendo luminosa, sensual, vibrante y tan viva como nunca antes lo había estado.

Y no es que se me haya olvidado que él estaba casado, sino que los detalles de este hecho parecían desvanecerse un poco más con cada mes que pasaba, hasta que yo comencé a decirme a mí misma que tal vez esta deliciosa aventura era el trabajo de uno de esos ayudantes de Dios tipo Robin Hood. Que eran ellos los que habían decidido que yo no merecía ser la traicionada, al menos esta vez. Me había conformado, o más bien acomodado a la idea. Y ahora, aquí estaba. ¿Sería acaso demasiado tarde? ¿Podía yo amar verdaderamente a alguien de nuevo? ¿Sería capaz de tener una relación normal, con la posibilidad de convertirse en algo estable?

Bueno, pero y ¿de dónde venían estas preguntas? No se trataba solamente de la peleíta de esa mañana, o de la forma abrupta en que la pasión de Héctor se había convertido en indiferencia, o el haber vuelto a pensar en Jorge… Eran estas preguntas que no parecían mías y no podían estar viniendo de mí. Claro que, después de tantos años de mantener apagado mi sexto sentido, ¿quién carajos sabía realmente cómo se sentía o sonaba la verdadera yo cuando estaba pidiendo ayuda? Ciertamente, no yo.

Capítulo 9

—Que te lo digo yo, que los cuarenta de antes son los treinta de ahora —me insistió con un entusiasmo excesivo el dependiente-maquillista de la tienda por departamentos del centro comercial de Merrick Park cuando le dije que me iba a convertir en una señora de las cuatro décadas al día siguiente—. Sólo mírate. Deberías ser modelo de esa revista, ¿cómo se llama? Esa... *oh my God...* en la que salen todas las mujeres estas maravillosas que tienen cuarenta, cincuenta, sesenta y hasta setenta años. Olvídate, no puedo recordar el nombre, pero esta base que te estoy poniendo la usaron en su última portada y tú tendrías que haber estado en ella —dijo él, abriendo sus ojos enormes tanto para enfatizar lo que decía como para presumir de la aplicación impecable de su rímel de pestañas.

—Ajá —respondí, pensando que recibir cumplidos de personas en busca de venderme algo me llevaría más rápido a una corte de quiebra que a la portada de una revista nacional. Había ido por el maquillaje gratuito, pero ahora estaba atrapada dentro de esta ostentosa tienda por departamentos, sintiéndome como una criminal por querer escapar sin comprar siquiera uno de los carísimos cosméticos que este chico me estaba poniendo en la cara.

—Ahora, mientras termino de ponerte estos polvos para asentarlo todito, quiero que te describas a ti misma en este formulario de concurso —dijo él, pasándome una pequeña libreta con el logo de la marca y un lápiz rosado.

Dudé.

—Podrías ganar un crucero con todos los gastos pagados al Mediterráneoooooooooo —canturreó, zalamero, para convencerme.

Obviamente era importante para él, así que tomé la libreta con la intención de contestar el cuestionario, pero al comenzar a describirme a mí misma y darme cuenta de lo poco realmente excepcional que había para describir, de lo poco que había hecho con mi vida, se me nublaron los ojos, amenazando con destruir las tres capas de polvo bronceador antioxidante que me acababan de poner en el rostro.

¿Qué me hacía creer que emplastarme la cara con *micro-bead* esto y con antiarrugas aquello me iba a hacer sentir mejor con el hecho de estar a punto de enfrentar el comienzo de una nueva década con otra ruptura?

A pesar de todo mi alarde sobre los beneficios de ser "otra mujer" profesional hacía apenas dos días cuando esperaba a mi amante en el St. Michel, ya ese viernes por la mañana había decidido terminar con Héctor, y hacerlo antes de que él terminara conmigo.

Y es que me había levantado con tres palabras en el cerebro: basta de esto. ¿A qué le tenía tanto miedo? Había perdido todo lo que importaba en la vida cuando perdí a mi madre. ¿Acaso me morí? ¡No! Sobreviví. ¿Y qué era lo peor que podía sucederme ahora? El peor escenario: que tendría que comprar un vibrador y aprender a usarlo correctamente. No era la primera mujer en hacerlo y no sería la última.

¿Y quién sabía? Tal vez el maquillaje, el hacer algo para verme y sentirme lo mejor posible funcionaría como una inyección de esa confianza que tanto trabajo me estaba costando reunir. Quizás hasta funcionaría como una especie de señal subliminal para Héctor, que se daría cuenta al verme que algo dentro de mí era tan diferente como mi maquillaje. Quería que se diera cuenta de que él no me conocía realmente. Que yo era capaz de cambiar para mejor en cuestión de momentos. Quería hacerlo pensar en todos los pequeños secretos que todavía tenía dentro de mí y que él aún no había tenido tiempo de conocer. Y en el peor de los casos, por más que estuviera de salida como su amante, la realidad es que aún tenía que seguir viviendo a sólo pasos de él. No servía de ningún propósito práctico salir por la puerta de atrás, ¿o sí?

Pero a pesar de mi bravura, te mentiría si dijera que cada brochazo de maquillaje no se sentía como si me estuvieran pintando la palabra *fracaso* en la cara.

—Niña, pero ¿qué te sucede? —me preguntó el maquillista cuando me vio llorando—. Ay, no. No, no, no, no, no. No me hagas esto, mi vida. La gente va a pensar que te estoy torturando en vez de haciéndote lucir regia. Ven —se rio—. Okay, ya veo que lo que tú quieres es que yo lo haga por ti, ¿verdad, mi reina? —dijo, tomando precipitadamente la libreta de notas de mis manos mientras yo lloraba. Avergonzada, traté de sonreír, deseando que no creyera que lloraba porque no sabía escribir.

—Lista —me dijo pasándome la libreta nuevamente después de unos minutos. Él había llenado los blancos del formulario:

Yo soy: Exuberante y glamorosa.

Mis tres mejores características son:
1) Mi cabello castaño y ondulado.
2) La forma en que mis ojos se cierran cuando
sonrío, como las muñecas chinas.
3) Mis curvas latinas.

Lo que amo de mí misma es:
Mi sonrisa. Es fabulosa porque cuando sonrío enseño hasta las encías
y me parezco un poco a Julia Roberts.

Tuve que reírme.

—Escribo bien, ¿verdad?

—¿Sabes qué? Sí, escribes muy bien, pero también quieres venderme algo de maquillaje, ¿me equivoco?

—Ay, no me digas eso, si es la pura verdad. Y ahora, cuando ganes el crucero para dos, me puedes llevar a mí de pareja. La frase "exuberante y glamorosa" es parte de la nueva campaña, así que demuestra que eres una buena cliente.

—Lo que demuestra es que soy una clienta arrogante.

—Nooo, demuestra que tienes confianza en ti misma, que eres chic como nuestros productos. Ahí está, ¿ves? —me giró hacia el espejo para que viera la sonrisa que él mismo me había provocado—. Julia Roberts.

Bueno, al César lo que es del César. La verdad es que yo sí me veía mejor, si es que podía llamar "yo" a esa que veía en el espejo. Tras las transformación efectuada por mi nuevo amigo, el maquillista entusiasta, mis ojos brillaban rodeados de las pestañas dramáticas que no había sabido que tenía antes de ese momento, y mis labios lucían dignos de Hollywood: suaves, trémulos y carnosos. Aun así, si era posible que este maquillaje hiciera que yo le recordara a alguien a Julia Roberts, sólo podría ser en esa escena de *Notting Hill* en la que ella le dice a Hugh Grant que ella era "sólo una chica, parada frente a un chico, pidiéndole que la amara", y me hacía sentir igual de patética. Porque al final de cuentas, yo también había sido una chica, enfrente de un... bueno, de muchos chicos, pidiéndoles que la amaran, lo que quizás significaba que era bastante mala en eso de pedir que me amaran, porque ahí estaba, a punto de cumplir los cuarenta sin haber vivido un gran amor. Y ni siquiera la parte de ser una chica era cierta, porque la mujer que me miraba desde el espejo lucía como lo que realmente era: una precuarentona sin muchas destrezas y sin éxitos en sus bolsillos.

Al final, me dio pena irme con las manos vacías y compre el rímel y un lápiz labial casi transparente pero carísimo llamado Kinda Sexy.

Una hora más tarde estaba bajándome del bus número ocho un par de paradas antes de la que me tocaba porque parecía que iba a llover. Incluso en septiembre son tan escasas las tardes lluviosas en Miami, que al menor asomo de una, hago lo posible por disfrutarla. Me parecen reconfortantes, incluso románticas y, la de esa tarde, perfecta para caminar el trecho que me faltaba hasta el apartamento, dejando que la llovizna y el viento me ayudaran a aclarar la mente.

Además, así tendría la oportunidad de parar en la frutería para comprar tomates frescos y un aguacate para una ensalada.

Al parecer, mi nuevo look fue un hit con los hombres que merodeaban por la frutería, a juzgar por las miradas penetrantes, las sonrisas obsequiosas y la sensación de que sus ojos tenían rayos láser en vez de pupilas porque no apartaban ni un segundo la mirada de mí. Me apresuré a pagar, sólo para darme cuenta de que había empezado a llover mucho más fuerte de lo que yo había anticipado cuando abandoné el resguardo de la guagua.

Uno de los hombres me abrió la puerta y me quedé parada bajo el toldo a su lado, prefiriendo mojarme y arruinar mi maquillaje antes que regresar a la frutería para ser diseccionada visualmente. Me preguntó mi nombre, si vivía en el área y si no tenía frío, antes de darse cuenta de que no iba a responder ninguna de sus preguntas. Entonces desistió y corrió para atravesar la calle y entrar a una tienda que nunca había visto antes, a pesar de haber pasado por allí camino a casa al menos un millón de veces. En el letrero sobre la puerta se leía Botánica Negra Francisca.

Una botánica es como un supermercado para santeros y aspirantes a santeros. Y la santería es… bueno, la forma más fácil de describirla es diciendo que es una colección de creencias tan vieja como la cristiandad que combina (o intenta combinar) los dogmas de la iglesia católica romana con los rituales tradicionales de la religión afrocubana, y sus visiones de la relación entre la vida y la muerte, el bien y el mal, el amor y el odio. Es popular en Brasil y en los países del Caribe como República Dominicana, Cuba y Puerto Rico.

En una botánica puedes comprar remedios populares, velas con estampas religiosas, pociones, aceites "preparados" (que significa que fueron "dotados de poder" por un santero o babalao para obtener algún resultado específico), amuletos, joyas, estatuas de santos de todos los tamaños y otros productos para elaborar lo que los creyentes consideran fórmulas mágicas de "medicina alternativa", útiles para cualquier cosa capaz de aquejar a un vivo: desde el vacío hasta los celos y desde la tristeza hasta el más loco deseo de venganza.

La mayoría de las botánicas están tan repletas de cosas que parecen el garaje de una de esas personas que nunca botan nada y que ciertos programas de televisión se dedican a avergonzar, limpiándoles la casa a cambio de que les permitan mostrarle al mundo lo cochinos que son.

La mayoría son modestas, humildes y huelen a incienso. Pueden tener un "doctor de la casa" —usualmente uno autonombrado—, sabedor de todas las cosas, recetador de remedios, físico, farmacéutico, psicólogo que ofrece consultas por una tarifa fija que va desde cualquier donación voluntaria hasta los sesenta dólares.

Pero esta botánica no era como las otras. Aun a través de la lluvia, parecía el escenario de un teatro de ópera, con cortinas de terciopelo rojo sangre enmarcando la escena hecha por los santos en la ventana cuyos brazos descansaban cruzados en pose piadosa, como actores que se han quedado quietos esperando el aplauso y que baje el telón. Era el tipo de lugar que te hace imaginar a una vieja gitana con una bola de cristal en su regazo y tanto maquillaje en su cara como el que yo tenía ese día en la mía.

Yo no era ajena a las botánicas, pues aun antes de que mi don se manifestara en la pubertad, fueron muchas las tardes que pasé visitando una u otra con mi madre. Ni siquiera asistía todavía al jardín infantil cuando ya había aprendido a despojarme, que no es otra cosa que sacudir furiosamente los brazos por encima de tu cabeza, de atrás hacia delante, de forma rítmica hasta ahuyentar de ti a los malos espíritus.

Llovía aún con más fuerza en ese momento. No podía caminar bajo tanta lluvia y el lugar me estaba llamando, así que crucé la calle y entré. El hombre que me había hablado no estaba por ninguna parte, pero escuché el mismo tintineo de campanas de antes y me di cuenta de que me habían hipnotizado para que entrara. De otro modo, ¿cómo era que no había sentido la lluvia y que súbitamente estaba allí, rodeada de repente por enormes estatuas de yeso, estanterías viejas de metal con pequeñas botellas de vidrio llenas de líquidos fluorescentes y polvos calizos? Alguien preguntó si podía ayudarme. Era una mujer pelirroja de unos cincuenta años que vestía jeans y una camiseta roja. No recuerdo qué respondí ni cuánto tiempo permanecí en la botánica. Todo lo que sé es que cuando ella habló, escuché el trueno que acompañaba al rayo, estruendoso, apuñalando la tierra con su espada de luz, y fue como si yo no estuviera ahí, incapaz de hacer otra cosa que no fuera recordar quién era y sentir en mis propias venas el dolor de siglos que me había concebido.

Capítulo 10

Pero ¿de dónde vienes tú realmente? ¿Quiénes son ellos, esa gente de la que naciste?

Ese momento, cuando te sostuvieron en sus brazos por primera vez, y el instante en el que tus ojos recién nacidos se encontraron con los suyos fueron como coordenadas marcando la trayectoria de tu existencia. Porque es tu familia, la hayas conocido o no, la que guarda las respuestas a las interrogantes que te pasarás la vida preguntando. Son la clave de tus fortalezas y de tus debilidades y la causa, quizás involuntaria, de tus tristezas.

Yo, por ejemplo, vengo de una familia de no videntes, de gente que no podía ver un centímetro más allá de sus narices, pero en cuyo árbol genealógico aparecían de vez en cuando, repartidos como pecas, uno que otro clarividente.

La clarividencia viene en cepas, como las enfermedades. La variedad de la que padecía mi familia, por ejemplo, parecía afectar solamente a las mujeres; llegaba con la pubertad y, según lo descubrió mi madre mucho después de que yo naciera, tenía la tendencia a saltarse una generación, como pasa con los atributos que son el resultado de genes recesivos, como los ojos azules y los hoyuelos.

Ana Cecilia Valdés, mi abuela materna, tenía el don. Según mi madre, ella había sido una joven con una belleza extraordinaria, de una familia cubana muy seria y muy religiosa que veía con malos ojos "todas esas tonterías y herejías". Cuando Ana Cecilia recibió su don junto con su primera menstruación, su abuela materna (mi tatarabuela) se mudó a su cuarto con el pretexto de mantenerla vigilada ahora que estaba en "edad peligrosa" y, usando un sencillo diario hecho a mano para escribir las lecciones, comenzó, secretamente, a enseñarle todo lo que sabía de adivinación, intuición, magia blanca y clarividencia. Mi abuela estudiaba con avidez, feliz de complacer a su querida nana; leía y releía el diario que había sido escrito especialmente para ella, lo cuidaba celosamente y no le hablaba de él a nadie.

Después, en la universidad, Ana Cecilia comenzó a hacer lecturas privadas a sus amigas, casi como un juego o una excusa para conversar durante las fiestas de marquesina, como las llamaban. Hasta que un joven, que había llegado de alguna pequeña ciudad a estudiar medicina, se sentó frente a ella en la fiesta de cumpleaños improvisada de un amigo y le ofreció sus palmas abiertas.

—Así que, dime, ¿qué ves? —le dijo él sonriendo.

—Yo no leo las manos —replicó ella.

—Okay. ¿Qué haces, entonces?

—Nada. Yo sólo... siento algo... y... —se detuvo, aterrada porque, normalmente, ella podía percibir la "esencia" de cualquier extraño desde el mismo momento en que le hablaba, y ahora, sin embargo, era incapaz de pensar, sentir o ver nada que no fuera la sonrisa de este muchacho, a medio camino entre expectante y curiosa—. Siento algo —empezó de nuevo— ... y sólo sé... algo más. Y entonces, te lo digo. Y... eso que te cuento tiene sentido para ti —se atragantó al hablar—. O... no lo tiene.

—¿O sea que adivinas?

—No. Que... siento algo y entonces algo viene... a mi cabeza y se siente... como verdad.

Él consideró eso por un momento.

—¿Puedes sentir lo que estoy pensando ahora mismo? —preguntó, enlazándola con sus ojos y manteniéndola ahí, dondequiera que fuera que él había empezado a tenerla con su voz desde la primera palabra que le dijo.

—No, no realmente. No estoy recibiendo nada ahora mismo. Tal vez más tarde. Con permiso.

Pero yo creo que ella sí "recibió" algo, porque se casó con él en contra de los deseos de su familia y se mudó a la ciudad de Violeta, donde tuvo una hermosa bebé y vivió una existencia simple pero feliz, según contaba mi madre.

Y ésa es la razón por la que la pequeña Mercedes, mi mamá, pasó su niñez sentada junto a mi abuela a la mesa de la cocina, escuchando las maravillosas cosas que mi abuela predecía para otros, y su adolescencia esperando con ansiedad que su pubertad (y su propio don) aparecieran. Para mi madre, la clarividencia era como Santa Claus: el proveedor de regalos maravillosos que recibes sólo si has sido muy muy bueno.

Luego llegó la Revolución y mis abuelos la enviaron a los Estados Unidos como parte de la Operación Pedro Pan. Estaba comenzando la década de los sesenta, Fidel Castro se había afianzado en el poder y había rumores de que los niños de padres que se oponían a la Revolución iban a ser enviados a campos soviéticos de trabajos forzados. El gobierno de los Estados Unidos (mayormente el Departamento de Estado y la CIA) y la arquidiócesis católica romana de Miami coordinaron esfuerzos y cientos de niños fueron ubicados con amigos o familiares en más de treinta y cinco estados, como medida preventiva hasta que pudieran ser reunidos con sus padres. Otros, como mi madre, fueron ubicados en casas de grupo en estados del medio oeste como Iowa y Montana. Mercedita tenía doce años, casi trece, cuando llegó a Iowa con una maleta más grande que ella y el diario de clarividencia heredado de su abuela escondido entre la ropa doblada y los listones para el cabello.

Puede que hayas escuchado hablar de los niños Peter Pan. Algunos son famosos, como el escritor Carlos Eire o Ana Mendieta, la fallecida estrella del *performance art*. Siempre he pensado que, tal vez, si mi madre hubiera tenido una hermana para hablar sobre lo mucho que extrañaba estar en su propia habitación en Violeta, si hubiera sido capaz de entender algo de lo que la gente le decía o si alguien en la casa en que vivía hubiera celebrado su primer periodo, bromeando con ella sobre el hecho de que ya era toda una señorita, como lo hubieran hecho su madre y su padre, entonces el hecho de que su don no apareciera no la hubiese herido tan profundamente.

Quizás, si hubiera sido así, ella también habría podido convertirse en una escritora famosa o en una artista. En cambio, sin saber que era víctima de una clarividencia caprichosa que gustaba de saltar generaciones, ella pensó que las frías noches de Iowa se la habían ahuyentado, robándole la única cosa que podría haberle recordado que era amada y extrañada en una isla que se sentía más lejana de lo que realmente estaba.

¿Quién sabe qué cosas le pasaron en los años que siguieron? Sólo sé que, apenas cumplió dieciocho años, vino a Miami con la intención de idear una forma de traer a sus padres a Estados Unidos o, si no era posible, regresar a Cuba.

Pero para ese entonces ellos no podían salir porque mi abuelo era doctor y, como tal, un bien nacionalizado. Y mi madre no podía regresar, ni de visita, por ser una "gusana" que había desertado de su país. Tampoco la dejaron regresar después, para los funerales de sus padres. Y como arriesgar la vida de mis abuelos en una balsa nunca habría sido una opción para mi madre, yo podía entender cómo el único camino que ella vio en esas circunstancias fue ahorrar y pagarle a alguien que los sacara de algún modo, a través de un tercer país.

Sin siquiera un diploma de escuela secundaria, comenzó a trabajar como mesera para sostenerse y quizás enviar dinero a sus padres, aunque no sé cómo pudo pensar que un trabajo basado en propinas podía rendir para eso, mucho menos para ahorrar el dinero necesario para sacarlos de Cuba.

El tiempo pasó, y no sé cuándo ni por qué, ella abandonó el restaurante y se convirtió en su propia manejadora, en la madame exclusiva de una sola scort: ella misma. Ella nunca hablaba de esa parte de la historia, y la verdad es que no me dejó suficientes piezas sueltas de información con las cuales armar claramente el rompecabezas de su pasado. Pero lo que sí sé es que fue en ese periodo gris de su existencia cuando yo nací.

De niña, le rogué muchas veces que me hablara de mi padre, aunque fuera su nombre, pero nunca accedió y, con el tiempo, me fui dando cuenta de que no me lo decía porque no lo recordaba, o porque realmente no lo sabía, y dejé de preguntar.

Era inteligente mi madre. También divertida y de un corazón enorme, y generoso. Cinco minutos después de conocerla, quedabas convencida de que realmente era la mujer más hermosa del mundo y se te olvidaba que había toda una sección de nuestra casa en la que yo no podía estar, a menos que fuera el día de la limpieza o domingo. Se te olvidaba que la puerta de nuestro cobertizo permanecía abierta a ciertas horas, en ciertos días, para que ciertos autos entraran rápidamente, sin ser vistos por más de unos segundos antes de que mi madre cerrara la puerta del garaje y el conductor la siguiera a través de una puerta que lo depositaba directamente en la sección prohibida de la casa.

Si alguien preguntaba en qué trabajaba mi mamá, yo tenía instrucciones de decir que ella tenía una incapacidad física y no podía trabajar. Así, quien preguntara se sentiría incómodo y no seguiría haciendo preguntas. Como no me gustaba hacer sentir incómoda a la gente, simplemente evitaba hacer amigos.

Y entonces, como decían antes en el campo, cantó el gallo, y con mi primera menstruación, comencé a saber cosas que no tenía por qué saber. Fue mi madre la que se percató de que algo había ocurrido. A la tercera vez que hice un comentario sin ton ni son sobre algo que estaba muy por encima de mi capacidad y de mis años, me llevó a un babalao, que es una especie de sabio que está varios grados espirituales por encima de un santero.

—Alabao —dijo aquel hombre, mirándome con sus grandes ojos, redondos como platos soperos; la esclerótica, la parte blanca que rodeaba sus pupilas, me pareció aún más blanca al verla tan de cerca contra su piel de chocolate oscuro.

—Vaya, de que lo tiene, lo tiene, pero…

—¿Pero qué? —preguntó mi madre con ansiedad.

Él le hizo señas a mi madre para que lo siguiera al otro lado de la habitación, mientras me dejaban sentada en el taburete que el babalao había dispuesto para mí cerca de un altar algo tenebroso y de su Yemayá de tamaño natural. Se pusieron a hablar en cuchicheos, como si yo no pudiera oírlos sólo porque me habían dado la espalda.

—Mercedita, esta niña necesita guía. Su cuadro es bien complicadito para un alma tan joven. Hay demasiado pasando ahí, yo no sé que decirte.

—Escupe lo que sea, Sergio.

—Es que es de espanto, mi niña. Tormentas, oscuridad, crujir de dientes, enfermedad, muerte y más muerte. ¡Y en una vidente tan joven!

Cuando mi madre se dio cuenta de que no lo iba a convencer de hacer una prognosis más positiva sobre mi don, nos apresuramos a salir de allí. Durante todo el camino a casa ella se dedicó a expresar en murmullos, de mil maneras diferentes, que Sergio era demasiado viejo para ver su propia nariz, lo cual hoy en día me recuerda las bromas que comienzan con "Tu mamá es tan…" que hacen los chicos en las escuelas. Ya sabes, "Tu mamá es tan vieja que le pedí que se comportara de acuerdo a su edad y se murió", o "Tu mamá es tan vieja que le pedí su certificado de nacimiento y me entregó una piedra", etcétera.

—Bueno, al carajo. De cualquier modo, Sergio es tan viejo que Matusalén era su hermano pequeño. Olvídalo. Conseguiremos a alguien más para que te lea.

Pero nunca conseguimos a nadie. En vez de eso, me convertí en un nuevo comenzar para mi madre, en el vínculo con la familia que había perdido hacía ya tantos años, en la prueba de que ella sí era "alguien" con antepasados, con familia y con historia, aunque nadie que la conociera lo supiera.

Las noches sin clientes se volvieron más frecuentes y recuerdo que nos tendíamos en mi cama a leer el ya destartalado diario que mi tatarabuela había armado y que mi propia abuela le había dado a su única hija para que le sirviera de protección en un país extraño. El olor a incienso de sus páginas —mi madre juraba que aún lo sentía— se había ido disipando hacía mucho, pero las manchas de café negro perduraban —tan descoloridas que se habían vuelto translúcidas— como lágrimas cuya circunferencia alguien hubiera trazado ligeramente.

Ya no éramos maletas perdidas en el aeropuerto equivocado, sin nadie que nos reclamara. Éramos parte de una tradición familiar. Pertenecíamos a un grupo de personas entre quienes nacían seres sensibles, de alta visión, destinados a la sabiduría y a usar su don para traer felicidad y sosiego a otros. Ya no estábamos tan solas, aunque lo estuviéramos.

Poco a poco, pasé de estar sorprendida y agradecida de mi buena fortuna, a estar orgullosa de mi habilidad de saber secretos que hacían a la gente sonreír, creer y tener esperanza de nuevo. Un mensaje de un ser amado que se suponía perdido era como un suero que daba nueva vida, y yo era el conducto capaz de proveerlo.

Y entonces pasé de orgullosa a arrogante. Ya nunca leía el diario de mi tatarabuela, y si mi madre lo leía en voz alta, dejaba que mi mente volara lejos o se durmiera con el sonido de su voz. Tampoco hice nada por aprender las reglas y responsabilidades de mi don. Todo lo que me importaba era que ahora mi madre me tomaba en cuenta, como si yo fuera una adulta igual que ella, y eso me gustaba. Me contaba historias sobre su niñez, me preguntaba qué debía ella cocinar esa tarde, y hasta compartía sus planes de bienes raíces conmigo, como si yo supiera algo de casas o de dinero.

Ésa era la mejor parte: sentir que yo le había devuelto algo a mi madre. Como si mi fabuloso don fuera la conexión que le permitía recordar que ella también había tenido alguna vez una madre que la había amado.

Justo antes de que se enfermara, la vi más feliz que nunca. Tenía menos "novios", pero parecían mejores; su nicho especial finalmente daba frutos en la forma de clientes generosos que la "valoraban" con propiedades y dinero que ella convertía en más y mejores inversiones.

—Escribe la fecha de esto que te voy a decir, Mariela. Ya pronto vas para la universidad y yo me voy a retirar para irme contigo. Contrataremos a alguien que maneje las rentas y sólo volveremos aquí para pasar vacaciones en South Beach, como los millonarios. Escríbelo porque así va a ser.

Así hablaba ella. Como si su trabajo y nuestras vidas fueran como las de todo el mundo.

Y entonces, se enfermó y comenzó a caminar de una habitación a otra con la expresión aturdida de un refugiado de guerra. Yo deserté de la escuela, tomé el examen de equivalencia de secundaria y me dediqué a correr de las propiedades al hospital, haciendo todo lo que ella me decía que hiciera para alquilar las casas o reparar alguna cosa en un apartamento, de los siete que tenía en total antes de que la enfermedad se llevara tres. Cada noche le daba un informe mientras ella luchaba por sentarse en la cama y trataba de actuar como si aún estuviera orgullosa de mí.

Pero yo sabía la verdad. Antes, ella siempre insistía en que yo tenía que ir a la universidad porque una psíquica famosa debía conocer el mundo, ser capaz de expresarse cuando fuera invitada al show de Oprah. Pero después de que se enfermó, me dijo que ella se quedaría más tranquila si yo trataba de estudiar "cualquier cosa" porque el caso era ganarse la vida.

Tres veces a la semana, un voluntario del hospital nos recogía y nos llevaba al Jackson Memorial Hospital para las sesiones de quimioterapia. Los otros dos días yo tomaba cursos de computación en un salón que parecía la celda de una prisión, por lo gris y porque era uno de muchos, todos ellos en largos pasillos que componían la escuela vocacional localizada en una de las peores áreas de la ciudad, cerca del hospital.

Es un milagro de Dios que haya aprendido algo, si calculas que pasé la mayoría de mis días de escuela con la cabeza inclinada, llorando sobre aquel teclado asqueroso en vez de practicar. Tenía dieciocho años y mi vida consistía en ir al hospital, discutir con inquilinos y asistir a la escuela de computación hasta que no pude soportarlo más, odiándome a mí misma por darle a mi madre la falsa seguridad que la mató y viendo cómo la única persona en el mundo que me amaba se marchitaba y desaparecía. Por supuesto, ella hubiera dicho que no era mi culpa si yo le hubiese preguntado, pero ya te dije: yo sabía la verdad.

Menos de un año después se internó en el hospital por última vez. Y entonces murió y cuando la enterré, enterré también mi falsa clarividencia y todo lo que tuviera que ver con ella, sacándola de mi mente y de mi corazón.

Lo único que guardé fue el diario de clarividencia de mi tatarabuela, no porque tuviera intención de usarlo, sino porque no era capaz de destruir algo que mi madre había valorado tanto. Ya no quería ver más allá de lo que estaba justo frente a mí. No quería sentir nada ni saber las cosas de otros cuando se sentaban junto a mí en la parada de guaguas, no quería que nadie supiera sobre esa fase, para mí bochornosa, en la que me presté al juego de un Dios estúpido y, si sentía "venir" algo, simplemente desviaba mi atención para que ese algo se fuera por donde había llegado.

Así empecé a ignorar todas mis percepciones instintivas, segura de que si yo "sentía" o "veía" algo, estaba equivocado o mi subconsciente lo había inventado. Con el paso del tiempo, los sueños, los sentimientos, las visiones, los olores y los suspiros se detuvieron y pude mirar de nuevo a otros a los ojos sin "saber" cosas sobre ellos que no me incumbían, como podía hacerlo cuando era niña.

Con la muerte de mi madre, heredé las propiedades que quedaron después de pagar las cuentas de hospital. Vendí la casa en la que crecí, también en la Pequeña Habana; incluso hice que un contratista la remodelara y convirtiera el "área prohibida", que era mucho más pequeña de lo que yo creía, en una soleada habitación de Florida con baño y terraza.

Además de los bienes raíces, mi única otra herencia fue la desesperada necesidad de ser una persona normal y de tener una vida como la de los demás, lo más opuesta posible a la que había tenido ella. Sin hombres poderosos, sin clarividencia y sin regalos de nadie, ya fueran imaginarios o reales. Sólo quería el amor de un hombre que pudiera pasar las décadas pensando que yo era la mujer más hermosa del mundo, sin la que no podría vivir. Un hombre normal, amable, a quien amar y con quien compartir mi vida imperfecta. Un amor viejito y familiar al que abrazarme durante las horas que precedieran a mi propia muerte, y que pudiera llamar "amor mío" y de nadie más.

Capítulo 11

Algo más que recuerdo es que salí corriendo de la botánica y que llegué a mi apartamento en medio de la lluvia, con la ropa empapada, el rímel corrido y las ampollas que llagaban mis pies con cada paso apresurado que daba. También recuerdo que me odié a mí misma por haber entrado en aquel lugar, por haberme expuesto a esos recuerdos que me oprimían el pecho, que me extraían hasta la última gota de oxígeno; por caer de nuevo en mi vieja mala costumbre de querer saber más de lo que mis ojos elegían mostrarme y de creer que resolvería algo de esa forma, en vez de enfrentar mis problemas de este plano de la existencia con valentía y no con clarividencia. ¡Había estado huyendo de este supuesto don divino por más de veinte años! ¿Por qué había permitido que me capturara justo ahora? Sin duda que algo tan intrascendente como el fin de un romance no requería una intervención del más allá, ¿o sí?

¿Tanto se me había metido Héctor debajo de la piel? ¿O acaso era mi propia vida, con todos sus problemas, tratando de hacerme ver que las respuestas estaban en ese don que alguna vez tuve y que desprecié?

Mi ropa chorreaba agua cuando abrí por fin la puerta de mi apartamento, y así entré porque el teléfono estaba sonando.

—Tenemos que vernos.

Era Héctor. ¿Habrá recordado que mañana es mi cumpleaños? Miré el reloj del microondas. Eran casi las seis de la tarde y escuchar su voz tras un día difícil, cansada de caminar y con frío a causa de la ropa mojada hizo que un letrero de neón se encendiera en mi mente: "gratificación instantánea". El letrero se prendía y se apagaba rápidamente, como llamándome.

—¿Dónde estás? —pregunté.

—En Del Tingo. ¿Puedo verte ahora?

Era el "apodo" de su librería que, como recordarás, se llamaba Del Tingo al Tango.

—¿Dónde? Es que acabo de entrar y necesito una ducha y estoy muerta de hambre —dije, deseando que sugiriera algún lugar romántico y muy especial en el que sirvieran comida caliente.

—Te veo allá, en tu apartamento.

—¿Aquí? —pregunté, pensando que su elección era muy extraña. Nunca nos "veíamos" en el edificio.

—Prometo que tendré cuidado.

—¿Y Olivia?

—Sos mi casera, Mariela. Creo que está permitido que hablemos.

Cualquier otro día le hubiese preguntado si se había vuelto loco, pero…

—Está bien. Pero ven por la puerta de la cocina —dije, demasiado sorprendida para protestar o hacer más preguntas.

—No te preocupés. Ciao.

—Adiós, amor —dije, pero él ya había colgado.

Shit. Merde. Mierda. Esto no pintaba bien, estaba segura. De pronto, el final inminente de toda la pasión y la música que Héctor había traído a mi vida hizo que nuestra relación, ese tiempo vivido con él, me pareciera más importante y transcendental, pero también más en el sentido literal de la palabra, como si ocho meses fueran lo mismo que ocho años, y ¿quién puede decir a ciencia cierta que no lo sean?

Sentía el estómago lleno de mariposas azules miamenses que revoloteaban dentro de mí, como si se alistaran para emigrar a los cayos de la punta sur de la Florida, en donde vive esa especie ahora, como si, al igual que Héctor, estuvieran a punto de llevarse su color y su ruido hermoso a otra parte, dejando vacío y demasiada paz en su hábitat actual. Y, claro, reaccioné como cualquier mujer a la que intentan quitarle algo: queriéndolo más. Sentí urgencia de que me deseara de nuevo, pero de inmediato. De que en el instante que rompiera conmigo, se arrepintiera de estarlo haciendo.

Caminé al baño y me miré en el espejo. Salvo el rímel, el maquillaje había sobrevivido y me alegré. Quería que me viera luciendo sofisticada, como quien ya se está preparando para una nueva aventura, pensé, delineando mi papel mentalmente, preparando mi actuación. Lo escucharía sin interrumpir, tomándolo todo con aplomo, comprensión y magnanimidad. Incluso, dejaría entrever que estaba secretamente entusiasmada con la idea de seguir adelante con mi vida, feliz como una luciérnaga con una bombillita nueva en el trasero ante las posibilidades que se abrían. Llámalo el protocolo preventivo de la amante moderna, pero, de repente, lo único que me importaba era salir airosa de esa conversación final. Quería *manage my exit*, como dicen en inglés.

Me sequé con una toalla, me puse un poco del lápiz labial que había comprado, me acomodé el cabello húmedo como si recién hubiera salido del baño en vez de haber llegado como un pollito mojado y mal escurrido a la casa, y cambié mi ropa empapada por lencería y una bata de seda florida que él nunca me había visto.

Luego, tomé la carta de ruptura inconclusa del cajón donde la había guardado mientras Héctor andaba de cita con Olivia, y traté de terminarla. Pero lo que había escrito estaba lejos de reflejar la relación sexy, libre y divertida que habíamos tenido. Por el contrario, era una carta larga, sarcástica y desconectada de la realidad; una mezquina diatriba inspirada en una poco conocida figura literaria. Definitivamente, no era la mejor carta de ruptura para mi propósito actual, así que la arrugué y empecé una nueva, intentando evocar con mi mente las sensaciones del comienzo de nuestro amorío.

Héctor me había parecido elegante, como esas personas que valoran la educación por encima del dinero. Estaba orgulloso de su intelectualidad y era generoso con ella, por lo que, durante ocho meses, quise ser esponja para absorber su esencia y convertirme yo también en una persona culta, "bien leída", elegante. No ser más la cubana bocona que le había inspirado curiosidad, pero no mucho más. Pensé en eso, en él, en lo bien que la pasábamos cuando estábamos juntos, hasta que me invadió un sentimiento y escribí:

23 de septiembre...
Amor,
Existe un día. Un día en el que una mujer se detiene el tiempo suficiente para pensar, y despierta aceptando en su corazón que la vida que soñó no va a ser. Ella nunca será la famosa líder defensora de los derechos humanos. Ya no será rica, o amada épicamente, como ocurre en esas historias de F. Scott Fitzgerald que tanto te gusta leer: esa forma dulce y a la vez desesperada en la que ama un hombre cuando se obsesiona de tal modo con una mujer, que hasta el diente ligeramente astillado de su amada lo hace pensar en hacerla suya cuando ella sonríe.

Sonreí escribiendo esto último, al recordar cómo él me consolaba diciéndome que me veía sexy después de que tropecé con un escalón del patio y me astillé el diente superior derecho, tardando casi un mes en poder ir a que me lo arreglaran.

Sí, existe ese día, pero hasta hoy no había llegado para mí. No había llegado antes de ti, y ciertamente no llegó en estos meses pasados, cuando el deseo ocasional de alejarme de ti y continuar con mi vida nunca fue más fuerte que el imán de tu voz, tu olor y tu mente. Hasta hoy, cuando siento que todo ha cambiado, que ya no quiero ser la otra mujer.

Repasé esa línea y borré la palabra *la*, sustituyéndola por la palabra *tu*, así que ahora leía: *Hasta hoy, cuando siento que todo ha cambiado, que ya no quiero ser tu otra mujer.*

Escribí esto porque era obvio que él tampoco quería que yo lo fuera, pero también porque me daba cuenta de que yo estaba sufriendo y se supone que un romance con un hombre casado, al que entras conscientemente (sabiendo que es casado), no debe hacerte sufrir, sorprendiéndote con un final sin ceremonia, sin ternura.

Entonces, aunque no creía haberme enamorado de Héctor, sí debía reconocer que había caído en algún otro hueco que, a fin de cuentas, era lo mismo porque dolía igual. Ya no quería sentir ese pánico de no tenerlo, de ser "abandonada", que había sentido en los últimos días. Tal vez ya no quería realmente ser la otra, o quizás sí me había enamorado de él, y ser la otra, en lugar de ser su mujer, había empezado a molestarme más de lo que yo misma hubiera pensado.

Ahora llovía con más fuerza y Héctor estaría aquí en cualquier momento, empapado si, como era su costumbre, había decidido caminar las más o menos quince cuadras desde la librería; su precioso Saab, como de costumbre, reservado sólo para distancias largas.

Seguí escribiendo:

Así que, amor, creo que hoy es ese día. Para mí y ¿tal vez también para ti? Te deseo lo mejor (comencé a practicar esa frase desde el día que te conocí). Mientras te escribo sabiendo que todo acabó y que eso es lo que vienes a decirme, sólo deseo agradecerte por los buenos momentos. Con amor,

La revisé una vez más y decidí que la carta ya estaba suficientemente melodramática, así que borré esas dos últimas palabras, y la firmé con mis iniciales, M+E.

Ésas son mis iniciales y la forma en que había firmado las pocas notas que habíamos intercambiado en estos meses de nuestra relación, queriendo marcar mi existencia en su vida aunque sólo fuera a través de misivas al estilo de *Misión imposible*: destinadas a autodestruirse (ser tiradas a la basura) tan pronto como eran leídas.

Mi teléfono sonó de nuevo. Era Iris.

—¿Pasa algo, vecina? —preguntó cuando le contesté impaciente, como si hubiera interrumpido una cena de Estado.

—Nada, nada. ¿Qué tal? ¿Cómo está todo?

—Sólo quería estar segura de que no vas a ir más tarde conmigo a Hoy Como Ayer. Mira que es tu última oportunidad de ir mientras todavía estás en tus treinta.

—Ay, Iris, de verdad que no me siento muy bien.

—¿Quieres que vaya y te haga un té con algo de jengibre, limón y miel y un poco de…?

—Gracias, Iris, pero creo que voy a descansar.

—Tú sabes, si yo fuera mal pensada, juraría que el comité de la Pequeña Habana le hizo brujería a Coffee Park.

El comité era su único enemigo en el mundo. En su mente, éste era una amenaza al liberalismo y casi tan malo como ese otro tipo de gente con la que no le quedaba más remedio que compartir la tierra: los republicanos.

—Nooo, sólo estoy cansada de ayer, de tanto cargar bolsas con la basura de Ellie.

—No. Algo raro está pasando aquí.

Merde.

—¿Qué quieres decir? —pregunté fingiendo la voz para sonar adormecida y deseando que ella captara la indirecta.

—Bueno, anoche me encontre a Abril sentada en la escalerita que da al patio de atrás con tremenda sinusitis. Claro, como se va en guagua a sus reuniones y a sus diligencias legales en el *downtown*, pues el polvo y la lluvia no ayudan. Y entonces, me voy a donde Pedro para conseguirle un poco de equinácea extrafuerte, y resultó que *él* estaba peor que Abril.

—¿Estaba malito él también? —pregunté.

—Se podría decir eso. Sarah lo dejó. Regresó a Madison esta mañana, a la casa de su familia. Está ese hombre pero devastado.

—No lo dudo —dije, recordando que sólo un par de días atrás él mismo le había dicho a Sarah que se fuera, pero no se lo había comentado a Iris para evitar que se alargara la conversación.

—De todos modos, nada de equinácea. Abril no se la quiso tomar. Pero ya está recibiendo su merecido porque hoy, por supuesto, llegó enferma de la escuela y tuvo que encamarse. Y ahora eres tú la que no se siente bien, y hasta deprimida te siento. Tú dirás que no, Mariela, pero yo te digo que es la dichosa gente esa de la Pequeña Habana, que nos ha hecho mal de ojo.

—Ay, Iris, tú misma has visto que aquí un día hace calor y al otro día no deja de llover. Eso es todo, que el cambio de clima ha afectado a todo el mundo. Ya tú vas a ver cómo todos nos sentimos mejor mañana —dije, sabiendo de algún modo que Abril no tenía sinusitis sino que había estado llorando, y mucho.

—Tienes razón, pero ponte bien pronto. Mira que todos los días no se cumplen cuarenta, querida.

—Yo sé. Diviértete, ¿okay? Hablamos mañana.

—Okay, entonces.

—Bueno, adiós.

—Adiós, pues.

(¿Alguna vez te has percatado de cómo los latinos nos tomamos una eternidad para despedirnos, como si decir un solo adiós fuera mala educación?)

Colgué con Iris y regresé a la carta. La leí de nuevo, sabiendo que estaba dándole demasiada importancia al asunto, pero sin poder evitar sentirme triste. Triste y cansada. Estaba tan pero tan cansada de los finales. Quería postergarlos todos. Hasta cumplir cuarenta se sentía como otro final en vez de un comienzo, probablemente por culpa de ese adiós que estaba segura venía caminando hacia mi casa en ese mismo instante.

Como en respuesta a mi deseo, un trueno de espanto me trajo de regreso al presente; su estruendo tuvo en mí el mismo efecto que el chasquido de los dedos de un hipnotizador para despertar al hipnotizado.

Espera un minuto, pensé. ¿Y qué si estaba equivocada? ¡Siempre me equivocaba! Era la víspera de mi cumpleaños y Héctor era exquisitamente detallista. Seguramente ni se le habría ocurrido romper conmigo en la víspera de mi cumpleaños. Tal vez había algo más que realmente necesitaba decirme. ¿De cuándo acá sabía yo adivinar correctamente lo que alguien iba a decirme?

No, lo que yo tenía que hacer era dejar mis opciones abiertas, decidí, cediendo ante al miedo. Coloqué la carta que acababa de escribir dentro del cuaderno que había usado para apoyarme mientras escribía, junto con la que antes había desechado, y guardé todo en la gavetita de mi mesa de noche. Acto seguido puse en la mesa de la cocina dos copas y una botella de vino de guayaba hecho en la región, convenciéndome de no creerle a mi propia mente, como había aprendido a hacer a través de los años. ¿Por qué tenía yo que adelantarme a los hechos? Si él no venía a romper conmigo, yo tampoco lo haría, me dije dándome permiso para retrasar la ruptura al menos por veinticuatro horas. Segundos después, escuché a Héctor tocar levemente en la puerta trasera.

—Ey, flaca —dijo, olvidando la *h* como siempre, entrando y pasando el cerrojo de la cocina con un solo movimiento.

—Estás empapado —dije, besándolo a la vez que enredaba mis brazos alrededor de su cuello, sin importarme que yo también me estaba mojando.

—Lo sé, pero no tengo mucho tiempo —dijo, soltándose de mí y arrancando un pedazo de papel toalla del estante sobre el fregadero.

O sea. No me había equivocado.

—Okay, y yo que pensé que quizás la urgencia se trataba de que habías recordado que mi cumple es mañana y querías verme. Pero no. Me equivoqué, así que tú me dirás las razones de tu urgencia en venir, y en qué te puedo ayudar —dije, cruzándome de brazos y poniendo el peso de mi cuerpo sobre una cadera.

Héctor había cerrado los ojos cuando oyó lo del cumpleaños, oprimiendo los labios en señal de impaciencia, gesto al que me ha acostumbrado en los últimos días. Finalmente, suspiró y se quitó la bufanda, como resignado:

—Mariela, por favor.

No contesté, preguntándome si esa cosa que sentía creciendo dentro de mí podría ser rabia. ¿Y, además, por qué la actitud? Si alguien tenía derecho a estar molesta aquí, ésa era yo, no él.

—¿Por favor, qué?

—Por favor, no compliquemos las cosas. Sabés lo que vine a decir, ¿no es así, flaca? —dijo con una expresión de político que ha roto una promesa y quiere convencerte de que no tuvo otro remedio, como diciendo: "La vida es dura, pero y ¿qué le vamos a hacer?".

Ahora ya no me cabía duda: sí, era rabia. Es más, no se trataba de estar brava, sino encabronada. Decidí no hacerle las cosas fáciles.

—Ni idea. ¿Qué fue lo que viniste a decir?

Él suspiró de nuevo.

—Es una locura, esto.

—¿Qué cosa?

—Esto.

—¿Y qué es "esto" para ti?, si se puede saber.

—Bueno, "esto" es dos personas cuyos destinos se cruzaron, digamos, una noche, pero que ya…

No pude evitarlo. Tuve que reírme.

—¿Dije algo gracioso? —preguntó él, molesto porque lo había interrumpido justo cuando se estaba inspirando.

—*Not really*. Lo gracioso eres tú —dije—. Tus clichés, tu arrogancia y tu desfachatez, francamente, de venir a mi casa a romper conmigo, así, como si esto fuera el autoservicio de un restaurante de comida rápida para rupturas. O sea… es que, wow, la verdad que es muy gracioso. Pero cuéntame algo interesante, ¿tienes nueva amante, no?

—Estás enojada. Bueno. Muy bien, pero pensá una cosa. Acaso… —dijo— ¿no da lo mismo? Rápido o lento, el caso es que los dos sabíamos que esto tenía que pasar, ¿me explico? Pero si vos lo que querés es terminar mal, no importa cómo lo haga yo, si rápido o lento, en persona o por teléfono, porque el caso es que vos vas a reaccionar así como estás reaccionando, y que conste, que yo jamás esperé esta actitud de ti. Entonces…

—Óyeme lo que te voy a decir. ¿Tú sabes cuál es mi único enojo? Que *yo* pospuse romper contigo a pesar de tu actitud de los últimos días, porque, bueno, porque no me quería complicar el día de mi cumpleaños. Pero ya es tarde para eso, así que te hice una pregunta: ¿nueva amante? —pregunté nuevamente, a duras penas conteniendo las ganas de preguntarle también quién era la "maldita puta" y, convenientemente, olvidando que hasta ese momento yo había estado en la misma posición de esa precisa maldita puta, quienquiera que fuera.

¿Que cómo estaba tan segura de que había alguien más? Pues porque cuando no existe otra mujer, un hombre invariablemente romperá contigo en una forma amable, sutil e indefinida. Tratará de ser delicado. Tan delicado, que no estarás segura si es que, de hecho, terminó contigo. Esto se debe a que él piensa que aún podría desear, o necesitar, acostarse contigo y no quiere sacarte completamente del cuadro. Por el contrario, cuando un hombre termina contigo de forma que no da margen a duda de que eso es lo que está haciendo, créeme que ése ya sabe que no va a pasar ni una sola noche de soledad o de aburrimiento por romper contigo, porque ya tiene a tu sustituta.

—¿Por qué no contestas? Es una pregunta sencilla. Repito: ¿nueva amante?

Héctor sacudió la cabeza y sonrió un poco, con sorna, sin importarle que yo lo viera como el hombre pretencioso y engreído que realmente era y en quien se había vuelto a convertir tan pronto decidió que no quería nada más conmigo.

—¿A vos te parece éste un buen momento para jugar a la esposa celosa?

—¿Esposa celosa? Héctor, *yo* iba a romper contigo.

—Sí, tenés razón. Ya me doy cuenta de que eso era lo que ibas a hacer —dijo, haciéndome enojar más con cada bien modulada palabra que salía de su boca.

—Espera aquí —dije y fui a mi habitación.

Cuando regresé a la cocina, Héctor se estaba poniendo otra vez la bufanda, como si ya no hubiera nada más que decir, lo cual me sacó de quicio.

—Mira —dije, empujando contra su pecho, con la palma de mi mano abierta, el cuaderno del cual sobresalían mis versiones de cartas de ruptura: la primera, de palabras tajantes y papel arrugado, y la de hacía un rato.

Héctor tomó el cuaderno, sacó las cartas y empezó a leer la que yo había logrado terminar minutos antes. Fue entonces, por primera vez desde su llegada, que me miró de verdad.

—Vaya. ¿Quién lo hubiese dicho? No sabía que estabas en esto.

—Ya tú ves. Aparentemente, hay mucho que no sabes —dije.

—Mirá, esto… A ver, yo nunca te mentí, Mariela. Vos sabías lo que estabas haciendo. Al menos admitirás que esto es, eh, un tanto patético.

—¿Todavía estamos hablando de ti? Si es así, entonces sí, es bastante patético.

Sonrió de nuevo.

—Mirá, yo vine aquí a hablar con vos, eh, cara a cara. Pero vos… vos estabas esperando una gran celebración de cumpleaños, aun cuando yo *sé* que… *you know, I wrote it, eh, in the wall.*

—¿Qué? —dije para mortificarlo, pues yo conocía la expresión. Se dice cuando alguien no se da cuenta de lo que está pasando claramente ante sus ojos y que el escrito o el mensaje está, literalmente, en la pared, claro como el agua. Sólo que Héctor había dicho "*in* the wall" (dentro de la pared), en vez de "*on* the wall" (sobre la pared). Como yo sabía que le daba rabia equivocarse en cosa alguna, me hice la perpleja, como si su acento y sus errores fueran tan grandes que yo no pudiera entender lo que estaba diciendo.

—Ya sabés, ese dicho, *the writing was in the wall…* —dijo de nuevo, queriendo aleccionarme.

—*In the wall?* ¿Podrías aprender a hablar? *In the wall?* —pregunté con las manos en las caderas y la sangre hirviéndome en las venas, queriendo sacarlo de su sarcasmo y de su actitud condescendiente.

—Claro que sí, que estaba claro, Mariela. *In, on*, qué diablos importa, por Dios, no me hinches las pelotas.

—¡Lárgate!

—Mariela, no lo hagás así —dijo, tratando de abrazarme.

—Vete. A las sínsoras. Del carajo —dije empujándolo con fuerza—. Ni quiero abrazos ni un carajo, ¿me entendiste?

—Dios, bajá la voz. No me digás que también tengo que buscar otro apartamento, porque sería el colmo.

—Por supuesto que no. Pero tendrás que buscarte a otra Mariela. Buena suerte con eso, *amor*.

Miró al techo con exasperación, como si de veras no pudiera entender por qué estaba tan enojada.

—Vete si ya terminaste —le dije cuando lo vi titubear como para decir algo más, porque, claro, se trataba de Héctor y él siempre tenía que tener la última palabra—. Que te vayas —dije, dándole la espalda, y luego sin poder contenerme—: *motherfucking asshole*.

—Muy bien, muy bien. Elegantísimo te quedó eso. Ya veo que mis esfuerzos por educarte no sirvieron de mucho.

—¡Qué te largueeees! —grité sin siquiera voltearme para darle la cara, encerrándome en el baño hasta que escuché que la puerta de atrás se cerraba, la vena que pulsa en mi cuello latiendo locamente.

Llené la tina con agua tibia y me metí en ella, escuchando los truenos afuera y deseando que algún rayo cayera cerca de él, borrándole del susto la sonrisita pedante esa con la que se había ido.

Después de un rato, cuando me sentí mejor, fui de puntillas a la cocina envuelta en mi bata de casa, aseguré la puerta trasera y decidí tomarme la copa de vino de guayaba que había sacado antes para calmar mis nervios. El cuaderno estaba encima de la mesa. Héctor había dibujado una carita feliz y escrito "Buen trabajo" en la segunda carta, la que yo había escrito esa misma noche; la otra, la primera, la sarcástica y arrugada, no estaba.

"¡Este desgraciado!", grité, deseando poder fulminarlo con el sonido de mi voz.

Conociéndolo, sabía que él sólo la había podido tomar para guardarla en algún lugar como un trofeo, un recuerdo de la pasión que todavía era capaz de inspirar. "Cabrón, hijo de puta", dije, esperando que al menos tuviera cuidado de no dejarla tirada en cualquier lugar. Lo único que me faltaba era tener un problema con la Morticia de su mujer.

Arrugué la que dejó, abrí la puerta de la cocina, levanté la tapa del contenedor del reciclaje que estaba justo afuera y la eché allí, notando con desaliento que la montaña de bolsas de basura que contenían las cosas de Ellie aún estaba allí, amenazadora, como una ola de plástico negro que podía levantarse y devorarme.

Cerré la puerta rápidamente y pasé el cerrojo. Llené mi copa de vino y dejé caer la bata de casa al piso, pensando: al diablo con él. Otra copa y pensé: al diablo con ella también, sea quien sea. Al diablo con todo. Media botella de vino más tarde, llegué a mi cama y me metí en ella a tientas. Apagué la luz, deseosa de que el sueño llegara rápido y profundo como un hueco por el cual lanzarme, olvidando a Héctor, olvidando que alguna vez había estado con él.

Capítulo 12

Cuando volví a abrir los ojos, estaba en un bosque. O más bien, sobre un carruaje tirado por caballos que corrían a galope tendido a través de ese bosque extenso y verde; el sol me iluminaba a contraluz, los árboles desfilaban rápidamente ante mis ojos a través de la ventana del carruaje, como en *fast forward*. Podía escuchar el crujido ensordecedor de esas miles de hojas verdes quedando atrás, atropelladas por las ruedas, y me sentía abrumada por el fuerte olor a raíces húmedas.

Pero nada de eso era extraño. Lo extraño fue preguntarme en qué periodo de la historia de la humanidad había aterrizado, para de inmediato pensar que debía despertarme, consciente de lo inusual que era esa consciencia de estar soñando.

Pero entonces el bosque le dio paso a Héctor, tomando su mate aguado y fuerte a la vez y leyendo la sección de negocios del periódico, *mi* periódico, en *mi* cocina. Tal vez me levanté y fui a la cocina por agua, porque si no, ¿cómo era que estaba ahí, de pie frente a él?

Héctor parecía haber olvidado que habíamos terminado. Sin embargo, nunca me miró ni me ofreció una sonrisa de complicidad. No trató de estirar el brazo para acariciar mi seno izquierdo como diciendo, "hola, ahí estás". Tampoco me acercó su taza tibia, casi vacía, para que le diera más té mate, ni dio señal alguna de estar al tanto de otra cosa que no fuera el periódico que tenía delante.

Estaba fumando un puro, cuya llama ámbar naranja alumbraba completamente mi cocina como foco de estadio de futbol. Pero cuando comencé a pedirle que tuviera cuidado, a advertirle que el humo se iba a pegar en todo y a recordarle que su esposa, que dormía a pocos pasos de ahí, podría reconocer el olor de su Cohíba de contrabando, me di cuenta de que no había humo ni cenizas.

Fue entonces cuando lo supe.

Lo que estaba frente a mí era mi propio recuerdo de él. Una imagen que mi mente había recreado. ¿Pero por qué en mi cocina?, pensaría después, al despertar. ¿Qué le había pasado a Héctor para que no pudiera verme o escucharme? No lo sabía. Pero si el sentido de culpa que me envolvía era una indicación, de lo que no había duda era de que, fuera lo que fuera, yo era de algún modo la responsable.

Capítulo 13

Cuando desperté, todo estaba igual que cuando me fui a dormir, excepto que ahora tenía cuarenta años y que no podía sacarme ese horrible sueño de la cabeza.

Había sido tan pero tan real la sensación, no, la certidumbre, de que algo muy malo le había pasado a Héctor y de que yo era la responsable, que todavía temblaba, desnuda aún desde la noche anterior. Y aunque, por más que traté, no pude recordar qué parte del sueño me había causado esa impresión, ahí estaba, en mi mente, la imagen de él fumando su cigarro sin humo y la noción de estar viendo una nube que yo había creado, oscura e inestable, mientras se acercaba rápidamente, anunciándose como tormenta, desde varios cielos de distancia.

A mí no me gustaba soñar, y mucho menos soñar con problemas, pero me dije que no había nada que hacer. Obviamente había sido sólo eso, una pesadilla que viví por un ratito, pero que ya se había terminado, igual que mi relación con Héctor.

El reloj junto a mi cama marcaba sólo las seis y media, pero no tenía sentido tratar de volver a dormir. (Dios me librara de que mi mente decidiera retomar el sueño loco ese donde lo había dejado).

Arrastré los pies hasta el baño y me paré frente al espejo del gabinete.

"¡Feliz cumpleaños, Mariela! Ehhhhhhh, las mañanitas y toda esa bobería", dije mirando a mi otra yo en el espejo y queriendo regalarle una algarabía aunque fuera fingida. Pero la imagen frente a mí lucía tan perdida y triste que le dije: "No seas boba. Todo va a estar bien. Finalmente", sabiendo que no había suficiente tiempo en el mundo para transformar este día en otra cosa que no fuera el día después de que le importara tan poco a un hombre que le había parecido bien romper conmigo en la víspera de mi cumpleaños

Pero ¿sabes? No hay cosa mejor que la realidad. Ruptura o no, cumpleaños o no, sabía lo que tenía que hacer y eso era restaurar el apartamento 3 para alquilarlo en menos de lo que canta un gallo y mantener mis finanzas a flote, pensé mientras me cepillaba los dientes. Esa realidad no admitía demora, ni daba tiempo para perder en autocompadecerme.

¿Próxima parada? Buscar café, pero, tan pronto puse un pie sobre la "losa cubana" del linóleo de mi cocina, el sueño de la noche anterior me asaltó de nuevo. Él estaba sentado en esa silla, pensé, casi esperando que apareciera otra vez, mientras abría una vieja pero bonita lata rosa que originalmente guardó té francés y que ahora se suponía que contenía café, pero no lo tenía. Ni tres cucharadas. La cosa seguía empeorando.

Como prescindir de cafeína en el estado en el que me encontraba no era una opción, decidí caminar las tres cuadras hasta el puente de la interestatal 95 y cruzarlo por debajo, ignorando los autos y las toneladas de cemento temblando sobre mi cabeza, para llegar hasta Tinta y Café, un pequeño café de artistas que frecuenté en otra vida, cuando salía con cierto chef del que ya te he hablado.

Mi plan era tomarme un café cubano, leer el periódico y matar un poco de tiempo hasta que la ferretería en la que trabajaba Gustavo abriera, alrededor de las ocho, para lanzarme de cabeza a limpiar y a ordenar el apartamento que hasta antier había habitado Ellie.

Me puse unos jeans que estaban tan desgastados (por el uso) y suaves (también por el uso) que parecían pijama, una vieja camiseta color chocolate que decía "Bad cop! No donuts" (¡Mal policía! Nada de donas) y sandalias de cuero con cuentas plateadas donde iban mis dedos. Y entonces, sin premeditación, sin ton ni son, y sin haberlo hecho antes, me corté un flequillo. Y cuando digo flequillo, quiero decir flequillo, vaya, *extreme bangs,* como dirían en inglés. Lo corté recto a lo ancho de mi frente y tan corto que había por lo menos dos pulgadas entre mis cejas y las puntas de cabello sobre mi frente. Pudo haber sido un desastre, pero el efecto fue refrescante, divertido y casi juguetón. Me pareció que me hacía lucir más ligera y renovada y eso no era poco cosa, si tomas en cuenta cómo habían comenzado las cosas esa mañana.

Una vez leí que cuando las mujeres tienen el corazón "partío", hacen una de dos cosas: se cambian el look del cabello de forma drástica o viajan a algún lugar lejano. Dado que no tenía el dinero para viajar muy lejos en ese momento, decidí que mi flequillo tendría que pasar como una sesión de autoterapia de bajo costo, y me fui en busca de mi café.

Después de la lluvia de la noche anterior, las calles lucían como si Dios mismo les hubiera dado una buena lavada; sus colores, vívidos de nuevo. Al otro lado de la calle, la plaza se veía más verde que nunca después de esa buena limpieza, excepto por los tonos grises y cafés de las mantas y la ropa vieja del Ejército de Salvación que envolvían a los dos o tres indigentes que seguro dormían bajo ellas en las bancas del parque.

Pronto, el parque estaría repleto de mesas de dominó y de cubanos que no llegaron lo suficientemente temprano para conseguir puesto de juego en el parque Máximo Gómez de la Pequeña Habana, el lugar principal para jugar dominó en la zona, y donde, supuestamente, no cualquiera era lo bastante bueno para jugar.

Mientras caminaba hacía el paso inferior de la interestatal 95, teniendo que caminar de puntillas a veces para evitar que mis sandalias de cuero se mojaran en los charcos que había dejado la lluvia, la cara de Héctor aparecía y reaparecía en mi mente, como si lo que tuviera yo por cerebro fuera una baraja de cartas alteradas para darte siempre la misma carta, no importaba cuántas veces las barajaras.

Debería sentirme aliviada de que todo haya acabado, pensé. Ahora ya sabía lo que tenía que saber. No más dudas ni cuestionamientos. No más limbo mental. Además, después de la forma en que él había actuado, tan cruda, tan cruel, tan poco suya. (¿O sí lo era?) Qué va. Tenía que tratar de verle el lado positivo a la situación: que Héctor se hubiera comportado como el *jackass* comemierda que era, evitaba que yo me sintiera tentada a idealizarlo, a perdonarlo. Al contrario. Hacía que quisiera olvidarlo pronto. Y eso era muy bueno.

Tinta y Café estaba vacío cuando llegué. Sólo estaban abiertos la pequeña ventana y el mostrador exterior en los cuales despachaban tostadas, croquetas y café. Pedí un cortadito para llevar (una pequeña cantidad de café negro "cortado" con un chorrito de leche evaporada y endulzado con una cucharadita o dos de azúcar prieta) y me fui hacia la cerrajería Álvarez al otro lado de la Pequeña Habana, una tiendita que era parte cerrajería, parte ferretería, parte cualquier cosa rara que puedas necesitar (juguetes, mapos, escobas, rulos para el pelo, aceite de castor, clavos, postales para el Día de las Madres, sogas, y donde Gustavo trabajaba cuando no estaba convirtiendo la chatarra de metal —con la que ocasionalmente llenaba el patio de atrás de mi edificio— en una escultura.

La tienda estaba a unas cuantas cuadras y las caminé despacio, disfrutando el vecindario, escuchando sus sonidos mañaneros.

Siempre he pensado que para realmente apreciar la Pequeña Habana y, en particular, Coffee Park, necesitas ser inmigrante. Haber viajado desde algún lugar lejano en camino a algún otro lugar. Y luego llegar a ese extraño lugar —extraño para ti, o tal vez sólo extraño— y encontrar algo en él que te haga decir: "Éste no es mi hogar, pero podría serlo, porque ya no pertenezco a ese ámbito de donde he venido, y no podría regresar aunque quisiera (y quiero. A veces quiero). Así que esto tendrá que estar bien por ahora, porque finalmente, por lo menos, es un lugar donde yo puedo estar".

Si eres latino y vives en la Florida, hay buenas posibilidades de que estés en la Pequeña Habana cuando digas esas palabras, y que ese "lugar donde yo puedo estar" sea la Calle Ocho, con todas esas cosas que encontré a mi paso esa mañana de sábado: los pequeños carros de frutas y vegetales donde todavía se pueden comprar

seis jugosos tomates por dos dólares o un enorme aguacate de la
Florida, en su punto de madurez, por poco más de un dólar; el
teatro Tower con su marquesina anunciando su cartelera de filmes
extranjeros, el mural de David Lebo entre las calles 8 y 17, las tiendas de música que (aunque jamás lo admitirían) venden música
cubana pirateada, las casas de empeño llenas de tesoros rehenes y
el espacio donde alguna vez estuvo la vieja librería Cervantes, en
la 19. Y sí, donde el hombre con el que me había acostado hasta
antier, ahora tenía la suya.

En la ferretería encontré a Gustavo de un humor de los mil
demonios, manoseando con desgano un puñado de poleas oxidadas.

—¿Todavía estás trabajando en la escultura de las poleas?

—¿Qué bolá, Mariela? —me saludó, poniendo las poleas a
un lado sobre el viejo mostrador de madera—. ¿Y ese nuevo look?

—Déjame advertirte antes de que digas otra palabra: es mi
cumpleaños, así que piénsalo dos veces antes de burlarte de mí, que
el horno no está para galletitas.

—No, no. Qué va. Si te queda bien. Bien loco. Me gusta.

—Bueno, oye, gracias por ayudarme con el apartamento de
Ellie el otro día.

—Chica, si te digo otra cosa te miento: yo sabía que esa chiquita no estaba bien de la cabeza, ¿tú sabes? Y hasta se lo dije, que
no te hiciera una mierda, que hiciera las cosas bien. Pero, bueno,
¿pa' qué? ¿Ya te llevó el dinero?

—¡Qué va, muchacho! Y dudo que lo haga. Me conformo
con que recoja sus porquerías, siga su camino y ya.

—Del carajo —dijo sacudiendo la cabeza—. Iris me dijo que
en su vida había visto una cosa así, y ella es más vieja que el diablo.

—Chico, déjame ponértelo así: cuando tú llegaste a cambiar
las cerraduras, ya había pasado lo peor. Aquello era como si la versión turbo del huracán Andrew hubiera pasado por allí, ¿okay? No,
no, no, no, no, pero como dices tú: ¿pa' qué? Nada. Pa'lante, que
pa'trás ni pa' coger impulso. Así que vamos a ver: necesito un desengrasante, un Crazy Glue en pistola, un poco de *primer*, dos tubos

de *caulking,* un pote pequeño de *spackling paste* y lo que tengas para limpiar bien el piso, Mr. Clean o lo que tengas —terminé de leer de mi lista repleta de spanglish, recordando a Héctor porque estaba segura de que le habría dado un infarto si me hubiera escuchado asesinar la lengua de aquella manera.

—No te preocupes, Mariela —dijo Gustavo—. Yo te voy a ayudar a encontrar otro inquilino. Voy a llamar a unos amigos, a ver quién está buscando.

—Gracias, Gustavo. Y hablando de amigos, ¿cómo está Jorge? ¿Te acuerdas de él?

Eso hizo que parara en seco y se volteara hacía mí con una mirada inquisitiva antes de decir:

—Yo sí lo recuerdo muy bien. La pregunta es si lo recuerdas tú.

—Eh, ¿y a ti qué te dio? ¿A qué viene eso?

—¿Que a qué viene eso? Déjame ver…. Te presento a un buen amigo. Él se enamora de ti como un comemierda, un súper *loser.* Tú no lo paras, al contrario. Y después, un buen día, lo botas sin ninguna razón.

—Yo no lo dejé sin razón. Él tenía una esposa, por si se te olvidó ese pequeño detalle.

—En Cuba —dijo él, como si eso cambiara algo.

—En Cuba, en África, o en el Polo Norte, sigue siendo su esposa.

—Ése no fue el problema, y tú lo sabes. Mariela, perdóname que me meta, pero lo jodiste. Lo trataste mal, lo lastimaste.

—¿Yo lo lastimé *a él?* ¿De qué manera, a ver?

—Uno, no dejaste que te llamara; dos, le mandaste las cosas que tenía en tu apartamento conmigo; tres, no quisiste verlo más —dijo Gustavo, haciendo un puño y sacando un dedo a la vez por cada ofensa que enumeraba.

—Todas ésas fueron decisiones mutuas y, de nuevo: él era, o es, casado, ¿cuán herido pudo haber estado?

—¿De verdad quieres que te lo diga?

No quería. Ésa era la razón por la que nunca le había preguntado a Gustavo por Jorge en todos estos meses ¿Para qué? ¿Para arriesgarme a que Gustavo me hiciera arrepentirme de mi decisión? ¿Para dejarme arrastrar de vuelta a esa situación cuando Gustavo le contara a Jorge lo que yo estaba diciendo? Eso era lo que me faltaba. Que Jorge pensara que quería regresar con él, o que lo extrañaba, y se pusieran a hablar de mí *entre hombres*, o peor, que se pusieran a hablar de mí *entre hombres cubanos*. Tú sabes cómo ellos hablan: que si después de que estás con un cubano no quieres probar otra cosa, que ellos son los mejores amantes del mundo (lo son) y que te traen muerta y que te van a dar de lo que tú sabes. No te rías que así mismo es que hablan. Y no debería sorprenderte. Según mi raza, todo lo cubano es mejor. Más grande. Sabe mejor o es más funcional, o lo que sea. Es parte de nuestra idiosincrasia y es inocente, pero aun así no quiero que dos cubanos hablen de mí porque el hecho es que cuando decidí sacar a Jorge de mi mente, lo saqué de mi mente. (Aunque tengo que reconocer que necesité la ayuda de un argentino. Pero, bueno, da igual. El asunto es que lo saqué).

—Mira, mejor dejemos el tema. Hazte la idea de que no dije nada —dije, fingiendo interés en un tubo de masilla.

—Ah, la bonita, ¿verdad? Hincas a uno y te vas, pero espera, déjame decirte esto último y si quieres dejamos el tema, como tú dices, porque, al final, no es asunto mío. Hablando en plata: él estaba casado en Cuba, y tú lo sabías cuando lo conociste. Y no creo que la decisión de romper fuera tan mutua como dices tú. Más bien tú decidiste y él tuvo que aceptar porque ¿qué más podía hacer? ¿Acosarte?

—Como dije, casado en Cuba o en la Cochinchina, sigue siendo casado. Y por si las moscas, cuando yo lo dejé, ya ella tenía fecha para venir a Miami y yo quería que él fuera feliz, que no se complicara la vida conmigo, ¿okay? Así que ella decidió venir, y, *entonces*, yo rompí con él. Es más, fue *por eso* que rompí con él. No al revés, ¿okay? —dije, sorprendida de que Jorge le hubiera contado tanto sobre nosotros que ahora yo tenía que defender mis acciones ante Gustavo.

—Ah. Bueno… No, no, yo decía porque… ¿De verdad? ¿Y tú le dijiste eso? ¿Que estabas rompiendo con él… por su bien?

—Sí, se lo dije, y ya dijiste, así que dejemos el tema. Yo estaba preguntando porque fui a Tinta y Café esta mañana y me acordé de él. Quería saber cómo le iba y cómo estaba el matrimonio, si estaba bien, nada más.

—Ah. Bueno, si era eso, te puedo decir que él está bien. De su matrimonio sí que no sé nada.

—¿Todavía trabaja en Michy's?

—No, pero gracias a Dios porque hubiera tenido que advertirle sobre la posibilidad de encontrarse allí contigo. Tengo que proteger al socio, Mariela. No podemos seguir dejando que ustedes las mujeres nos pisoteen cada vez que quieran.

—No te molestes que yo no tengo intención de perseguir ni de acosar a nadie. Fue una pregunta, nada más.

—No te pongas brava, Mariela. Jorge es mi socio, tú sabes cómo es eso.

—No lo sé, pero tú tranquilo. Si me lo encontrara, lo más que haría sería decirle hola y ya. Pero remedio santo. No te vuelvo a preguntar por él ni por casualidad, ¿okay?

—Bueno, pues procura no "encontrártelo" para "decirle hola" si lo vas a dejar peor de lo que lo encontraste. Vamos a dejarlo por allá, tranquilito, ¿sí?

—Muchacho, pero que ya está bien. Cualquiera diría. ¿Qué te pasa a ti?

—Tienes razón, Mariela, perdóname. No fue mi intención alterarme contigo ni de broma, ni mucho menos desquitarme de mis cosas contigo.

—¿Qué cosas?

Él siguió tratando de alcanzar algo en el fondo de una repisa hasta que logró alcanzar la botella de plástico negro con el desengrasante, antes de contestarme.

—Abril me dejó, Mariela.

Con razón, pensé, comprendiendo ahora la causa de su mal humor.

—Qué pena. Lo siento mucho —dije, preguntándome qué virus asexuado de odio y desamor se había apoderado de mi vecindario en las últimas veinticuatro horas—. ¿Cuándo?

—Ayer por la mañana.

Parecía a punto de llorar. Y si conocieras a Gustavo, entenderías cuán extraña, cuán desconcertante se me hizo esa mañana la mera posibilidad. En los seis años que él había vivido en mi edificio, sólo lo había visto llorar una vez, y ese día sólo porque estaba borracho y empezó a hablar de su familia en Cuba y de cuánto la extrañaba. No me malinterpretes: él es bien buena gente. Sencillamente, no es de los que comenta sus problemas, se queja de su vida o te da los rayos X de su corazón para que estés informada.

Hasta que se enamoró.

No hizo Abril más que llegar a vivir al edificio de Iris hacía seis meses, que Gustavo se lanzó tras ella como Batman, saltando desde el edificio más alto, olvidando su máscara, y con la capa que se supone lo protegiera como al descuido sobre su brazo, y sus sentimientos dibujados en el rostro, ahí para que todos pudieran ver en la porquería que el amor es capaz de convertir al más invencible de los hombres.

Yo no lo culpaba por haberse enamorado de Abril. ¿Alguna vez has visto una modelo de revista y te has dicho: "Bueno, no es tan bonita" al mismo tiempo que tienes que admitir que la chica tiene "algo"? Ésa es Abril. Además, como te he dicho antes, ella sabía ser misteriosa.

—Estoy segura de que se arreglarán —dije, sin comentarle lo que realmente pensaba: que de algún modo el padre de Henry, fuera quien fuera, estaba detrás de la decisión de Abril de romper con él. Tal vez ella había regresado con el padre de Henry y pronto desaparecería con el niño tan misteriosamente como había llegado.

—Ella dice que no hay una tercera persona —dijo Gustavo como leyendo mi mente—. Que se trata de sacrificarse por su hijo. ¿Qué tiene eso que ver?

Tenía razón. *I mean*, por favor. ¿Desde cuándo?

—Tú verás que se van a aclarar las cosas. Tú sabes que Henry te adora.

—¡Yo sé! —dijo moviendo la cabeza de un lado a otro como expresando: "¡No lo entiendo!".

—Y tú sabes, tal vez hay esperanza. Yo sé que ella estaba llorando ayer, disimulando con Iris que no se sentía bien, así que por lo menos sabes que le importas —le dije tratando de consolarlo y pensando a diferencia de mi caso con cierto argentino hijo de puta.

No sabía qué más decir, así que le pregunté si iba a enviar una escultura al concurso de la Agencia de Desarrollo de la Pequeña Habana. Éste era el segundo año del concurso y el año pasado había sido algo grande, y las artistas locales Ángela Valella y Nereida García Ferraz habían actuado de jueces para escoger al ganador para el PAM (el Perez Art Museum) de Miami.

—Lo estoy pensando. Me hace falta una idea que sea grande, tiene que ser algo que impresione, que realmente diga algo importante sobre la Pequeña Habana —dijo.

—Bueno, si no se te ocurre nada, quizás podrías hacerla sobre Coffee Park, en vez de sobre la Pequeña Habana. A lo mejor te inspiras mejor.

—Eso es lo que dice Iris, pero se trata de una subvención de la Pequeña Habana, vieja. ¿Tú crees que yo quiero encender ese caldero? Doña Irma no crio hijos bobos —doña Irma era su mamá.

—Ah, ya, la vida de un artista, ¿verdad?

—La vida de un artista a punto de irse a la quiebra, querrás decir —respondió.

—Bueno, pero ¿sabes qué? Esta noche, después de que termine por hoy con el apartamento, voy a entrar al Internet a ver si encuentro algunos sitios que vendan metal al por mayor y otras sobras de construcción, a ver si los quieren donar para una buena causa. ¿Qué dices?

—Que eres la mejor y la más completa —dijo sonriendo por primera vez esa mañana.

—Sí, lo sé, no hay necesidad de repetirlo —bromeé—. Seguro seré reconocida cuando esté muerta, como todos los grandes, pero así es la vida.

—Yo te voy a compensar antes que eso buscándote un nuevo inquilino.

—Ay, sí, pero, vaya, por favor, que sea compulsivo con la limpieza, de ser posible, ¿oíste? Bueno, nos vemos luego —dije levantando mis bolsos en peso y haciéndole media señal de adiós al salir, o sea, usando sólo tres dedos de mi mano izquierda porque las bolsas de papel repletas de materiales que ahora llevaba me ocupaban ambos brazos.

Eran las ocho y cuarenta minutos de la mañana, según alcancé a ver cuando iba de salida, y comencé el camino de regreso a mi apartamento pensando (¡otra vez!) en Héctor. Su rostro era como una de esas alarmas molestas que sigue sonando después de que la apagaste. Menos mal que iba a estar tan ocupada con el apartamento en los próximos días que no tendría tiempo de pensar ni en él ni en nadie. De hecho, decidí que me iba a asegurar de estar dentro de mi apartamento, o en el de Ellie, en las horas en las que él solía estar en su casa, para que no pudiera verme ni de refilón. Es más, le pediría a Iris, o a Abril, quien tenía una voz sexy y bonita, que me grabara el mensaje de mi máquina contestadora para negarle hasta el sonido de mi voz. Bloquearía mi perfil de Facebook. Cerraría hasta la cuenta de Twitter que todavía no tenía y…

Cuando giré en la esquina de la Ocho hacia mi edificio, un reflejo verde y blanco en mi visión periférica interrumpió mis planes para desquitarme de Héctor negándole hasta mi recuerdo. Se trataba de dos patrullas del condado de Miami-Dade. Había también un camión amarillo limón que decía "Rescue" y que se parecía mucho a un camión de helados. Había otros vehículos cuyos propósitos no logré identificar. Parecía como si toda la gente que vivía en Coffee Park estuviera amontonada a lo largo de mi cuadra como esperando por algo.

Pensé en Henry y aceleré el paso, preocupada. El tumulto se hacía más denso en el área frente a mi edificio. De pronto alcancé a ver a Abril con su cola de caballo hecha casi un afro por la humedad, vistiendo uno de los diseños de Iris: una camiseta color rosado subido cortada con motivos geométricos a lo marroquí y jeans. Ella miraba hacia el parque con una expresión aturdida en la cara, mientras sujetaba a Henry por un brazo evitando que se le escapara para irse a investigar por el lugar.

Si no era Henry… ¡Iris! ¿Sería Iris? Caminé aún más rápido, buscándola con la mirada. Logré distinguir a la mujer que tenía una gran virgen María en su jardín, que vestía una bata de casa y llevaba rulos en la cabeza. También podía ver a Marita y a Betty, la pareja que vivía en la acera de enfrente, pero del otro lado del parque, con su gran danés de casi cinco pies de altura.

Entonces vi a Iris por encima del tumulto, probablemente parada sobre una de las bancas del parque. Parecía estar tratando de ver algo por encima de las cabezas, y yo respiré aliviada. ¿Qué coño estaría pasando? Empecé a caminar hacia ella, agarrando fuerte las pesadas bolsas que llevaba.

—¡Iris! Iris, ¿qué pasó? —casi grité la pregunta, tratando de acercarme a ella por entre los chismosos, sin siquiera pedir permiso.

Nunca voy a olvidar la expresión de asombro en su cara cuando volteó la cabeza.

Estabilizándose para bajarse de la banca, corrió hacia mí tan pronto sus pies tocaron el suelo, ajena a la multitud que amenazaba con empujarla para aquí y para allá. Cuando me alcanzó, se colgó de mi brazo y me dio media vuelta, llevándome en dirección opuesta a la que yo venía, hacia la acera. Pero antes de que pudiera decirme una palabra, alguien nos ladró: "Excuse me! Stand back, please" para que nos saliéramos del medio. Era una paramédico exasperada que, junto a su compañero de labores, había emergido del tumulto empujando una camilla con un bulto de algo dentro de una bolsa negra de plástico, y con la que nos pasó por enfrente a Iris y a mí, llevándola de la acera a la brea de la calle con un golpetazo que causó un estruendo metálico, antes de meterla en el camión amarillo limón que yo había visto antes.

—Ay, Mariela, por tu vida. Es Héctor Ferro —me susurró Iris al oído finalmente —. Está muerto.

Capítulo 14

¿Por qué crees que la gente va a ver a psíquicos, consultan a santeros, o se hacen tratar (por años, a veces) con psicólogos o consultores espirituales? ¿Cuál es el verdadero motivo por el que oran con sacerdotes o monjes budistas; consultan tableros de ouija; pagan para que les lean las cartas del tarot, la taza de café, las hojas de té o lo que aparezca que se pueda leer? ¿Por qué hay economías enteras sustentadas por quienes siguen sus horóscopos como si fuera un evangelio, se hacen la carta astral o tratan de descifrar sus sueños? La razón es bien sencilla: hacen todo eso y más para evitar el arrepentimiento. Porque el arrepentimiento es peor que la muerte. La muerte, al menos, es rápida. *Shit happens*, dicen los americanos. Así es la muerte, rápida como la mierda. Viene, pasa y se va, veloz como una bala.

Pero el arrepentimiento es mil veces peor, lento y torturante como una migraña, un dolor que sigue y sigue, que no amaina, pero que tampoco se vuelve jamás lo suficientemente urgente para justificar que te arranques la cabeza, por muy tentada que estés de hacerlo.

Mi madre tenía una teoría. Ella decía que su generación —la primera generación de cubanos exiliados en Miami— lo que tenía era más tristeza que coraje. Decía que mostraban rabia y hablaban fuerte para olvidar que estaban tristes y que sus corazones lloraban haber dejado la isla y no haber podido regresar. Ella estaba convencida de que ningún cubano de Miami mayor de cincuenta años había muerto jamás por otra causa que no fuera el arrepentimiento.

Arrepentimiento por haberse ido, o por no haberse ido a tiempo, o por haberse ido muy pronto. Arrepentimiento por haberse ido al lugar equivocado o por no haber traído a Pepito o Anita con ellos cuando tuvieron la oportunidad, sin saber nunca a ciencia cierta si hubo algo que pudieron haber hecho diferente. Arrepentimiento por no haber confirmado si habrían sido lo suficientemente fuertes para pelear solos, o por haber salido pensando que el mundo los ayudaría. (No los ayudó).

Estaban muy seguros de que pronto estarían de regreso. Pero tuvieron que resignarse a vivir en lo que entonces era un pantano húmedo e inhóspito, fingiendo a veces tener alguna basurilla en los ojos para poderse permitir una buena llorada por su isla, allá todavía, siendo golpeada, abusada. Como yo, ellos se arrepentían de no haber sido capaces de ver el futuro.

Así que ahora lo sabes: ése es el alpiste que alimenta la clarividencia: el arrepentimiento. Porque tú crees que si tienes toda la información, si de antemano sabes que si te vas nunca podrás regresar (porque aun si lo haces, estarías regresando a un sitio completamente diferente, que, da la casualidad, queda en el mismo lugar), dejarás de cuestionar las decisiones que tomaste. Estás seguro de que estarás bien porque, al final, al menos tu madre seguirá siendo tu madre. No sabes que ella va a cambiar. Que seguirá amándote, por supuesto, pero que más tarde descubrirás que su amor de ahora es diferente, que ha cambiado tras todo ese tiempo que se ha visto obligada a sobrellevar la distancia, a luchar para vivir con la maldita impotencia, tan fuerte que la frase "tan cerca y a la vez tan lejos" fue hecha para ella. ¿Tú crees que si hubieras sabido todo esto habrías sido capaz de vivir con los resultados de tus decisiones sin volver a cuestionarte qué hubiera pasado si nunca te hubieras ido?

Como he sido clarividente, puedo entender por qué la gente cree que la información es el antídoto contra el arrepentimiento. Tal vez creen que saber las cosas de antemano les va a permitir decir "Yo hice todo lo que podía hacer", o "Nada de lo que hice iba a cambiar las cosas", y que esto les daría paz. Es como si estuvieran dispuestos a encararlo todo: la muerte, el abandono y la enfermedad. ¿Pero enfrentarse a la frase "Si lo hubiera sabido antes…"? No, eso no. Esa posibilidad no la pueden resistir.

La realidad es que la gente siempre va a hacer lo que quiere hacer, pase lo que pase. La mejor clarividente del mundo puede decirles exactamente lo que va a pasar y ellos, simplemente, lo racionalizarán y harán lo que quieran.

Aun así, ayuda estar preparado para racionalizar, lo cual claramente no era mi caso ese día que tan repentinamente había pasado de ser "el día después de que yo le importara tan poco a mi amante que él encontró apropiado terminar conmigo la víspera de mi cumpleaños" a ser "el día en que vi el cuerpo de mi amante muerto transportado en una bolsa negra de plástico". Fue como si él me dijese que su abandono era su forma de "escribirme el mensaje *dentro* de la pared" y, un segundo después, ya no hubiera pared, y sólo estuviese Héctor, tendido en esa camilla de los mil demonios, su rostro cubierto, sus ojos cerrados para siempre.

Me senté en las escaleritas que conducían a la entrada de mi edificio, con las bolsas llenas de productos de limpieza junto a mis pies, mirando el tumulto que parecía cubrir toda la parte de la plaza que no había sido acordonada por la policía, al otro lado de la calle.

Alguien me tomó la presión arterial. De hecho, me parece que había dos paramédicos. Yo no estaba muy segura de por qué se necesitaban dos cuando yo era sólo una. ¿Me habría desmayado? Hasta el sol de hoy, sigo sin recordarlo.

Traté de percibir qué estaba pasando a mi alrededor. Estacionadas en la acera había ahora dos patrullas policiales más del condado Miami-Dade. Las reconocí porque eran blancas con una franja verde. Había una ambulancia, pero el vehículo amarillo limón que parecía un camión de helados se había ido, llevando a Héctor consigo. Desde donde estaba sentada podía ver a un agente de la policía vestido de civil, o quizás era un técnico tomando fotografías del área en el extremo más lejano de la plaza, donde supuse que lo habían encontrado.

Había dos camiones de transmisión de televisión en vivo al otro lado de la calle. Recuerdo que alguien me preguntó si quería entrar, que adentro estaba más fresco, pero no recuerdo quién fue. Escuché que alguien dijo que yo era la casera y que el muerto era mi inquilino. Que había sido encontrado tirado debajo de una de las bancas de la plaza, empapado, envuelto en una gabardina y una bufanda, con sangre en el rostro. Llegué a escuchar preguntas susurradas: "¿Lo golpearon?", "¿Fue asaltado?", "¿Tuvo un ataque cardiaco?". Yo volteaba hacia la persona a la que le preguntaban, interesada en oír las respuestas, pero invariablemente esa persona sólo se encogía de de hombros.

El hombre muerto. ¿Cómo había muerto? ¿Cuándo? ¿Qué estaba haciendo en el parque? Tal vez el mal rato de anoche le había ocasionado un ataque cardiaco, pensé horrorizada, imaginándolo doblado del dolor, antes de recordar de quién se trataba. Héctor no era la clase de hombre que se habría muerto a causa de un exceso de emoción. Además, obviamente yo ya no era lo suficientemente importante para causar en él una reacción como ésa. ¿O sí? ¿Todos mis gritos para que se largara al carajo? No, no podía ser. Él estaba bien cuando se fue la noche anterior y, definitivamente, se veía saludable. ¡Hasta había tenido tiempo para dibujar una carita sonriente en la versión de mi carta que dejó sobre la mesa!

El coraje y el dolor que había sentido la noche anterior me parecían tan pequeños ahora, tan mezquinos e insignificantes. Sentada en esas escaleras, recé porque esto fuera una pesadilla, rogando a Dios que lo trajera de regreso a la vida para poder odiarlo sabiendo que aún existía. Que todo no había terminado de esta forma tan final.

Pero sí era el final. Él estaba muerto. Nunca más lo vería, ni volvería a escuchar su voz. Nunca lo tocaría, o pondría mi dedo en la arruga que se formaba entre sus cejas antes de besársela, transformando mágicamente su ceño fruncido en una sonrisa.

Justo cuando pensé que mi pecho no podía comprimirse más, vinieron las lágrimas y, como si mis lágrimas lo hubieran llamado, un hombre caminó hacia mí y se presentó como un agente de la Unidad de Investigaciones de la Escena del Crimen de Miami-Dade. Tenía una chaqueta impermeable azul marino con letras amarillas y pantalones azules, y me cayó mal en el acto. Podía ver a otros que vestían como él, entrevistando a otras personas. Ellos también me cayeron mal.

El agente —olvidé su nombre tan pronto lo dijo— achinó los ojos para leer el mensaje escrito sobre mi camiseta. (¿Recuerdas?: "¡Mal policía! Nada de donas"). Luego arqueó las cejas antes de preguntarme mi nombre. También me hizo otras preguntas, o más bien la misma pregunta hecha en distintas formas: ¿había visto algo?, ¿conocía a alguien que hubiera querido lastimar a Héctor?

Entonces preguntó qué tan cercana había sido mi relación con el difunto. Me hablaba en inglés, lenguaje en el que difunto se dice *deceased*. Sólo que lo pronunció *disease* que significa enfermedad y que me hizo reír, pues me recordó a Héctor, a quien visualicé como una enfermedad ambulante, no, la plaga, que yo muchas veces había pensado que era. Pasé de una sonrisa irónica a una risa compulsiva e histérica de un momento a otro, mi sentido común secuestrado por mis nervios: el pobre policía me miraba serio, muy serio, y de seguro estaba pensando que esto era lo que le faltaba, tener que internar a una posible testigo por loca.

—Lo siento, lo siento mucho —dije, secándome las lágrimas que, a pesar de mi risa, continuaban rodando lentas por mi cara, como dolientes en fila caminando en un desfile funerario—. Es una reacción nerviosa. Yo soy, quiero decir, yo era su casera —dije, ignorando la forma en que mi estómago se contrajo cuando me escuché decir: "era".

—¿Era usted allegada al difunto o a su esposa?

—No, no, no realmente.

—¿Qué puede decirme sobre él?

—¿Yo? Nada —contesté con demasiada rapidez, encogiendo los hombros como niña de trece años a quién le preguntan de quién son esos cigarrillos y dice: "I don't know".

—¿De veras? —me preguntó con renovado interés.

—Yo no lo conocía bien. No *los* conocía bien. Realmente… para nada. No los conocía casi, no, la verdad es que no.

—De acuerdo, pero han sido sus inquilinos durante años. Algo debe saber sobre ellos.

—Tienen una librería.

—¿Y se llevaban bien?

—¿Qué quiere decir?

—Quiero decir que si se llevaban bien.

—Supongo.

—¿Y usted?

—¿Yo? —dije, sintiendo que mi cara enrojecía rápidamente.

—Sí. ¿Se saludaban? ¿Alguna vez los visitó para cenar? ¿Les pidió azúcar? Ese tipo de cosas…

—Nos llevábamos bien. Todos. Ellos y yo… o sea, nosotros. Todos.

—¿Y ellos se llevaban bien, dice usted?

—Dije que eso suponía.

—Sí, es cierto, eso fue lo que dijo —aceptó mirándome con los ojos entrecerrados—. ¿Sabe si él tenía algún enemigo, alguien que quisiera hacerle daño?

Conocía al menos a una persona que había querido hacerle daño anoche, pensé.

—¿Cómo murió? —pregunté.

—Uno de sus vecinos lo encontró en el parque. Tenía sangre en la frente, probablemente una contusión. Pudo haber ocurrido si se cayó después de un ataque cardiaco, pero no podemos estar seguros, así que por ahora lo estamos tratando como una muerte sospechosa —dijo, más a sí mismo que a mí. Luego pareció recordar que yo estaba allí y agregó—: Realmente no lo sabemos todavía; pudo haber sido cualquier cosa.

Todo esto lo dijo sin emoción, como un *maître* que recita el nuevo menú de especialidades de la casa.

—No fue un ataque cardiaco —dije; la imagen de Héctor doblado del dolor reapareció en mi mente.

—¿Por qué no?

—Él era, usted sabe, él era saludable —dije, tratando de no llorar mientras pensaba en Héctor luchando para respirar, tomado por sorpresa por primera vez en su vida.

¿Se habría dado cuenta de que estaba muriendo? ¿Habría tenido tiempo de abrir los ojos en shock, negándose a morir? ¿Qué hacía en el parque a esa hora? Ay, Dios, tal vez había ido al parque para pensar o para releer mi carta y evitar que su esposa le preguntara qué estaba leyendo. Tal vez tropezó, golpeándose la cabeza, y murió a causa del impacto.

—Bueno, eso no es garantía. Nunca se sabe cuándo la salud va a fallar —dijo él.

—¿Y su esposa? —pregunté pensando en Olivia, imaginando su reacción cuando le dieron la noticia y sintiendo por ella la pena que nunca le tuve durante el tiempo en que no tuve reparos en acostarme con su marido prácticamente bajo su propio techo.

—Está catatónica, no ha hablado.

—¿Catatónica? —dije, preguntándome cuál era su noción de catatónico, porque siempre había pensado que Olivia había nacido catatónica.

—Sí. ¿Por qué? ¿Tiene alguna razón para creer que ella es responsable de alguna manera?

—¿Qué? ¡No! Sólo preguntaba por saber si ella está bien.

Y lo había hecho con sinceridad, realmente queriendo saber, preocupada por ella; a la vez pensando, y no por primera vez, que existe una extraña conexión entre "la otra mujer" y la esposa. No se trata de celos, necesariamente —aunque algo de eso siempre hay—, pero no, es más una curiosidad morbosa mezclada con una afinidad imaginaria. Como si la esposa fuera tu media hermana del primer matrimonio de tu padre a la que no estás autorizada a conocer, pero sobre quien a veces te descubres pensando que te gustaría conocerla, porque tienen a alguien en común y probablemente las respuestas a muchas de las interrogantes de la otra sobre esa persona.

—Bueno, ella está bien dentro de lo que se puede esperar. Pero si usted recuerda algo que pueda ayudarnos a descartar cualquier acto criminal...

Lo dijo con expresión de policía rudo de película de Hollywood y sentí la risa brotar de mí nuevamente, como lava; mis nervios hacían de mí lo que querían una vez más.

—De nuevo, lo siento. Lo siento mucho —terminé con un chillido apenas audible cuando logré contenerme, deseando que se largara para no tener que controlarme, para llorar o reír o gritar, o para hacer lo que fuera, estaba desesperada por estar sola para poder actuar.

Pero él seguía ahí, parado frente a mí, mirándome fijamente por buen rato.

—La acompaño en sus sentimientos, en su dolor —me dijo—. Estas cosas no siempre se pueden prevenir. Pasan, sencillamente.

Aparté la vista.

—Es duro, lo sé —insistió—. En este trabajo, usted sabe, ayuda creer en Dios.

—No —respondí, y mi rabia apareció repentinamente, como antes la risa—. Las cosas como éstas no "pasan, sencillamente", y Dios no tiene nada que ver con esto —le dije, pensando que si Dios hubiera hecho esto, lo hubiese hecho con ganas, con arte, con una cabrona guerra mundial, con un maremoto hecho de aguas teñidas de rojo sangre. En vez de eso, había pasado la mierda ésta: una producción teatral barata sin el más mínimo sentido del espectáculo (de hecho, sin sentido alguno), que el propio Héctor habría despreciado.

—Tiene rabia —dijo.

—Por supuesto que tengo rabia. Mi inquilino... está... muerto.

—Sí, puedo ver cuánto le ha afectado —dijo esta vez, mirando el área del escalón justo al lado de donde yo estaba sentada, como evaluando si se sentaba allí.

Dicho y hecho. Sacó un paquete de goma de mascar del bolsillo izquierdo de su pantalón, me ofreció un chicle con un movimiento de su quijada, aceptó mi rechazo con otro, se alzó los pantalones como si pretendiera ahorcarse los testículos y se sentó a mi lado en el escalón como si se estuviera sentando en un maldito trono. Se pasó una mano por su escaso pelo negro antes de inclinarse hacia atrás y ponerla sobre la boca de su estómago, o más bien sobre su considerable panza de bebedor de cerveza, siempre sin dejar de masticar su chicle ni de asentir con la cabeza como si supiera todo lo que había que saber.

El corazón se me fue a los pies. Quería que se fuera. Quería estar sola para pensar sobre todo lo que aún no entendía sobre la muerte de Héctor. Sobre la posibilidad de que hubiera sido víctima de un crimen, de un atraco, por ejemplo. O sobre el hecho de que yo lo había soñado, logrando ver algo antes de que ocurriera, o tal vez mientras estaba pasando, por primera vez en mucho tiempo.

—Puedo ver que está angustiada. Entiendo y, como le dije, siento su pérdida. También puedo comprender lo preocupada que debe estar de que algún merodeador esté al acecho en su pequeño y apacible vecindario, pero voy hablarle claro, señora Esteves: si esto fue un asesinato, a mí no me parece el acto de un merodeador.

—Señorita —dije, porque estaba aturdida y ebria de estupidez—. ¿Y qué quiere decir?

—Bueno, por el vómito, el trauma en la cabeza y el hecho de que no aparece su billetera, el robo es una posibilidad. Pero está también el hecho de que no tenía ninguna razón obvia para ir al parque en una noche lluviosa y, de acuerdo con los vecinos, nunca lo hacía; que la posible escena del crimen está rodeada de casas y negocios, y que, sin embargo, nadie, ni siquiera su propia esposa ni ninguna de las demás personas que viven en este bloque, vio nada, a pesar de la proximidad de todos los apartamentos a la escena del crimen.

—Probablemente la gente estaba durmiendo.

—Sí, eso es posible. En cualquier caso, habrá una autopsia y vamos a necesitar toda la cooperación que podamos tener —concluyó, deslizando su mano dentro del bolsillo interior de su chaqueta y entregándome una tarjeta que olía levemente a ajo—. Si usted ve a alguien sospechoso, si recuerda algo o piensa en algo que pueda ayudarnos, quiero que me llame.

—No lo haré. Quiero decir, lo haré. Pero no creo, no creo que vaya a recordar nada más. Ya le he dicho todo lo que sé —dije, sabiendo cómo sonaban mis palabras, pero incapaz de suavizar mi tono.

—Lo cual es un poco sorprendente, dado que es un edificio tan pequeño, con tanta cercanía entre las puertas de entrada, y todas las ventanas frontales mirando hacia el parque —insistió.

Sé reconocer una indirecta cuando me la lanzan, pero me mantuve callada, permitiendo que él siguiera escudriñándome, rascándose la cabeza, haciéndome saber con cada pequeño y quisquilloso gesto que esto era serio, posiblemente tan serio como un asesinato, un homicidio involuntario o como sea que ellos llaman a las muertes que no debían ocurrir.

—Veo que estuvo de compras esta mañana. ¿A dónde fue? —preguntó con un tono casual, mirando las bolsas que había traído de la ferretería, como si la pregunta se le acabara de ocurrir.

—A la ferretería de la calle 12.

—Ah, sí. He comprado ahí. Hacen toda clase de llaves. ¿Estaba usted haciendo nuevas llaves?

—No.

—Alguien la vio allí.

—Muchísima gente —le dije, pensando que como estaba el chismoso en Coffee Park, probablemente había quien tuviera hasta fotos de mí saliendo de mi casa esta mañana.

—Sólo le pregunto porque tal vez la persona con la que fue recuerde haber visto algo inusual cuando salieron hacia la ferretería esta mañana.

—Fui sola.

Su celular empezó a timbrar, pero él siguió mirándome con fijeza.

—¿Estaba usted en su apartamento anoche?

—Sí.

—Pero no escuchó nada.

No dije nada, esperando que, como el gato estúpido que era, se estrangulara a sí mismo con su propia cola de tanto dar vueltas alrededor del mismo círculo.

—¿Estuvo en algún momento usted con alguien que pudiera haber escuchado algo? —dijo, y me di cuenta de que ya lo estaba haciendo por fastidiarme, esto de hacer la misma pregunta diez veces.

—Sí. Al menos una persona —dije, pensando que cuando me preguntara a quién me refería, le respondería que esa persona era yo misma y que pude haber escuchado algo pero que no lo hice, sólo para fastidiarlo yo a él.

Pero su teléfono sonó de nuevo. Se puso de pie y se volteó para pescar su teléfono celular del bolsillo izquierdo del pantalón, dando señales de estar a punto de irse, por fin. Pero entonces el bendito teléfono dejó de sonar abruptamente y, cuando se volteó hacia mí de nuevo, vi, para mi horror, que su expresión facial había cambiado y que ahora en su rostro se revelaban súbitas y desafortunadas señales de inteligencia.

—Una pregunta más, señora Esteves.

—Y dos también —dije como si no me importara seguir contestando sus preguntas clonadas.

—¿Cuándo fue exactamente la última vez que vio o habló con el difunto? Hora exacta y fecha, por favor, y, por supuesto, el tema que tocaron. No me vaya a escatimar ningún detalle.

Capítulo 15

Para cuando terminaron de entrevistarnos a todos (los "testigos potenciales") y de tomar nuestros nombres, direcciones y teléfonos, ya eran casi las seis de la tarde. Una sección del parque permanecería acordonada con la cinta amarilla que la policía usa para delimitar la escena de un crimen, mientras que arriba, en la segunda planta de mi edificio, sólo quedaba Olivia, llorando a su esposo sola en el silencio del apartamento 4.

Abajo, en el apartamento 1, la amante (o sea yo, al menos hasta ayer) entraba a su apartamento, se quitaba los zapatos y se dejaba caer en su silla forrada en tela de pana roja, como de sillón de teatro viejo, incapaz de aceptar lo que había pasado.

Héctor no podía estar muerto. Yo había hablado con él la noche anterior. Es más, habíamos tenido tremenda bronca y él se había marchado más lleno de vida que nunca.

Traté de recordar lo último que me había dicho, su última mirada. Pero lo único que me vino a la mente fue la perreta que le hice y las cosas estúpidas que le dije y que ya nunca podría retirar. Lo peor de todo era que lo había puesto todo por escrito, algo que mi madre me había advertido millones de veces que no hiciera nunca. Y como Héctor era Héctor, por supuesto que había dejado mi carta de ruptura educada, para que yo la botara, mientras él se llevaba la versión sarcástica y venenosa, para él quizás la más interesante, fascinado como vivía por el conflicto interno y las motivaciones humanas.

¡Un momento! La carta que se llevó, ¿dónde estaba ahora? ¿Qué había hecho con ella? Dios me librara de que Olivia la encontrara en sus bolsillos, o peor, que la fuera a encontrar la policía. Tal vez ella ya la había encontrado. *Todo el mundo iba a saber que habíamos tenido un affair,* pensé, hiperventilando, imaginándome a una turba apedreándome por meterme con un inquilino cuya esposa dormía a pocas yardas de mí. Mis vecinas dominicanas dirían: "Oh, pero bueno, esa mujer es una sucia, es lo que es ella". Mis vecinas puertorriqueñas me llamarían "la chilla". Y mis amigos —Iris, Gustavo, doña Carmen, la señora salvadoreña que me había confiado sus depósitos bancarios durante años— dirían, y con razón, que yo era una descarada, una mujer sin vergüenza.

Pero entonces recordé que Héctor ya no estaba y deseé con todo mi corazón poder pasar esa muy merecida vergüenza si con eso pudiera deshacer su muerte, o al menos traerlo de regreso el tiempo suficiente para decirle adiós y para asegurarme de que no había sufrido. Pero se había ido, y yo ya nada podía hacer.

Espera, pensé, enderezándome en la silla. ¿Y qué tal si en realidad había algo que podía hacer?

Tras una vida entera huyendo de la posibilidad de comunicarme con el más allá, rechazando ver el futuro y virando la cara hasta a mi propia mente, había pasado de ser una ciega voluntaria a querer reclamar mi clarividencia dos veces en menos de una semana. Sólo que esta vez era muy distinto. El miércoles, había querido ver a causa de los celos y el miedo. Había sido un deseo débil, alimentado sólo por mi ego. Qué diferente era lo que sentía ahora: esta hambre de ver tan feroz, tan radical, que me hacía querer traspasar el puente más oscuro para correr de un muerto a otro preguntando, rogándoles que me dijeran si lo habían visto, si por casualidad había pasado por allí.

Y, ¿si todavía era posible? Tendría que darme prisa. Mientras más esperara, más lejana y densa sería su energía, pensé, imaginándolo alejándose, de espaldas a mí, su gabardina aleteando contra la parte trasera de sus piernas, sin poder escuchar mis gritos pidiéndole que se detuviera.

Respiré profundamente una y otra vez hasta que escuché los silbidos de mi diafragma. Me concentré en imaginar que oía el golpe leve en la puerta de atrás, que lo sentía sentarse a mi lado y escuchaba su respiración muy cerca de mí. No recuerdo haber tenido miedo, pero sólo porque no creía realmente que aún pudiera cruzar el figurativo umbral de la muerte.

Si quieres saber qué fue lo que hice exactamente, te lo diré, aunque dudo mucho que te sirva, al menos de inmediato. El secreto de hablar con los muertos no está en el método, que es bastante simple y que, de tan conocido que es, aburre. La clave está en la maestría que adquieres con la práctica, y en la calidad de tu espacio interior y tu energía, en tu convicción de que puedes hacerlo. Toma tiempo, pero si de veras quieres intentarlo, esto es lo que tienes que hacer:

1. Encuentra un lugar silencioso y siéntate o acuéstate. (Yo prefería sentarme con los pies en el piso para sentirlo vibrar a medida que mi energía cambiaba, volviéndose más ligera).

2. Despeja tu mente de pensamientos y preocupaciones. (La mejor forma de hacerlo es imaginando que escribes una lista de cosas irrefutablemente buenas y que piensas en ellas antes de empezar).

3. Una vez que te sientas relajada y en paz con el mundo (lo que significa que aceptas que el mal exista al lado del bien, porque tienes fe en el orden natural de las cosas), construye una imagen mental de la persona con la que quieres hablar.

4. Piensa en él o ella en vida, hasta que sientas que estableces una conexión. Vas a sentir que la has entablado porque, en ese momento, hablar con la persona te va a parecer algo completamente natural. (Muchas personas nunca pierden esa conexión con aquéllos con los que tuvieron una relación cercana en vida; pueden hablar con ellos a diario como si aún estuvieran en el plano terrenal).

5. Entonces, y sólo entonces, hazle una pregunta. No tienes que hacerlo en voz alta, a menos que eso te ayude a concentrarte. (Y recuerda, no trates de relacionarte con la energía de una persona muerta antes de protegerte con amor y optimismo).

6. Después de preguntar, espera. Mantén tu visión de la persona en tu mente. No pongas palabras en su boca. Sólo sonríe y espera pacientemente.

No sé cuánto tiempo estuve sentada, concentrándome con todas mis fuerzas, antes de abrir los ojos dándome por vencida. Una décima parte de mí deseaba lograrlo, sentirlo otra vez. ¿El otro noventa por ciento? Ése deseaba no ser una médium tan increíblemente mediocre. Pero lo era. Era una terrible clarividente que había malgastado su don y que ahora tendría que resignarse a no ver, sentir o escuchar a Héctor nunca más.

Lo bueno fue que una vez que me obligué a aceptar mi mediocridad, incluso declarándola en voz alta, por fin fui capaz de llorar, sin saber exactamente si lloraba por el amante-amigo (que no es lo mismo que un amigo que te ama) que me había enseñado tantas cosas, algunas buenas, algunas malas, de una forma tan única, tan suya, con tanto estilo… o si por el hombre tan emocionalmente pequeñito pequeñito pequeñito al que me había apegado sin darme cuenta, a pesar de la forma tan displicente en la que me dejó al final.

O tal vez lloraba por mí misma, por tener la psiquis tan jodida que aún era incapaz de lidiar con algo tan mundano y tan común como la muerte, aun cuando el que había muerto era alguien a quien yo misma había lanzado fuera de mi vida unas horas antes a grito encendido.

Pensaba en Héctor, pero la imagen que vino a mi mente fue la de Abril. Ella parecía enojada, hablando por teléfono mientras metía cosas dentro de un sobre, tal vez una carta.

Eso me trajo de regreso a la realidad de golpe, haciéndome abrir bien los ojos. ¿Y si Olivia había encontrado mi carta y había matado a Héctor como consecuencia? ¿Y si después se la dio a la policía para desviar cualquier sospecha que pudiera recaer sobre ella? Después de todo, al igual que la mía, su puerta también estaba a pocas yardas de donde él había muerto. Sería una gran venganza si lo hiciera, ¿sí o no?

Ave María Purísima, pero ¿qué cosa estaba pensando? Sí, okay, Olivia era rara, rarísima, pero no me la podía imaginar matando a nadie. Bueno, realmente, no imaginaba a nadie más haciéndolo tampoco, y él estaba con ella cuando murió. Quiero decir, tenía que haber estado con ella, porque lo que es seguro es que no estaba conmigo.

Mi corazón empezó a latir furiosamente ante la posibilidad. ¿Era esto una señal sobrenatural de que Olivia sí estaba involucrada? ¿O sólo era yo imaginando cosas? Después de todo, ellos habían estado casados durante años y ella no lo había matado antes. ¿Por qué ahora precisamente? A lo cual mi subconsciente contestó, en un tono bastante descortés y sarcástico, que el que Héctor la engañara con una mujer que vivía justo al bajar las escaleras le parecía una razón más que suficiente para matarlo a él o a cualquier hombre.

Tenía razón. Yo misma había querido matarlo sólo por romper conmigo en la víspera de mi cumpleaños. ¿Y qué otra razón podría haber tenido ella para matarlo justo anoche? ¡Tenía que haber sido por la carta! Ésa era la razón de ese horrible sueño. Yo era responsable de su muerte porque ella había encontrado la carta, enterándose así de lo nuestro y… quizás, tal vez, por eso…

Cuando alguien muere y te es arrebatado para siempre, el dolor es tolerable sólo si puedes transformarlo en un apetito insaciable por saberlo todo: cómo murió, dónde estaba, qué dijo y a quién se lo dijo. Tú vuelves a repasar cada segundo y sus posibilidades, como un detective en una novela policíaca, investigando fechas y probabilidades, hurgando en tu mente destrozada para hallar ese detalle con el que podrías explicar qué pasó, encontrar la llave de todo.

Yo no era una detective de homicidios, pero algunas cosas estaban claras para mí ese sábado por la tarde, sentada en esa silla roja viendo el día convertirse en noche, mi cumpleaños ya olvidado.

Primero, Héctor realmente estaba muerto. Yo no podía hacer nada para traerlo de regreso. Nadie podía hacerlo. Segundo, había una muy buena posibilidad de que él no hubiera muerto de causas naturales, dado que estaba en mejor estado de salud que muchos hombres de su edad, lo que podía significar que su esposa había descubierto nuestro romance y había, de algún modo, acabado con su vida, o que Coffee Park no era el lugar seguro y apacible que siempre imaginé. Tercero, aun este segundo escenario, que alguien hubiera tratado de robarle y lo hubiera matado durante el asalto, tenía poco sentido. Héctor era un hombre inteligente y muy pragmático. Si alguien le hubiera pedido la billetera o el anillo de oro que llevaba siempre en el meñique en memoria de su madre, él se los habría entregado en el acto con una sonrisa tan condescendiente como sarcástica. No hubieran tenido que matarlo ni herirlo. Y si él estaba en el parque, eso significaba que el auto se había mantenido estacionado frente a mi edificio donde siempre estaba, a menos que él necesitara ir más allá de quince cuadras, su máximo para caminar. O sea, que el robo del auto no era siquiera una posibilidad.

Luego estaban algunas cosas que no me cabían en la cabeza. Por ejemplo: ¿por qué había ido al parque en una noche de lluvia? ¿Y por qué su cuerpo no había sido encontrado en nuestro lado de la plaza? Ay, Dios mío, por supuesto: ¡había ido a encontrarse con alguien! (¿Un matón contratado por su rival de negocios, Mitch Kaplan?). Eso era ridículo, por supuesto, pero sonreí pensando que ésa era justo la clase de cosas que Héctor hubiera dicho para hacerme reír si hubiese estado sentado al lado mío en ese momento. Él habría dicho: "Si vamos a jugar este juego, vamos a jugarlo bien. ¿Dónde está esa colección de historias de Edgar Allan Poe que te di? ¡El mejor ejemplo de detección que vas a encontrar está en tu repisa!".

Que él se hubiera encontrado con alguien era sólo una teoría sin base, pero lo que yo sí sabía con seguridad era que si de algún modo lograba descubrir por qué Héctor había ido al parque, estaría muy cerca de saber cómo y por qué había muerto.

Otro asunto sin resolver era el de la carta, la que él había tomado y que ahora estaba en manos de Dios sabe quién. Una cartita burlona que probaba que yo había tenido un romance con él y que las cosas no habían terminado bien entre los dos. Ese pensamiento me llenó de una terrible inquietud. No sólo era posible que yo fuera exhibida como su amante, sino que, si esa carta salía a la luz, ¿cómo evitaría que la policía pensara que yo había tenido una razón para quererlo muerto? Gracias a Dios, la otra carta, la más bonita y anodina, "te deseo bien, etcétera", estaba en mi basura, donde la había tirado después de nuestra pelea.

Pensé en el policía que me había entrevistado. ¿Había sido mi imaginación o había estado demasiado inclinado a creer que cualquiera de nosotros ocultaba algo? ¿Qué pensaría si se enterara de cuándo "exactamente" había visto yo por última vez a su "difunto" y de qué, exactamente, habíamos hablado? (Él había hecho una mueca cuando respondí a su pregunta denegando con un lento movimiento de cabeza y un "Hmmmmm, ¿sabe? No podría decírselo exactamente").

Le había dicho una tremenda mentira, por supuesto. Yo recordaba cada palabra de mi última conversación con Héctor. ¡Espera! La basura. Yo no debía dejar la carta que había tirado allá afuera donde la policía pudiera rastrear. Corrí a la puerta de la cocina para buscarla y evitar que cayera en manos de otros, pero también con la esperanza de tocar una de las últimas cosas que él había tocado, o en la que había escrito, y guardarla para cuando necesitara recordarlo, sentirlo cerca. Pero la tapa de mi contenedor de reciclaje estaba abierta, como si alguien hubiera hurgado en ella. Las viejas revistas de *Siempre Mujer* y *People en Español* que compraba para mis clientas estaban tiradas por arriba y por debajo de las cajas de leche y las botellas plásticas. ¿Podría haber sido la policía? ¿Quién más querría escarbar en mi basura? ¿Y dónde diablos estaban esas malditas cartas —la que él se había llevado y la que yo, de estúpida, había botado?

El cielo de tarde pasó a ser de noche, mientras yo pasaba de la tristeza a la desesperación. Ahí en la oscuridad, después de colocar nuevamente la basura en el contenedor, la sola idea de ir a la cárcel me atacó tan intensamente que me quedé paralizada cuando escuché que tocaban en la puerta de enfrente de mi apartamento. Entré lentamente, cerré la puerta de la cocina y caminé hacia la sala para ver por la mirilla, convencida de que el detestable policía estaba al otro lado de la puerta, sosteniendo la carta que yo no había encontrado, listo para torturarme con más preguntas y exigiendo saber por qué había ocultado la verdadera naturaleza de mi relación con la víctima.

Era Gustavo.

—Me acabo de enterar —dijo—. ¿Qué estás haciendo? Prende alguna luz. Me estás asustando.

Traté de sonreírle en respuesta, pero no pude. Encendí las luces.

—No puedo creerlo —continuó—: ¿qué pasó? ¿Tú sabes? Abril hasta se desmayó cuando escuchó que podía haber sido asesinado. Iris ni siquiera quiso hablar de nada frente a Henry; dice que la noticia lo afectó bastante.

—¿Abril está bien?

—Ella está bien. Al menos eso fue lo que dijo cuando la ayudé a subir a su apartamento, justo antes de cerrarme la puerta en la cara —dijo negando con la cabeza, con una mueca de frustración en el rostro—. De acuerdo, si no quiere hablar conmigo, que no hable, pero tiene que entender que esté preocupado por Henry.

—Él va a estar bien —dije.

—¿Te diste cuenta de que Ellie se llevó todas sus cosas?

—¿Sí?

—Sí. Había basura frente al edificio cuando llegué. Caminé hacía aquí, al lado de donde tú pones la basura, y no vi sus cosas ahí.

Había estado tan angustiada buscando la carta que ni me había dado cuenta.

—Déjame adivinar: no te pagó lo que te debe —dijo Gustavo.

—Ni siquiera la vi. Pero no me extraña con tanta gente aquí enfrente averiguando lo que no les importa. Te lo perdiste, Gustavo. Era un circo esto aquí.

¿Dónde estaba esa maldita carta?

—Bueno, por lo menos ya no te tienes que preocupar por Ellie ¿no? Tú ¿estás bien?

—Estoy bien. Todo está bien —dije sintiéndome incómoda, como si estuviera usurpando las condolencias que le correspondían a Olivia y dándome cuenta de que las amantes no sólo tienen que amar en secreto, también tienen que llorar en secreto.

—Oye, siento que te hice pasar un mal rato esta mañana. Por lo que dijiste.

—¿Qué dije?

—Lo que dijiste sobre Jorge.

—Oh. No te preocupes por eso.

—¿Todavía quieres saludarlo?

Esa mañana y lo que yo quería entonces me parecían algo lejano, como de muchas vidas atrás.

—Claro, por supuesto.

Por supuesto. Justo después de que encontrara la maldita carta que había botado y descubriera una forma de encontrar la que Héctor se había llevado antes de que alguien más la leyera y adivinara que yo era M+E.

—Sólo vas a saludarlo, ¿verdad? —dijo Gustavo—. Quiero decir, has perdido dos inquilinos en una semana. Creo que ahora sí necesitas un amigo.

Asentí como ausente, incapaz de concentrarme en lo que Gustavo me decía porque una idea había brotado en mi cabeza: había algo que Jorge, y sólo Jorge (bueno, Jorge y su madrina), podía ayudarme a hacer; él era el único hombre en el mundo que conocía mi secreto, y la única persona que me podía ayudar a encontrar las respuestas que ahora quería —¡no, que necesitaba!—, y confiar que serían la verdad.

—¿Sabes qué, Gustavo? Tienes razón. Sí quisiera ver a Jorge de nuevo. Como amigo, claro.

—*That's all I've been saying* —contestó, como si él me hubiera estado acusando de un crimen por años y yo por fin hubiera confesado mi culpabilidad—. Toca si necesitas algo, ¿okay?

Asentí, siguiéndolo con la mirada hasta que se volvió para despedirse con un gesto de la mano. Su boca, siempre sonriente, estaba triste ahora, con las comisuras caídas, como si el peso de su barbilla tirara de ellas hacia abajo. Me quedé mirándolo aun después de que se volteó para pescar las llaves de su bolsillo, mientras pensaba en este viejo edificio mío y en cómo tendría que consolar, confortar y proteger a las tres almas rotas que de algún modo habían encontrado su camino hacia él, refugiándose, unidas pero a la vez solas, bajo su techo esa noche.

Capítulo 16

Cuando Gustavo se fue, cerré la puerta y me recosté en ella. Apagué las luces una vez más, cerré los ojos y me preparé para lo que me esperaba: una noche larga pensando en toda la muerte que no había visto venir en esta vida.

Entonces…

"No tengas miedo".

Lo escuché. O tal vez sólo lo sentí. ¿Lo imaginé?

Héctor había dicho: "No tengas miedo", o más bien: "No sengas miego".

Me quedé paralizada. (¿Había funcionado mi clarividencia después de todo?)

"¿Héctor?", susurré.

Silencio. Y, de repente, sentí miedo. Miedo de hablar, de moverme y hasta de respirar.

¿Te lo advertí o no, que era una clarividente terrible? ¿Cuándo fue la última vez que escuchaste de una clarividente que le tiene miedo a los muertos? Me deslicé por la pared hasta que mis nalgas llegaron al piso y se encontraron con mis talones. Me quedé ahí, escuchando un largo rato, hasta que reuní suficiente valor para levantarme y volver a encender las luces. ¿Lo había escuchado realmente?

"¿Héctor? ¿Eres tú?", susurré de nuevo, mirando a mi alrededor, temerosa de lo que pudiera ver y aterrorizada con la posibilidad de que me fuera a contestar. Claro que también tenía miedo de que no me contestara, porque me conozco y sabía que no iba a estar tranquila hasta que supiera exactamente qué era lo que le había pasado y por qué. Tenía que verlo o escucharlo de nuevo aunque fuera sólo una vez más. Tenía que saber que se había ido en paz a donde fuera que se hubiera ido, para poder lidiar con la idea de *nunca*, y decirle adiós.

Era una necesidad tan fuerte que, con todo y miedo, me lancé hacia el clóset del pasillo como propulsada por tres cohetes en vez de uno. Abrí las viejas maletas y las cajas y casi vacié por completo todo lo que había allí antes de encontrar lo que estaba buscando: el diario de clarividencia de mi tatarabuela.

"¡Me rindo!", le dije, gritando, cuando lo tuve en mis manos. "¿Okay? Me rindo. Aquí estoy, pero no puedo hacerlo sola", continué con voz aguda y temblorosa, declarando mi intención de "encender" mi clarividencia de nuevo y esperando que hacerlo fuera como montar una bicicleta o como el sexo: algo que nunca olvidas cómo hacer, aunque tampoco olvides las muchas veces que te hayas "escocotado" haciéndolas.

El diario era sólo un viejo cuaderno ajado y sin nada del aire dignificado de las reliquias familiares. Ya no tenía ni el leve olor de los misterios que encerraba, resueltos hacía mucho, de seguro. Sus páginas no recordaban ya la dulzura de la brisa del mar que nunca se cansaba de acariciar las costas de la isla en la que fue escrito y donde las raíces de mis raíces aún descansaban, sujetas por las puntillas de la naturaleza (esa costurera mágica), envueltas alrededor del tronco de un árbol de jagüey, como la estola que abriga a una de esas viejas fascinantes, las de las mil historias, los ojos brillantes y las ganas de vivir.

En la primera página que no se había roto, o que no estaba demasiado descolorida para ser legible, apareció la frase "No tengas miedo", como si el eco de mi fantasma se hubiera materializado en la delicada caligrafía de mi tatarabuela.

"Los muertos están vivos y los vivos están muertos. Sin un cuerpo material, nos expresamos con transparencia. El sonido puede ser gutural o como un suspiro, el tacto tan pesado como la vergüenza o tan liviano que parecería imaginado. El sabor y el olor se han ido y la visión no es clara. Sólo su propio deseo de hablar puede atraerlos, así que tú, la clarividente, debes utilizar esto. Tú tienes que entender que la imagen que ves es la que recuerdas o la que te es transmitida, conscientemente o no, por la persona a la que le estás haciendo la lectura. Tú no estás viendo con tus ojos. Estás viendo con los ojos del amor que ha permanecido aquí, que se ha negado a irse. El amor de los vivos y el deseo de los muertos. Ésas son tus armas. Úsalas para manifestar a ese pobre ángel en transición entre la vida y la muerte".

¿Pobre ángel? ¿Héctor? Me hubiera desternillado si no hubiera estado tan asustada. Pero lo estaba. Lo suficientemente asustada para salir corriendo del apartamento gritando del miedo; lo suficientemente asustada como para volver a entrar (deseando que Gustavo no me hubiese oído), para hacer una cruz con los dedos y caminar en círculos por mi sala recitando el padrenuestro una y otra vez.

Así que la clarividencia sí era como montar en bicicleta. Y, claro, ahora recordaba cómo me había roto todo lo que se llama vida la última vez que la monté. Porque tristeza y muerte era todo lo que me había dejado. Y ahora estaba sucediendo de nuevo. No es que Héctor pudiera ser jamás tan importante como mi madre, pero otra persona cercana a mí había muerto y yo, con excepción de aquel estúpido sueño que no significaba nada concreto, no había tenido la más mínima pista del cuándo, el dónde, o el por qué.

Abrí el diario de nuevo. "Usa lo que tengas a mano. Todo es un vehículo para recibir un mensaje, si tú decides que lo es". ¿Pero qué tenía yo además de un examante muerto y el riesgo de ser implicada en su muerte?, me pregunté, mirando alrededor de la habitación, a mi sillón de *velour* rojo, a mis libros y al collage de fotografías de moda que yo misma construí y que colgaba en la pared: los labios rojos de Coco Chanel parecían aprobar la imagen de una húmeda Kate Moss emergiendo de una piscina como si fuera una sirena, con un vestido de lunares blancos y negros y botas de hule.

¿Qué tenía yo además de este libro viejo que ahora sostenía? Sus páginas guardaban las ansias de mis antepasadas: las de mi tatarabuela, escritas con tanto cuidado; las de mi abuela Ana Cecilia, que hablaba con muertos mientras adobaba carnes en su cocina; las de mi madre, condenada a sentirse menos siempre porque no podía ver el futuro, y ahora, las mías. ¿Acaso sostenía en mis manos las respuestas que necesitaba para convertirme en lo que debí haber sido siempre?

Me levanté y fui hacia la butaca, sin estar segura de que el libro pudiera deshacer lo que años de negligencia le habían hecho a mi clarividencia, pero eso sí, absolutamente convencida de que tenía que intentarlo de nuevo. Tenía que hacerlo si quería descifrar el cómo y el porqué de la desafortunada muerte de mi amante, Héctor Ferro.

Capítulo 17

—Héctor solía decirme que mi aliento olía a manzanas, ¿sabés? —dijo Olivia, vertiendo agua hirviente en dos tazas de té que no tenían nada que ver una con la otra: una, blanca con el borde dorado, translúcida como la porcelana china; la otra, más pequeña, de mango curvo y el color del helado de alubia de vainilla.

Lo hizo con el más preciso y estable de los pulsos a pesar de no estar inclinada siquiera, sino de pie frente a mí, del otro lado de la mesa de centro en la que había puesto las tazas. Mientras, quizás porque mis oídos estaban más cerca de las tazas, o quizás porque había una mujer que no estaba pasando por su mejor momento, vertiendo agua de una temperatura capaz de depilarme la piel de la cara con sólo salpicarme, a pocos pasos de mí, yo estaba tensa, con los nervios crispados, escuchando el sonido que hacía el agua humeante al caer como si escuchara una cascada descontrolada, oscura e incesante.

Había pasado los últimos dos días desde que Héctor murió encerrada en mi apartamento, leyendo y releyendo el diario de mi tatarabuela, tratando de encontrar el valor para ir a ver a Olivia, para poner la compasión por encima de la vergüenza, y la preocupación por encima del miedo. Compasión porque sabía lo que significaba perder a la persona alrededor de la cual giraba mi vida. Vergüenza por no haber tenido la dignidad y el buen tino de mantenerme alejada de ella, como buena examante; en vez de ello, había venido a darle el pésame por la pérdida del hombre que yo misma había estado mordisqueando, a sus espaldas, durante meses. Miedo a que ella hubiera descubierto la carta y lo supiera todo, y demasiada preocupación ante las posibles consecuencias como para dejar pasar la oportunidad de saber si, en efecto, lo había hecho.

—¿Sí? —me había recibido calzando unas zapatillas puntiagudas y un vestido gris sin pinzas, pliegues ni forma; los mechones y los rizos, de los que tanto me había burlado, habían desaparecido; su pelo ahora estaba partido al medio y sujeto en la nuca con un moño. Se veía más joven, a pesar de los círculos grisáceos alrededor de sus ojos que revelaban su falta de sueño.

—Lamento molestarte. Sólo quería darte mis condolencias. Decirte que… te acompaño en tu sentimiento. Por favor, no dudes en llamar si necesitas algo. Si puedo ser de ayuda —concluí, repasando lo que acababa de decir mentalmente para asegurarme de haberlo dicho tal y como lo había ensayado antes de subir.

—Lo sentís.

Oh, oh.

—Por supuesto —dije con el corazón latiendo violentamente.

Ella suspiró, como aliviada.

—Pasá, por favor. ¿Podés creer que vos sos la primera persona que se digna a subir?

Suspiré, más aliviada que ella, convenciéndome de que no sabía nada y aceptando su invitación a pasar.

Cuando se excusó para hervir un poco de agua para el té, miré a mi alrededor, sin poder disimular la curiosidad. Estaba todo un poco abarrotado y obviamente amoblado con cosas compradas para una casa mucho más grande, como las piezas de un guardarropa con las que alguien se negó a partir. Pero eso sí, aquí brillaban los pisos de madera que en mis otros apartamentos lucían rayados y viejos, y si había polvo, yo no podía verlo.

—Aceite de linaza —dijo ella, como si le hubiera preguntado el secreto de sus pisos, al regresar a la sala con las tazas de té y las servilletas, antes de ir de nuevo a la cocina.

Continué mirando a mi alrededor. La energía de Héctor era tan fuerte en esa sala que era como la onda expansiva de una bomba, recordándomelo, hiriéndome.

—Este saloncito es su pequeño museo —dijo al volver con cucharas y una taza de porcelana llena de azúcar prieta en las manos—. Se sienta en su silla, se pone los audífonos y se olvida de todo —continuó, sin percatarse de que estaba hablando de él en tiempo presente, ni de cómo me estaba afectando a mí el ver sus cosas.

Cuando hizo ademán de regresar a la cocina en busca de quién sabe qué, sentí un gran alivio. Necesitaba esos pocos segundos para hacer desaparecer las lágrimas que sentía pesadas sobre mis párpados inferiores, para evitar desmoronarme frente a ella. Pero entonces ella se volteó súbitamente, como si hubiera olvidado algo.

—Por favor, sentate donde querás —dijo, y casi pude sentir, cuando me miró a la cara, cuánto le dolía el saber de mi romance con su esposo.

Mierda. Me di la vuelta para limpiarme la cara, enfocando mi mirada en los estantes de nogal que cubrían la pared y en los que cada libro, DVD y CD estaba organizado por género y autor.

—No te preocupés por eso, ¿eh? Los instalamos de modo que no dañaran la pared. Los estantes, quiero decir. Podrán ser removidos fácilmente.

—¿Lo dices porque tienes planes de mudarte ahora… ahora que…?

—Y no sé. No sé qué voy a hacer. Hay tantas cosas que tengo que decidir ahora, ordenar las finanzas…, pero no te preocupés, te avisaré…

—No, no, no tienes que avisarme nada, ni yo necesito que te mudes, al contrario. Es sólo que dijiste que se podían quitar fácilmente y… pensé que estabas preparándote para removerlos o para…

Ella asintió y movió su mano como diciendo una vez más que no me preocupara, que ella entendía lo que yo había querido decir.

Mientras ella servía el té, me di cuenta de que en la sala que había sido el "pequeño museo" de Héctor, todo era orden, con un lugar designado para cada cosa, mientras que la cocina, que yo podía ver desde el sofá, era una confusión de colores: ollas, sartenes y utensilios colgando de ganchos metálicos, la superficie de madera alrededor del fregadero llena de enseres pequeños; una máquina de hacer expreso, una batidora para hacer jugos y el alféizar de la ventana repleto de especias. Era la clase de cocina que yo hubiese tenido si no viviera sola, por lo regular preparando cualquier tontería para mí y sólo muy de vez en cuando teniendo ocasión de confeccionar alguna chuchería más elaborada para Henry.

—Así que, decime, Mariela, ¿qué cuentan las lenguas de los chismosos? —preguntó antes de tomar el primer sorbo de té.

—¿Qué quieres decir? —pregunté a mi vez, también tomando un sorbo de té para esconder mi incomodidad ante la pregunta.

Ella me miró como diciendo: "¿De veras? ¿En serio has venido aquí a jugar este juego?", y pensé que ella se parecía más a Héctor de lo que jamás hubiera podido imaginar.

—Este té está muy rico. ¿Lo cultivas tú misma? —pregunté, para cambiar de tema, aunque sí era cierto que estaba delicioso.

—No, lo pido de Colombia. Es una mezcla de hojas de flores aromáticas. Pero no cambiemos el tema. La policía estuvo acá. Todo el mundo lo sabe. La gente habla, ¿no es cierto? Chismosean, ¿viste? Héctor y yo vivimos acá tres, casi cuatro años. Quisiera saber lo que piensan. Si les importa.

—Bueno, por supuesto. Héctor era muy querido. Él hablaba, con, tú sabes, con todo el mundo sobre… sobre libros. La gente estaba acostumbrada a conversar con él, a verlo en la librería. De cierto modo, él se había convertido en parte del vecindario —divagué, incapaz de dejar de sonar como si estuviera recitando el discurso de homenaje en un funeral.

—No como yo, querés decir —dijo ella—. Yo me doy cuenta, ¿sabés? Ustedes son todos amigos, se conocen unos a otros, se visitan. Hablan.

Se me ocurrió que si ella quería que la gente hablara con ella, lo más lógico hubiera sido que ella hablara con la gente, o que al menos dijera hola de vez en cuando. Sin embargo, en voz alta…

—Todo el mundo es diferente. Yo misma no siempre estoy con ánimo de hablar con la gente.

—Estás siendo amable. Pero, decime, es por eso que a vos…
¿que vos te llevabas bien con él?

Confirmado: sí lo sabía, pensé bajando la taza de la que había
estado a punto de beber otro sorbo.

—Él se llevaba bien con todos —respondí cuidadosamente,
recordando el dicho favorito de mi madre: "Del agua mansa, lí-
breme Dios".

Ella asintió de nuevo, antes de decir:

—Hablando de manzanas, ¿sabías que pueden ser venenosas?

No lo sabía. Y no estábamos hablando de manzanas.

—No, no lo sabía —respondí, y resolví no tomar otro sorbo
de ese té tan delicioso hasta que tuviera una idea más clara de por
dónde venía esta conversación sobre las condenadas manzanas.

—Pues sí, son venenosas. O sus semillas lo son. Pero en estos
días, una nunca sabe. Todo tiene toxinas, todo es venenoso, ¿no
es cierto?

No. No todo.

—Es que ya no se puede ni siquiera… *comer manzanas* —dijo
subiendo su voz tan repentinamente y con tanto sentimiento que
casi me recliné en el sofá tratando de tomar distancia.

—Perdoná, lo siento —dijo ella cuando vio mi reacción—.
Sólo estaba… Necesitaba decirte… Hay algo que necesito… ¿sabés? No importa. No quise alarmarte. Es que he estado un poco
fuera de mí…, nerviosa, un poco… como con rabia.

—Entiendo, no te preocupes.

—He querido estar calmada, serenarme, comportarme como
se supone, pero…

Me pregunté si debía explicarle que, al gritarme sobre las
manzanas, había hecho justo lo contrario. Pero no lo hice, porque
si perder a la persona con la que has compartido tu vida por décadas no te sacude y te saca de tus casillas, ¿qué otra cosa lo haría?

—Algunas veces siento que el ser tan callada me hace parecer amenazante. Quiero ser más conversadora, pero no siempre sé
cómo, y cuando lo intento, termino asustando a la gente, como

ahora a vos. Estabas tan tensa y ahora te he puesto peor. Lo siento. Soy un desastre haciendo amistades.

—Sabes, puede ser que tengas razón en que hay una relación entre la gente callada y la impresión de que son amenazantes. Mi madre, por ejemplo, siempre bajaba la voz cuando estaba enojada —dije entonces, riendo, para tranquilizarla, preguntándome dónde había estado esta mujer conversadora y encantadora (peculiar, sí, pero encantadora) todos estos años.

Ella continuó hablando sobre cómo siempre fue poco popular en la escuela, de que nunca se habría sentido realmente en casa en Coffee Park a pesar de que era tan liberal y tan progresista como el que más y, luego, sobre té y sobre su trabajo voluntario hasta que, escuchándola, me di cuenta de lo que estaba ocurriendo: ella me necesitaba. Tenía miedo de estar sola consigo misma y me necesitaba, o necesitaba a alguien que estuviera a su lado en estos momentos. Estaba tratando de ser mi amiga porque no tenía ninguna y necesitaba una mano, una voz, desesperadamente. ¿Cuán terrible debía ser lo que estaba pasándole? Cuán terrible ese nunca más que yo veía ahora, como escrito en las paredes, mientras ella hablaba.

De repente, sentí un deseo inmenso de abrazarla, de reconfortarla, de ayudarla. Yo sólo había perdido un amante incordio y actuaba como si me hubiesen arrancado un pulmón. Ella no sólo había perdido al hombre que amaba, sino que con él había perdido la única vida que conocía. Una vez más me pareció que ella no podía saber nada de Héctor y de mí. Si lo supiera, no le sería posible estar ahí sentada, conversando conmigo como si nada.

Me sentí segura en mi corazón de que ahora sí la estaba leyendo bien, y ese sentimiento de seguridad, tan poco familiar, me hizo percatarme de cómo, a partir del día, del mismo instante, en que Héctor había comenzado a alejarse de mí aquella tarde en el St. Michel, yo había comenzado a ver de nuevo, a tener presentimientos, sueños, como si el espacio energético que él estaba dejando vacío fuera la señal para que mi alma volviera a llenarlo con las sensaciones e intuiciones de mi yo interno, por tanto tiempo dormido, pero que ahora yo me esforzaba por desarrollar con largas sesiones de meditación y el diario de mi tatarabuela siempre en mi regazo.

"Ilusa", dijo mi otra yo, la que siempre dudaba de mis instintos y sensaciones. Quién te asegura que no estás frente a una asesina que te ha dado su té envenenado para matarte por haberte acostado con su esposo, y que sólo está comportándose de esta manera tan encantadora y vulnerable porque está esperando a que te caigas en el piso, patas arriba, para verlo con sus propios ojos.

—Claro que —dijo Olivia, ahora sonriendo complacida— la realidad es que cualquier cosa comestible puede ser un veneno. ¿Sabías que una papa te puede matar? ¡Una papa!

¡Carajo!, pensé, sintiendo cómo el corazón se me volvía a paralizar, y deseando que ella dejara de hablar de veneno para poder formarme una opinión final y firme de ella y de lo que sabía o no sabía.

—Yo lo asustaba con eso a veces. Me ponía muy silenciosa y le preguntaba si quería que le preparara algo delicioso, como un puré de papas, y luego, después de que él empezaba a comer, le hablaba de sus propiedades tóxicas —continuó, negando con la cabeza un par de veces, como si no pudiera creer las tonterías que había hecho alguna vez. Pero en una de ésas de mover la cabeza de un lado a otro, para aquí y para allá, la dejó volteada para allá y se quedó tan silenciosa que me tomó un minuto darme cuenta de que estaba llorando.

—Ya me voy —dije bajito, después de unos minutos—. Pero si necesitas algo… puedes llamarme —le ofrecí, de corazón esta vez, aliviada de que ella obviamente nada sabía y podía llorar la memoria de su marido en paz, sin tener que lidiar con el conflicto de extrañarlo y odiarlo al mismo tiempo por haberla engañado. Héctor debió haber tirado esa estúpida carta muy lejos, como lo había hecho yo con la otra, gracias a Dios.

Al levantarme del sofá Olivia se volteó hacia mí; sus labios temblaban visiblemente.

—Esa noche… me llamó loca de mierda. ¿Qué significá una expresión como ésa realmente?

Nunca en mi vida había tenido menos interés en saber cosa alguna, pero sonreí y dije:

—¿Quién sabe por qué los hombres dicen esas cosas? Además, cuando a Héctor le daba con una frase, insultaba a un rey si tenía que insultarlo con tal de usarla. Seguro la tomó del inglés: *shit crazy* o algo así.

Me di cuenta de mi error, pero era demasiado tarde. Olivia pareció desconcertada por un segundo, pero enseguida achinó los ojos, mirándome con atención, reconociendo, obviamente, el nivel de familiaridad implícito en lo que acababa de decir, y reduciendo su propio nivel de familiaridad conmigo de forma proporcionalmente inversa, justo cuando había estado a punto de compartir algo importante conmigo, estaba segura.

—Están haciéndole la autopsia hoy. Ellos creen que hay una posibilidad de que haya sido asesinado. Creo que piensan que yo lo maté.

Su tono se había vuelto algo desafiante tras mi metedura de pata, y ahora yo no sabía qué decir ni cómo irme.

—De todos modos —continuó ella—, ¿qué era lo que estaba diciendo? Ah, que vos podés, si querés, matar a alguien con unas tontas patatas, pero sólo si han comenzado a ponerse verdes y usás una cantidad que sea, viste, suficiente.

Me pregunté cuántas serían suficientes, porque empezaba a creer que tal vez Olivia estaba intentado decirme algo con toda esta perorata sobre venenos.

—Creo que debo irme —dije de nuevo, levantándome.

—Claro que la traición también puede hacerlo, matarte, quiero decir.

Me senté de nuevo. Yo había venido para saber qué sabía ella, ¿o no?

—Es frágil el matrimonio, ¿no? Tan… frágil —continuó ella—. Ayer, te preguntabas si esto era todo lo que había, si a esto se iba a reducir tu vida, extrañando las libertades, las pequeñas emociones de tu vida de soltera, ¿viste? Porque a veces, te enojás tanto tanto con él que creés que sos capaz de matarlo con tus propias manos si es necesario, y luego, de pronto, mucho antes de lo que te imaginás, se va, ya no es más… y todo se acaba.

Cerró los ojos y los labios comenzaron a temblarle de nuevo. Yo contuve mi respiración esperando por algo, sin saber qué era ese "algo".

—¿Entendés lo que estoy diciendo? ¿Cómo nos traicionamos a nosotras mismas cuando nos casamos, soportando…? —permaneció en silencio por un momento y luego agregó—: ¿Sabías que no pude tener hijos?

—No sabía —dije. Él nunca me lo había dicho.

—Fue por eso que me interesé en la naturopatía y la filosofía macrobiótica. Vengo de una familia de agricultores; en mi familia… creemos que todas las soluciones vienen de la tierra, de las plantas, de la vida.

—No sabía —repetí como una estúpida.

—¿Y sabías que nunca me permitió olvidarlo? Me hizo sentirlo, mi fracaso, todos los días durante casi veinticinco años. Él no quiso adoptar, pero actuaba como si… me hacía sentir como si echara de menos tener un hijo, como si fuera muy doloroso para él esa pérdida —dijo, y ahora se veía realmente enojada—. Por eso le permití ser él, tal como era. Me traicioné a *mí misma* tratando de compensarlo de alguna manera. Dejé que lo convirtiera todo en una gran mentira —dijo mirándome directamente—. Tenés mucha suerte, Mariela. Vos sos libre. Tu vida es tuya.

—Olivia, realmente creo que debo irme —me levanté de nuevo.

Era la primera vez que la llamaba por su nombre.

Ella asintió y se quedó sentada por un momento. Luego levantó un dedo como diciendo "un momento", antes de caminar hacia el dormitorio diciendo:

—La policía me dijo que no me fuera a ir a ninguna parte y que no me deshiciera de nada hasta que no terminen la autopsia, pero…

Me quedé esperando, tensándome aún más de lo que ya estaba ante la palabra *autopsia*.

—¿Cómo está la chica? ¿La madre del niño? Vi cuando se desmayó, ¿sabés? —agregó Olivia desde el dormitorio. El dormitorio que había compartido con Héctor.

—¿Abril? Creo que está bien.

—Me alegra —dijo, regresando con una hoja de papel amarillo que puso en mi mano.

Era mi carta. La arrugada, la carta celosa y empapada de ironía que Héctor se había llevado con él esa noche.

Así que lo sabía.

Y ahora yo también sabía que ella sabía.

Sosteniendo esa maldita carta en mi mano, sentí una gran ola de arrepentimiento oprimiéndome el pecho con fuerza, dificultándome el habla.

—Lo siento —dije, finalmente.

—Él olvidó su billetera cuando vino esa noche, antes de irse de nuevo a toda prisa, sin siquiera darse tiempo para cambiarse o para cenar. No la leí. No soy tan valiente. Pero vi la letra y la reconocí por las notas que pones cerca del buzón para avisarnos de reparaciones o de alguna fumigación.

Por supuesto. ¿Qué tan difícil pudo haber sido?, pensé, sintiéndome tan estúpida como debí parecerle a ella.

—Lo siento mucho, de veras —dije de nuevo, mirando al suelo, queriendo decirle que nunca quise lastimarla, pero sabiendo que no podía decirlo porque no era la verdad. No me había importado si la lastimaba, que era diferente. Ni siquiera la había tomado en cuenta.

—Llévatela. A Héctor le gustó lo suficiente para conservarla. Debe haber significado algo… para él.

Asentí, sin levantar los ojos de aquel brilloso piso de madera en el que se podía comer y me fui sin decir palabra.

Capítulo 18

Apenas entré a mi apartamento, me recosté contra la puerta para leer la carta que Héctor había considerado necesario rescatar de mi ira, doblándola y conservándola en su billetera, aun después de haber decidido que no le interesaba conservarme a mí.

Amor:

Ha sido hermoso. Pero ya que no eres el amor de mi vida ni yo soy el amor de la tuya, ¿no estarías de acuerdo en que es tiempo de terminar? Mi único problema con esta carta es que desearía ser más generosa, para escribirla haciéndote creer que sufriré por ti, pues sé que sería un tremendo golpe para tu ego saberte olvidado sin trifulca ni pelea.

Sí, yo sé que eres TÚ el que quiere romper conmigo. ¿Durante días? ¿Semanas? ¿Desde que nos conocimos? No te culpo por querer que acepte que fue tu idea. Te concedo eso, aunque debo confesarte que he sido yo la que se ha limitado a esperar a que lo hagas primero, para no negarle ese placer a tu ego.

Pero aún no lo has hecho y, francamente, no soy capaz de sacrificarme más. Verás, me cuesta ser paciente con situaciones que han empezado a aburrirme, cuando sólo días antes eran, al menos, divertidas. Yo sé que me entenderás, ya que no eres capaz de soportar un segundo de aburrimiento; de ahí tu crónica infidelidad de cuerpo y espíritu, y tu hábito ocasional de arruinar momentos románticos quejándote de Ella.

Por supuesto que voy a extrañar ciertas cosas tuyas, pero será mucho más divertido extrañarlas que vivir con ellas. Como sabes, en-

*vuelta en nostalgia, incluso una vulgar sardina adquiere la dulzura,
la personalidad y la dignidad de una langosta.*

   Ten una linda vida, Amor,

   No más tuya, M + E

Recordé cómo, celosa y herida de que él hubiera apurado su tiempo conmigo para salir con Olivia, me senté a buscar en Internet una carta de ruptura literaria para basar la mía. Había buscado a Borges, porque Héctor lo citaba siempre de la forma más pedante. Pero en lugar de eso encontré inspiración en una carta de Agnes von Kurowsky a Ernest Hemingway en la que comenzaba dirigiéndose a él como "Ernie, querido chico", y terminaba con vitriólico sarcasmo y condescendencia, justo antes de firmar su nombre: Aggie, y hasta eso, una podía imaginar, había sido un arma con la cual echar los últimos granos de sal sobre la herida, una estrategia diseñada para arder, como su carta.

Por mi parte, había usado la carta con la intención deliberada de mostrarle a él que, aun cuando yo no sabía tanto como él de lenguaje y literatura, podía sonar tan pomposa como él si me lo proponía. Había querido demostrarle que podía hablar su idioma si quería. Como Aggie, quería lastimarlo, por supuesto, pero, aún más que eso, quería sorprenderlo e intrigarlo.

La leí de nuevo, imaginando lo que él habría pensado mientras la leía, su risa ante mi mezquindad creativa, la posibilidad de que privadamente hubiera reconocido la originalidad de mi enfoque. La comparé con la insípida carta que le había dado, la carta "amable", escrita mientras él caminaba hacia mi casa, decidido a romper conmigo, y lo imaginé todo, lo recordé de nuevo.

Lo cual es una muy mala idea, porque una vez que empiezas a imaginar a los muertos como si estuvieran vivos, no puedes hacer otra cosa que desear desesperadamente que lo estén. Yo quería volver el tiempo atrás, quizás no hasta el momento antes de terminar, porque de alguna manera yo entendía que ese fin era inevitable, pero sí, definitivamente, hasta las horas antes de su muerte.

¿Lo había amado? No podía estar segura, pero sabía que lo extrañaba. Extrañaba su vida y la ventana que había abierto en la mía. Ver las cosas a través de sus experiencias me había hecho sentir que la vida podía ser exótica, amplia y libre, como ver una película extranjera para disfrutar de los paisajes y soñar con ir a donde fuera que ocurriera la trama. Extrañaba esa ventana que hacía que todo fuera extraño, nuevo y más excitante. Después de Héctor, las comidas, los libros, los negocios, la gente, la música y hasta el pensar me parecerían por siempre sinónimos de seducción.

Claro que también estaba Olivia en mis pensamientos. Porque no creerás que me tragué el cuento de que no había leído la carta, ¿o sí? Y aun así, me la había devuelto. Y no de una forma cruel, a pesar de que había la posibilidad de que su amabilidad fuera simplemente su manera de utilizar su actitud de "esposa digna" para avergonzarme.

Me preguntaba cómo se había sentido al leerla. ¿Lo había sospechado todo el tiempo? ¿Le había sorprendido, más que enojado? ¿O había sentido cierta satisfacción al comprobar que había estado en lo cierto todo el tiempo, por haberlo al fin atrapado "en el acto"? Algo me decía que Héctor había sido uno de esos hombres que se suscriben a la estrategia de "negar, negar, negar", aunque lo atrapen con "las manos en la masa". Pero ¿qué sandeces digo? Héctor era un hombre, ¿no? Pues claro que no decía la verdad ni cuando era obvia.

Aun así, una aventura, incluso con la casera, no me parecía algo que impulsara a alguien como ella, que parecía conocer a su esposo con todos sus defectos y virtudes, a matar a estas alturas de su vida. ¿Y qué otra cosa tan terrible sobre su esposo podía haber que ella hubiera descubierto ese día precisamente?

No vayas a pensar que soy ingenua. Sé que hay muchas mujeres que matarían a su hombre por tener un romance con cualquiera, mucho más si el romance es con una mujer que vive en el mismo edificio. Pero a pesar de lo rara que era, Olivia no me parecía ese tipo de mujer. Además, estaba el tema de su incapacidad para concebir y cómo él había manipulado sus sentimientos sobre algo que ella no podía controlar, lo cual era horrible, sin duda, pero no era algo nuevo. Ella había tenido tiempo suficiente para matarlo por eso y no lo había hecho. ¿Por qué lo habría hecho justo ahora?

No, no daba la cuenta y yo estaba casi segura de que no había sido Olivia, tal vez porque no quería que lo fuera. Ella ya había sufrido bastante. Seguramente, la autopsia descartaría cualquier posibilidad de homicidio, desde la de un mezquino atraco hasta la de un crimen pasional, probando que Héctor había muerto de alguna enfermedad desconocida, por muy extraña que esa posibilidad me hubiera parecido al principio. Además, piensa en esto: si Olivia hubiera matado a Héctor a causa de nuestro romance, no me habría devuelto esa carta. Ella sabría que la policía finalmente encontraría en la autopsia cualquier evidencia de su participación en el crimen, y habría conservado la carta para usarla e incriminarme, desviando cualquier sospecha que pudiera recaer sobre ella. En lugar de eso, había sido amable conmigo, como si la finalidad de la muerte la hubiera hecho sabia, como si hubiera vivido varias vidas y ahora supiera cosas que yo todavía no comprendía, como tal vez que era inútil odiarme. Que cualquier cosa que él me hubiera dado obviamente no había significado mucho para él, mientras que ella había sido su única esposa durante décadas.

¿La había juzgado mal todo este tiempo? ¿La había estado viendo a través del tedio ocasional que sentía Héctor por ella, sin tomarme el tiempo para conocerla realmente? Ah, claro. Cierto. ¿En qué tiempo? Había estado demasiado ocupada acostándome con su esposo.

Me percaté de que nunca le pregunté si sabía cómo había muerto Héctor. Más bien, nunca había tenido intención de tener la oportunidad de preguntar tal cosa, de la misma forma que nunca imaginé que entraría a su casa y bebería su té como si fuéramos grandes amigas. Mi único plan había sido darle el pésame. Si ella me daba las gracias y actuaba como si nada hubiera pasado, eso significaba que ignoraba mi relación con Héctor. Si me tiraba la puerta en la cara, igual tendría mi respuesta.

Luego, había estado tan ansiosa y, más tarde, tan confundida por su obsesión con las papas y las manzanas envenenadas que nunca me armé de valor para preguntarle. Ahora no sabía qué pensar. Por una parte, era posible que ella hubiera estado tratando de insinuarme algo con todo esa retahíla sobre venenos. Por la otra, ella era una nutricionista macrobiótica. Posiblemente casi todos los días de su vida hablaba de manzanas, papas y de sus propiedades venenosas o curativas. ¿De qué otra cosa iba a hablar?

Tal vez yo era el problema, exagerando una conversación inocente e ignorando que a veces la explicación más sencilla es la correcta. De seguro Olivia se había despertado con el ruido de la gente amontonándose alrededor del parque. Saliendo de la cama, se dio cuenta de que Héctor no estaba dormido a su lado como debería ser. Segundos después, se enteró de la terrible noticia con el resto de la gente de Coffee Park: que él había bebido algo de vino y, deseoso de fumar un habano, había cruzado la calle para hacerlo en paz y tomar un poco de aire fresco; que estando allí había sufrido un levísimo derrame cerebral, y que se había caído, golpeándose la cabeza y muriendo a causa de la contusión.

Sí, y tal vez yo no era más que una soberana idiota.

Estaba trayendo cosas por los pelos, pensando mil cosas a la vez y tratando de infundirle a cada pensamiento la energía que hubiese tenido una auténtica visión. Por supuesto que así no se lograba nada. ¿Puedes imaginarte cómo me enloquecía no haber sido siquiera capaz de ver lo que Olivia sabía hasta que ella decidió revelármelo? Si después de toda la meditación, oración, lectura y relectura del diario de mi tatarabuela aún no lograba ver más allá de mi nariz, ¿cómo iba a contactar a Héctor, descubrir lo que le había pasado realmente, despedirme y hacer así las paces con la muerte, la suya, y tal vez también la de mi madre?

Lo único positivo de todo esto era que ahora yo tenía la carta. Bueno, una de ellas al menos. La otra probablemente estaba en el fondo del contenedor de basura y sólo necesitaba buscarla mejor antes de que viniera el camión de reciclaje y la destruyera.

Regresé a mi butaca roja una vez más, dispuesta a seguir estudiando mi heredado "manual del médium cubano", aunque era consciente de que toda la lectura del mundo no iba a ser suficiente. Necesitaría ayuda si quería recobrar la paz, si quería traer a Héctor a este plano para poder hablarle. Pero había que comenzar por algún lado, y seguí leyendo. El diario tenía secciones sobre cómo trabajar con energía, alimentos que inducían la clarividencia, ejercicios prácticos para alcanzar otras dimensiones en un tiempo mínimo y una sección para solucionar problemas, titulada "Remedios de luz", que leí de comienzo a fin.

¿Sabías que el sexo aumenta tus habilidades psíquicas? ¿Y que beber café puede matar tu habilidad de acceder a otras dimensiones, mientras que el agua pura y las frutas y verduras porosas y muy jugosas, como la sandía y el tomate, la fortalecen? Yo no lo sabía. ¿Y qué decir del espejo, una de las más poderosas herramientas de la clarividencia que puede haber? Yo sabía que los espejos son perfectos para lograr que la persona o la visión que estás buscando se manifieste en el reflejo, como ocurre en todas las películas de horror. No sólo ayuda a tu mente a asimilar lo que oscila entre dos realidades de una manera más potente, sino que el hecho de ser un objeto reflector de luz le da a la conexión mucha más fuerza.

Pero lo que yo no sabía era que además te permite evaluar si lo que haces está funcionando. De acuerdo con el diario de clarividencia de mi tatarabuela, cuando tus visiones estén a punto de manifestarse, el espejo se pondrá nublado u oscuro, como si estuviera cubierto con un velo vintage de otra era.

Mientras leía la lista de consejos, trucos y otras "líneas telefónicas" entre nosotros y el más allá, me di cuenta de lo equivocada que había estado mi madre. La clarividencia no era un don, ni un regalo. Es una destreza, un talento, que tiene que desarrollarse; un arte que necesita ser practicado cada día. Ahora comprendía que yo también había estado equivocada al renunciar a él, creyendo que era una parte intrínseca mía, como lo es un brazo, en lugar de lo que era: una habilidad que yo podía practicar o no, como cantar o pintar.

Había estado tan ansiosa por creer que la clarividencia era un don tan mío como la sangre que compartía con mis abuelos que nunca me di cuenta de que había caído en la trampa de los escritores que juran que la musa "se hace cargo" y es quien escribe por ellos. Como si la musa siempre trabajara perfectamente a menos que algo no estuviera bien contigo, como pensaba mi madre.

Por primera vez, me di cuenta de que había sido demasiado joven cuando este "don" me fue confiado. Entendí que la presión de agradar a mi madre había convertido algo que pudo haber sido intimidante, pero también divertido y emancipador, en algo que adopté por la peor de las razones: para ser amada.

Y entonces llegué al final del libro, y en la letra de una clarividente muerta mucho tiempo atrás, hallé las respuestas a todas mis inseguridades psíquicas, escritas como los mensajes de galleticas chinas de la fortuna.

Tu visión no te ha sido dada para tu beneficio personal. Debes siempre tener un propósito superior, una meta de servicio a los demás. (Una excepción es proveerle asistencia a un hermano o hermana médium espiritualmente superior).

Las visiones no protegen del mal, lo atraen.

El clarividente debe tener la intención más pura posible antes de iniciar contacto con otra dimensión y debe asumir la responsabilidad de protegerse —a sí mismo y a aquéllos que está ayudando— de las energías malignas. (Véase la sección sobre curas para la protección).

Cualquiera pensaría que estas aclaraciones estarían al comienzo del bendito libro, ¿no te parece? Pero las últimas dos casi me detienen el corazón.

Tus visiones no serán perfectas, claramente interpretadas o infalibles.

Las emociones fuertes (amor, miedo, etcétera) nublarán la visión, especialmente cuando están relacionadas con uno mismo, o con aquéllos cercanos al clarividente: la madre, el padre, la hermana, el hijo, la hija, el esposo u otro al que el médium esté atado por amor, deber, miedo, etcétera.

¡Por supuesto que no vi la enfermedad de mi madre! La amaba demasiado. Tanto dolor, y la respuesta siempre estuvo en este diario, a unos pasos de mí.

Me invadió una ola de gratitud y caí de rodillas, dándole gracias a Dios y hablándole a mi madre en voz alta. Las palabras salían de mi boca a torrentes; mi carga se hacía más ligera con cada palabra al fin expresada. Y aunque no pude conectarme con su alma en ese momento, sí conecté con la esfera de amor que nos unía, sintiendo con fuerza que aún era la hija de mi madre, y que ella me había amado siempre y me seguía amando más allá de la muerte. De repente, era sabia. Sabía cosas una vez más y podía recordar la verdad de las cosas que el tiempo había confundido o escondido: que ella estaba muy preocupada y muy triste por tener que dejarme, que había leído este diario muchas más veces y con mucha más atención que yo. Claro que sabía que no había sido mi culpa.

Ahora recordaba vagamente que ella había tratado de decírmelo, de razonar conmigo, pero que yo no la escuché porque pensaba que me estaba diciendo cualquier cosa para hacerme sentir mejor, para salvarme de mi noción de merecida culpabilidad por su inminente muerte. Ella debió haber muerto con la esperanza de que algún día yo leyera el diario y me convenciera al fin. Y ahora que ese día había llegado, era como si mi madre besara mi cabello de nuevo y me abrazara con esos brazos cálidos y mágicos que podía recordar como si ayer hubiese estado entre ellos.

Y ahora, después de todo este tiempo, había estado a punto de negar mis habilidades una vez más. Culpándome a mí misma por lo que no había visto, a pesar de que era claro que había previsto la muerte de Héctor psíquicamente y que había tenido al menos media docena de pistas antes de eso que no había sabido interpretar, probablemente por haber estado armada sólo con las más débiles motivaciones: el miedo a la soledad y el exceso de preocupación por mi golpeado ego.

Pero eso acababa aquí y ahora. Lo que necesitaba era la asistencia de una clarividente experimentada que me ayudara a recuperar mi talento, a componerme a mí misma, y a ser la que siempre debí haber sido.

Pronto anochecería. Me puse mis sandalias "mete-dedo" y fui a ver a Gustavo con un plan en mente; toqué su puerta con fuerza (bum, bum, bum) y esperé.

—Óyeme lo que te voy a decir. Si yo lo quiero saludar y decirle hola, le diré hola. Y si quiero hacer más que decir hola, eso es asunto mío y de Jorge. ¿Estamos? —le pregunté cuando asomó su cara entre el marco y la puerta.

—Oooooh-kay —dijo alzando una ceja.

—Pero para hacerlo necesito que me des su número de celular —dije en mi tono más digno.

—Muy bien. Pero si esto es lo que yo creo que es, quiero crédito de casamentero.

—Déjate de boberías y dame su número.

—Yo podría dártelo, de hecho. O… podríamos dejar que él haga la primera movida.

—No hay ninguna movida. Nadie está haciendo movidas aquí.

—Yo ya le dije que querías saludarlo. Ahora, si él te llama después de todas mis advertencias, entonces cualquier cosa que le hagas será culpa suya.

—¿Que qué?

—Me escuchaste. Te estoy diciendo que me voy a sentir mejor si no es mi culpa. En serio, Mariela, si hubieras visto su cara cuando le dije que lo querías ver, lo dejarías en paz. Él no es como yo, tú sabes, con esta tremenda ventaja que tengo sobre la mayoría del resto de los mortales.

—Ay, sí, ¿y cuál es esa ventaja?

—Te lo he dicho antes: tengo un don para saber lo que la gente está pensando —dijo, buscando el número de Jorge en lo que parecía ser una lista de miles de números telefónicos en su celular.

—Sí, la verdad, eres un tremendísimo conocedor de la naturaleza humana, Gustavo.

—Son mis manos de escultor —dijo, deteniendo su búsqueda para levantar una mano, mostrándome la palma—. Son como máquinas de rayos X para ver dentro de los corazones, saber lo que la gente quiere, ¿tú me entiendes? Ahora, cuando la cosa tiene que ver conmigo, estoy jodido. Pero como tú siempre dices, ¿qué se le va a hacer, verdad?

Bienvenido al club, pensé, espantando un mosquito que se había adherido a mi pantorrilla con avidez.

—Déjame ver en el otro celular, porque no puedo encontrarlo en éste —dijo, y me dejó sosteniendo la puerta abierta, mientras buscaba debajo de los cojines de su sofá verde olivo de tienda de segunda mano.

—¿Gustavo?

—¿Sí?

—¿Alguna noticia de… Abril? —pregunté, con la esperanza de que ésa fuera la razón de su aparentemente mejorado estado de ánimo.

—Nah —dijo desde algún lugar al otro lado del sofá, sin dudarlo un segundo.

—Bueno, entonces ella se lo pierde —respondí creyéndolo sinceramente.

Cuando se irguió nuevamente, el segundo celular en mano, y se encogió de hombros, su expresión me trajo a la mente esas caricaturas a las que un enemigo animado les ha aplastado la cara de un sartenazo cuando menos lo esperaban.

—Los tiempos cambian, mi amiga. Yo he perdido mi tumbao —dijo antes de leer en voz alta el número de Jorge para que yo lo ingresara en mi propio celular—. Y, tú sabes, hablando de cambios, Mariela, Jorge ha cambiado muchísimo. Ya no es el mismo hombre que conociste cuando éramos yunta, él y yo.

Dudaba que el cambio fuera tan grande como trataba de insinuarme Gustavo con toda esa seriedad. Después de todo, ¿cuánta más marihuana y parrandeo podía soportar un ser humano? Pero no se lo iba a preguntar.

—Relájate, viejo, que yo no quiero casarme con él; sólo quiero preguntarle sobre… una amiga de él que conocí una vez y que no he visto hace tiempo.

Gustavo se relajó visiblemente.

—Ñooo, mira que soy entrometido. Metiche, vaya.

—Bastante. Ahora ve a comer algo, que estás perdiendo el fondillo por no comer.

Normalmente él me hubiera respondido con un chiste, pero en lugar de eso se quedó pensativo y mirando hacia el piso.

—Ni siquiera hablar quiere conmigo, Mariela.

Ay, Dios mío, ¡esa mujer! Gustavo no había hecho más que amar y apoyar a Abril y a Henry desde el día en que los conoció. Si no puedes ser amable con un hombre por tus propias retorcidas razones, al menos rompe con él decentemente porque se portó bien con tu hijo.

—Lo siento —dije.

—¿Qué hice para que no me hable?

—Probablemente es mejor así. Quizás te está protegiendo —dije para consolarlo.

—¿Protegerme? Ah, ¿tú quieres decir para no mantener vivas mis esperanzas? —preguntó como si el concepto fuera la cosa más ridícula que hubiera escuchado jamás.

—Exactamente —dije sin creer una sola palabra—. Ustedes los hombres deberían probarlo alguna vez.

El ruido de unos pasos al otro lado de la puerta principal nos interrumpió.

—Probablemente es un mal momento, pero ¿me creerían si les digo que pasaba por aquí?

Era Jorge.

—Hablando del rey de Roma. Ahora mismo estaba dándole a Mariela tu número, hermano. ¿Qué bolá, asere?

Se veía mayor, pero le sentaba bien. Su cabello, antes largo y ondulado, ahora lo llevaba corto; vestía unos jeans desgastados y sandalias de cuero, una camiseta azul marino con letras como pintadas a mano y un anillo de casado de oro martillado.

—Mariela —dijo entrando al vestíbulo para tomar mis manos entre las suyas y darme un beso en la mejilla, antes de voltearse a Gustavo y hacer la típica cosa ésa que hacen los hombres en lugar de besarse: un par de palmadas viriles, un abrazo a medias y un pequeño empujón de hombros, para terminar con una sonrisa.

Me quedé observando el pequeño ritual de saludo, pensando cuánto había cambiado mi actitud hacia él de un momento a otro: de no importarme no haberlo visto en meses y pensar que verlo no podía ser más importante que la muerte de Héctor, a sentir este deseo intenso de abrazarlo.

—¿Mariela? —dijo Gustavo dándome una mirada de asombro.

—Ay, lo siento. Ha pasado tanto tiempo. ¿Cómo has estado, Jorge?

—Yo estoy bien. Todo bien. Muchos cambios, pero todos buenos.

—¿Todavía eres chef? —pregunté, curiosa por saber si seguía estando casado. (Como habrás visto, Gustavo evadió todos mis intentos de informarme, y yo no iba a preguntarle abiertamente y darle ese placer a su ego masculino).

—Siempre.

—¿Y tus muchachos?

—Muy bien. Están muy bien. Eliézer se casó y hacemos muchos proyectos juntos.

Sí, creo que tengo una buena idea de lo que tú y tus amigos chefs adictos a la parranda hacen juntos, pensé, recordando cómo disfrutaba Jorge su vida en los Estados Unidos cuando lo conocí, más de una década después de su llegada. El Jorge que yo conocí entonces entendía ese asunto de la búsqueda de la libertad y la felicidad como la libertad de parrandear hasta que encontrara la felicidad, olvidando el país en el que estaba, aunque nunca el país del que había venido.

—Jorge ahora es un chef orgánico. Vaya, lo más grande —dijo Gustavo.

(¿Ves los que te digo de nosotros los cubanos? Siempre hacemos que cualquier cosa, por insignificante que sea, suene grandiosa y exuberantemente atractiva. ¿Podemos alguna vez describir algo de la forma prosaica y tediosa que realmente merece? "Éste es Jorge. Un hombre que cocina. Nada especial. Es sólo Jorge". Pues no. No podemos).

—En verdad, todavía dejo pesticidas en mi comida de vez en cuando. Hay cosas que no se pueden dejar de comer —dijo él, dándose unas palmaditas en el vientre—. Pero sí me he interesado mucho por cocinar buena comida, saludable… Oye, pero ¿qué me pasa a mí? Tanto tiempo sin vernos, y me dedico a hablar de mí.

—No importa —dije, reconfortada por su presencia y por su camaradería con Gustavo.

—¿Cómo estás tú? —me preguntó de nuevo.

Suspiré.

—Estoy bien, estoy bien… bueno, tan bien como es posible, tú sabes. Es bueno verte.

—He estado queriendo llamarte, pero…

—No importa. Me alegra verte ahora —dije, pensando que me hubiera gustado saber antes que iba a venir, para peinarme y ponerme algo decente (estaba con el mismo top y los jeans que me había puesto para ver a Olivia).

—Gustavo me dijo que necesitabas verme. ¿Para qué soy bueno?

Miré a Gustavo, confundida. ¿Cómo lo supo?

—Por lo del inquilino, Mariela. Le dije a Jorge que querías saludarlo, pero sobre todo quería saber si él conocía alguien que estuviera buscando casa —dijo sonriéndome con complicidad.

¿Me estaba protegiendo, evitando que pareciera una desesperada? ¿O estaba protegiendo a Jorge para que no albergara esperanzas?

—Ah, por supuesto —dijo este nuevo Jorge, más adulto y más formal—. Leí lo que pasó; qué fuerte eso.

—Sí, pero no, no. No se trata del mismo apartamento —dije—. Gustavo está hablando de otra vacante que tuve esta semana.

—Ah, ya, okay, seguro, le diré a mis muchachos en caso de que sepan de alguien.

—No, está bien. De todos modos, necesita muchos arreglos.

—Si puedo ayudar en algo…

—No es nada, realmente, no te preocupes. No es tanto —dije, olvidando que acababa de decir que lo era—. Pero no es por eso que quería verte.

—Veo —asintió, mirándome a los ojos como si realmente viera dentro de mí.

Y entonces fue como en los viejos tiempos, y los dos miramos a Gustavo.

—Hey, a mí no me miren. Me parece que ustedes son los que están bloqueando mi puerta —dijo—. Gustavo estaba en su casa, ocupándose de sus asuntos, que conste.

—Sí, Gustavo, el que habla de sí mismo en tercera persona —afirmó Jorge, sonriéndome, cayendo en su viejo hábito de burlarse de Gustavo para hacerme reír.

—Oye, ¿qué te pasa a ti, brother? —protestó Gustavo ante nuestras burlas—. Tú eres el comemierda con tu "¿Creerían si les digo que pasaba por aquí?". ¿En serio, socio?

Sonreí con la esperanza de poder hablar con Jorge en privado, pero también con la esperanza de no tener que decir lo que necesitaba en voz alta.

—Y ¿cómo está la esposa? —preguntó Jorge cambiando de tema.

—¿La esposa? —pregunté, pensando que era yo quien debía preguntarle eso.

—La esposa de tu inquilino.

—Ah. Ay, Dios mío. Está bien, creo yo. Quiero decir, nosotras… no somos amigas, exactamente… ni nada —dije inmediatamente, teniendo la extraña pero fuerte sensación de que eso ya no era verdad.

—Ya tú sabes, si puedo ayudar… —dijo él de nuevo.

—De verdad que me alegro mucho de verte otra vez —dije, sorprendida de lo bien que realmente me sentía de verlo.

Y entonces la visión me vino tan rápidamente que no me dio tiempo de sorprenderme. Jorge estaba arrodillado sobre la grama húmeda, emitiendo un largo aullido que parecía durar para siempre, y haciendo que el árbol detrás de él se contrajera levemente. Era horrible… como aaaah-huuuuh-aaaaaggggg-hu-hu-haaaaaaaaaaaaaah-gaaaaaaaaaaaaaaaaad, o algo así, imposible de describir; había que escucharlo. Él había perdido a alguien.

Me preguntaba si había pasado recientemente o si la muerte de Héctor me había vuelto supersensible, capaz de ver cosas que nunca había visto antes.

—¿Y cómo murió él? —preguntó Gustavo apuntando hacia la escalera para referirse a Héctor, mientras yo preguntaba lo mismo mentalmente, pero acerca de la visión que acababa de tener.

—No lo saben —alcancé a decir con un hilo de voz, debido al estado de agitación en que me encontraba por lo que acababa de ver sin estar preparada.

—¿Estaba la esposa con él? ¿Cómo es que tú le dices? —preguntó Gustavo.

—Yo le decía Morticia, pero de ahora en adelante, su nombre es Olivia.

—Apuesto a que fue ella —le susurró Gustavo a Jorge, quien a su vez me miró como buscando respuestas, quizás preguntando si alguna vez había hecho lo que su madrina me aconsejó: si había superado mi miedo a la clarividencia, si era una nueva Mariela.

—Bueno, Mariela, tengo que regresar —dijo Jorge—. Dejé un pequeño ejército haciendo estragos en el restaurante y ya casi es la hora de la cena. Pero vendré a verte pronto. Cualquier cosa que necesites…

Tardé tanto tiempo en responder que Jorge miró a Gustavo, hasta que éste alzó las manos y le dijo como rindiéndose:

—Hablaré contigo más tarde —acto seguido se despidió con la mano y cerró la puerta.

Jorge me miraba paciente pero inquisitivamente. Yo dudaba, porque aunque necesitaba un amigo, él no era cualquier amigo. Era un amigo de quien yo había estado enamorada. Un amigo al que quizás no iba a ser capaz de negarle ciertos "beneficios", sobre todo tomando en cuenta que él respetó mis deseos de alejarse de mí sólo para que ahora yo lo llamara para involucrarlo en el tremendo drama en que se había convertido mi vida.

Por otro lado, él podía ser el puente que necesitaba cruzar para recuperar mi clarividencia y, con ella, posiblemente, también la carta que no había podido encontrar; la única otra prueba de que Héctor y yo habíamos sido amantes.

—Tengo que ver a tu madrina. Quiero hacer ahora lo que ella me dijo que hiciera.

Sacudió la cabeza como desconcertado.

—Ella murió el año pasado.

—¡Oh, no! Lo siento. ¿Estaba enferma?

—Para nada. Murió mientras dormía. No sufrió.

—Me alegra —afirmé sinceramente, a pesar de mi decepción.

—¿En qué clase de problema estás metida? —preguntó.

—Ay, Jorge, eso es lo que quisiera saber. Es por eso que quería hablar con tu madrina. No conozco a ningún otro psíquico real en quien pueda confiar.

—Okay. Entiendo —asintió.

—¿Sabes qué? No te preocupes. Lamento mucho su muerte.

—Mariela, decir que mi madrina y tú no se querían es ponerlo suave. No sé qué te pasa, pero si dices que querías verla, entonces lo que te pasa es serio.

Suspiré y sacudí la cabeza. Me faltaban las palabras.

—Te voy a decir algo —dijo él—. No puedo llevarte a ver a mi madrina, pero mañana por la tarde puedo llevarte a la siguiente mejor opción. Así tendremos un poco de tiempo para que me lo cuentes todo por el camino. ¿De acuerdo? ¿Trato hecho?

Capítulo 19

A la mañana siguiente, me desperté con la canción compuesta por los sonidos de mi barrio: la cacofonía de decenas de bocinas de vehículos públicos y privados, la gente corriendo, comiendo y hablando a través de sus teléfonos celulares, y los niños riendo con sus vocecitas agudas, sus risas como chillidos ultrasónicos, tras los cuales no se sabía si reían por algo gracioso o porque un ogro muy grande y feo les estaba robando las mochilas repletas de pesados textos escolares.

Era martes, y éstos eran sonidos propios de un martes, pero, por algún motivo, hoy sonaban diferentes. Todo era diferente. Las cosas habían cambiado a mi alrededor y dentro de mí, tal como lo había predicho la canción de Julieta.

Por un lado, al fin pude llorar a Héctor. Fue un llanto largo y lento, como las aguas de un río que desciende de la cima de alguna montaña cuyo pico ni ves. Él no había merecido morir, pensaba en medio de mi desolado llanto. Héctor era muchas cosas, y las habría seguido siendo por mucho tiempo si hubiese vivido, pero también había sido la vida misma para mí: una cajita de sorpresas maravillosas, con sus tesoros hermosos y sus no tan buenos pedacitos de hierro negro, pero todo, cada pieza, con un propósito, una razón de ser. ¿Quién se lo había llevado? ¿Y quién se atrevió a hacerlo cuando yo no estaba mirando, dejándome sin otra alternativa que llorar, mis lágrimas, el sistema encargado de expulsar las toxinas de la impotencia que amenazaban con hacerme explotar? Héctor era como ese árbol en el patio de tu vecino en el que nunca reparaste, pero cuya sombra extrañas cuando el misántropo lo corta para hacer una estúpida terraza. Era así como sentía la muerte de Héctor: estúpida e innecesaria, y aunque mis lágrimas de nada servían, igual las lloré.

¿El lado positivo de todo esto? Que me sentía fuerte y protegida. Que había una nueva fuerza en mí, una calma divina que había salido de algún recoveco que yo ni había sabido que existía, y ahora ahí estaba siempre, como acompañándome. Era como si, con sólo tener la intención de volver a escuchar mi yo interior, lo hubiera materializado, y ahora pudiera sentir su presencia diciéndome que sí, que podía confiar en mí, que lo intentara.

Después de todo, me había advertido de la muerte de Héctor. Me había empujado a seguir leyendo el diario de mi tatarabuela después de décadas de ignorarlo; y no descansó hasta que hallé las palabras que me liberaron de la cárcel en la que me había encerrado a mí misma después de la enfermedad de mi madre. También me había hecho desear encontrarme con Jorge de nuevo, dándome el valor para hacer a un lado mis miedos y pedir la ayuda necesaria para volver a ver todo lo que había venido a percibir en esta existencia.

Luego estaba el propio Jorge. Habíamos logrado estar apartados casi un año. Él tenía su esposa; yo tenía mi amante; estábamos a salvo el uno del otro. Y de un día para otro, me había enfrentado cara a cara con la realidad de mis visiones y, en minutos, como si ambas cosas estuvieran conectadas, él había aparecido frente a mí, y fue claro que, lo que fuera que hubo una vez entre nosotros, todavía estaba ahí.

Antes de irse la noche anterior, Jorge me había explicado que, aunque su madrina había muerto unos meses antes, había alguien que nunca le había fallado y que estaba seguro que podría ayudarme. Prometió recogerme al día siguiente, o sea hoy, y desde ese instante, los nervios me habían asediado.

A las dos en punto tocó a mi puerta, rat-a-tat-tat, luciendo una camisa de algodón azul Prusia, pantalones grises y el grueso anillo matrimonial que llevaba el día anterior, pero que nunca usó cuando fuimos pareja. Tenía una bolsa de lona en cada mano y varias bolsas de plástico, de las cuales sobresalían paquetitos envueltos en papel de cera, amarrados con cuerdas, como de una carnicería.

—¿Está bien si comemos algo primero? —preguntó.

—Por supuesto —contesté, dando un paso atrás para invitarlo a pasar.

Sentía, al igual que la noche anterior, que el tiempo se detenía de golpe, sólo que ahora no podía achacarle la sensación a que Jorge hubiera aparecido de repente, o a mi propio estado de shock tras la muerte de Héctor. No. Esto era otra cosa, y yo conocía muy bien este fenómeno. Es más, lo conocía por su nombre y apellido: don deseo de los cuatro diablos. No podía ser otra cosa, esa sacudida profunda, ese escalofrío reverberante. También era confusión al verlo de nuevo, ahora más maduro, claramente más seguro de sí mismo; en otras palabras, el hombre que yo había querido que fuera ahora estaba frente a mí como si se tratara de una visión prestada desde otra vida, mía sólo en el recuerdo. Se trataba del mismo deseo, de las mismas ansias que pensé que había sofocado. Darme cuenta de que no había sido así me llenó de ansiedad, como si estuviera de algún modo traicionando a Héctor sólo por permitirle a Jorge que entrara a mi cocina.

—Créeme que no hubieras disfrutado ver a mi madrina de nuevo —afirmó Jorge. Encendió las luces y subió las persianas de madera para dejar entrar más luz a través de la única ventana, mientras yo permanecía de pie en la entrada de la cocina, observándolo—. Ya al final no atinaba con las predicciones y estaba tan malhumorada que casi mordía al que le llevara la contraria —agregó, poniendo sobre la mesa lo que parecían ser chispitos de especias, alrededor de una docena de pedacitos de pescado o algo así, y un recipiente con el equivalente de un par de cucharadas grandes de arroz integral ya cocinado.

Luego fue directamente a abrir el segundo gabinete a la derecha, encima del fregadero. De allí sacó una hermosa lata italiana con aceite de oliva extra virgen, prensado en frío, que él mismo me había regalado, prometiéndome que se conservaría por años siempre y cuando me acordara de cerrarla bien. Me echó un vistazo de soslayo, seguro para verificar que yo había captado el mensaje: que él recordaba dónde estaba todo. Que se acordaba de nosotros.

—¿Dices que estaba de mal humor tu madrina? Ay, pero qué extraño, ella que era *tan* dulce —dije en son de broma, mientras esperaba que él se lavara las manos para pasarle un paño de cocina y un delantal, porque me quedaba claro que tenía toda la intención de cocinar, con o sin mi permiso.

—Muy graciosa —respondió, y cuando me alborotó juguetonamente el cerquillo, antes de volver a sus ingredientes, el aroma de su perfume se desprendió de su mano y viajó a mi mente a través de mi nariz, y sentí con desespero que necesitaba regresar a la seguridad de la distancia que le había permitido traspasar. Tomé un cuchillo de los que estaban suspendidos en la barra magnética de metal asida a las losas sobre el lavaplatos, con la intención de ofrecerle mi ayuda como *sous-chef* aficionado.

—¿Tienes hambre? —me preguntó.

—No. Bueno, en realidad no. Pero eso depende de lo que estemos preparando —dije, comenzando a pelar y a cortar el pedazo de jengibre fresco que puso frente a mí.

—Y si no tienes hambre, ¿se puede saber por qué estás mirando mi comida como si pudieras comértela con los ojos? —dijo sonriendo mientras picaba cebolletas y ponía un poco de arroz integral en una olla para calentarlo.

—No estoy haciendo nada de eso.

Dejó de picar y de sonreír y fijó sus ojos en los míos hasta que pregunté:

—¿Qué?

—Necesito un sartén grande.

—Ah, claro —me dirigí al gabinete detrás de él, cerca de la estufa. Pero antes de alcanzarlo me tomó la mano y me volteó hasta hacerme quedar cara a cara con él, envolviendo sus brazos alrededor de mi cintura con tanta fuerza y tan repentinamente que perdí el equilibrio.

No estaba pensando porque, en vez de rechazarlo, me aferré a sus hombros, sintiendo los músculos de su pecho a través de su camiseta, sus brazos rodeándome aún, sus manos haciendo trabajo de reconocimiento en la parte baja de mi espalda, a través de mi camiseta.

—¿Qué estamos haciendo? —pregunté un minuto más tarde.

Pero él sólo negó con la cabeza, abrazado a mí.

Finalmente, me recostó suavemente contra el fregadero.

—¿Por qué terminaste conmigo? —preguntó mirándome a los ojos.

—Tú sabes exactamente por qué terminé contigo.

—¿Por qué terminaste conmigo realmente?

—Por la misma razón por la que te mantuviste alejado después de que terminé contigo.

—Eso no es justo. Yo te llamé muchas veces. Pero me rendí, porque pensé que eso era lo que tú querías. Pensé que querías tu independencia, que querías estar sola, que no querías compromisos. También pensé que te asustaría si te decía que quería estar contigo, pero que tenía que cumplir mi promesa de traer a Yuleidys, o al menos sacarla de Cuba. Pensé que no me ibas a creer que ya sólo la estaba trayendo para ayudarla.

—Ja. Dime que eso no era lo que le ibas a decir a ella —me reí.

—No, bueno, no inmediatamente porque ella no hubiera aceptado. Pero se lo habría dicho cuando estuviera aquí, instalada y en posición de ayudar a su familia. Hubieras tenido que confiar en mí.

—Ha pasado casi un año, Jorge. Tú sabes dónde vivo. Pudiste haber dicho algo.

Pero no era cierto y yo lo sabía. Yo hubiera salido corriendo del miedo si él me hubiera confiado sus intenciones. No habría querido la responsabilidad de que él pusiera en riesgo lo que tenía por mí. ¿Y si no funcionaba lo nuestro? Qué va. Yo hubiera insistido que siguiera con su plan de vida y que no se le ocurriera desviarse por mí. No me lo llegó a decir, y yo igual le había ordenado que se olvidara de mí y lo había reemplazado en mi cama en un par de meses.

—Tú me echaste. Yo sabía que no creías que iba a poder arreglarlo todo y que tenías miedo de estar conmigo, pero... —miró alrededor de la cocina como si no pudiera encontrar un punto donde poner los ojos.

—Eso no es verdad —dije.

Pero lo era.

—Mariela, yo cometí errores. No fui claro contigo ni conmigo, pero...

—Pero nada. Tú tienes una nueva vida. Yo tengo... una vida. Seamos amigos.

Pero él siguió mirándome. Sus ojos iban de mis ojos a mis mejillas, a mis labios y luego al suelo.

—Vamos, ¿sí? Dejemos las cosas quietas y olvidemos la comida y simplemente llévame a donde sea que vamos, ¿okay? ¿Sí?

—Mariela, me estoy volviendo loco. Estás cerca de mí por cinco malditos segundos y...

—Jorge...

—Un beso —dijo.

—Jorge, no seas así.

—Un beso, Mariela.

Suspiré.

—¿Un beso?

—Sí. Un beso. Digámonos adiós bien. Y luego seremos amigos. Yo sabré mi lugar. Sabré que eres feliz con lo que sea que esté pasando en tu vida, a pesar de que Gustavo dice que tú no...

—Gustavo no sabe nada de mi vida.

Pero de pronto me besaba y yo ya no era mía excepto para pensar en lo estúpida que había sido al creer que podía sustituir esto con el primer inquilino que se había cruzado conmigo. Sus labios se sienten cálidos sobre los míos (mi boca los reconoce instantáneamente) y todas y cada una de mis costillas se pliegan a él como dándole la bienvenida, y yo no quiero que pare, pero después de unos minutos, se detiene.

—Okay. Okay. Ahora —dice como si nada hubiera pasado— voy a prepararte mi próximamente famoso arroz con sushi.

Estoy confundida y lo miro sabiendo que mi cara es un signo de interrogación; él me abraza.

—Así no, tatica —dice, sus labios rozando mi cabello—. No ahora que me necesitas; antes tenemos que descubrir qué es lo que está pasando contigo.

Yo quiero entender lo que él está diciendo. Trato de proteger mi vanidad femenina, de recuperarme.

—¿Qué es este arroz con sushi? Me parece que ya hay algo que se llama sushi y ya viene con el arroz incorporado.

—No, no, no, no. Éste es completamente diferente. A ver, déjame enseñarte a hacerlo y vamos a apurarnos, porque se nos va a hacer tarde.

Así que, a pesar de pensar que nada me interesaba menos que aprenderme una receta que nunca iba a preparar sola, sonreí y lo dejé que me enseñara a cocinar lo que el insistía en llamar "arroz con sushi del chef Jorge". Vas a necesitar tres onzas de pescado, en cubos y presazonado como para sushi (salmón, atún o pargo dorado funcionan bien), una taza de arroz integral precocinado, dos cucharadas de jengibre fresco en tajadas, dos cucharadas de ajo fresco picado y dos tallos de cebolleta picada. Además, aceite de oliva y sal de mar a gusto, y la mitad de un aguacate grande. Calienta un poco del aceite de oliva en un sartén y coloca sobre él las tajadas de jengibre y el ajo hasta que adquieran color y su textura sea ligeramenta tostada y crujiente. Saca el jengibre y el ajo del calor y apártalos. Retira el exceso de aceite del sartén y coloca allí el arroz cocido y las cebolletas hasta que estén calientes. Pon el arroz en platos soperos pequeños. Ahueca el arroz en cada plato con una cuchara grande y pon ahí los pedacitos de pescado. Coloca sobre el pescado el jengibre tostado y el ajo y adórnalo con una tajada de aguacate. Esparce sal marina a gusto y agrégale un poco de mayonesa picante (*spicy mayo*) para decorar, si deseas.

Disfrútalo con una copa de vino blanco bien frío.

Rinde para dos.

Capítulo 20

Hacia las cuatro de la tarde ya conducíamos por una rampa que nos depositó en la autopista Palmetto con dirección norte, y todas las cosas que aún ignoraba sobre la muerte de Héctor regresaron a golpearme con fuerza. Esa misma mañana, mientras esperaba a que Jorge llegara por mí, había vaciado mi enorme contenedor azul de basura para reciclar y no había encontrado nada; ninguna señal de la carta de ruptura número dos, la que tenía la carita sonriente que dibujó Héctor, y que yo, estúpidamente, había botado a la basura tras nuestra pelea. Temblaba de sólo imaginar que la policía la descubría y sacaba Dios sabe qué conclusiones. Y mientras Jorge conducía, mirándome de soslayo cada dos o tres segundos y tratando de mantener viva la conversación, yo rezaba para que el psíquico que íbamos a consultar fuera tan bueno como él creía, y que él (o ella) me ayudara a ver qué había pasado y lo que aún faltaba por venir, que me ayudara a librarme del miedo a ser culpada por la muerte de Héctor.

—Así que cuéntame, ¿qué hay de nuevo, además del corte de pelo y el cumpleaños que celebraste el otro día? —preguntó. (Recordaba mi cumpleaños, pero parecía haber olvidado el beso que nos dimos hacía menos de quince minutos).

—Ay, Dios, ni me recuerdes ese cumpleaños nefasto. Por lo demás, no mucho que contar. Lo más urgente será ponerme las pilas para arreglar el apartamento desocupado del que te habló Gustavo, pero hay tanto que hacer que no sé por dónde empezar.

—Yo podría ayudarte con eso.

—No, no te preocupes. Yo me voy a encargar de eso. Es sólo que se me ha hecho difícil poder concentrarme en ello con todo lo que ha pasado. Pero… lo que sí me ayudaría bastante es un poco de esa sopa de coco que solías hacer, ¿te acuerdas?, y, quizás, que dejaras de mirarme con esa cara de preocupación como si yo fuera una mujercita indefensa.

—Mariela, a veces hay que dejarse ayudar. Yo sé que tú eres fuerte, pero no tienes que serlo en cada minuto y en cada situación, ¿tú sabes?

—Lo sé. Pero estoy bien. Es mi culpa por andarme quejando, así que cambiemos el tema. A ver, cuéntame, ¿cómo va el matrimonio? —pregunté apuntando a su anillo con la barbilla y los labios y queriendo saber de una vez si él estaba buscando que pasara algo entre nosotros, o si el único propósito de ese beso había sido el darle a su ego masculino la satisfacción de "cerrar con broche de oro".

—Vaya, tenías razón al decir que no eres una débil mujercita. Directo al grano —dijo imitando mi gesto de barbilla y bemba, y riéndose.

—Y que no se te olvide. El único que tiene mujercita aquí eres tú. Cuenta, ¿cómo te va con ella?

—No tengo mujercita.

—Sí, claro, cómo no. Enseguida te creo.

—Pero lo que sí tengo es una pregunta para ti —dijo.

—Adelante.

—¿La muerte de tu inquilino tiene algo que ver con tu deseo de, bueno, de "ver", después de todo este tiempo?

No dije nada. Temía revelarle demasiado a alguien que me conocía tan bien.

—Okay —dijo él—. Probemos con esto: ¿tú y él estaban, um, involucrados?

Por un momento, quise decírselo. Pero aún no podía. Aparte de no habérselo negado a Olivia cuando se me hizo claro que ella ya lo sabía, a nadie más le había dicho una sola palabra sobre Héctor. ¿Qué sentido tenía comenzar ahora? Además, no era asunto de Jorge.

—No.

Pareció exhalar:

—Perdona que me meta, es que, sabes, te veías tan fuera de
ti el sábado, que pensé que quizás, bueno que estabas de luto, y yo
quería estar seguro de que yo no fuera a…

—Tal vez no debas de todas formas.

Me miró a los ojos, quitando la vista de la autopista, un poco
vacía todavía a esa hora, por un instante.

—¿En serio?

—En serio —dije. No sé qué me hizo decirle eso. Quizás era
por Héctor. Quizás por mí, que aún temía ser lastimada—. Pero
bueno, no me sigas esquivando, ¿cómo está la esposa? ¿Dónde
están los diez niños que se supone que ibas a tener a estas alturas?

—Te lo diría, pero ya llegamos.

Era la típica casa de Hialeah: cuadrada, pequeña, color melocotón, toda irregularidad, como la ciudad en la que estaba. Las
ventanas frontales no hacían juego, el techo parecía como si fuera
a hundirse de un lado por el peso de las brillantes tejas terracota, y
el portal se veía improvisado, a duras penas sostenido por colum-
nas de piedra angulares que parecían estar avergonzadas de estar
tan fuera de lugar.

Una atractiva mujer en bata de casa asomó la cabeza por la
puerta principal; tenía las manos dentro de una olla llena de algo.

—Hola, Jorge. Ve por la parte de atrás; te está esperando.

—Gracias. Ella es Mariela.

Dije hola, pero ella sólo asintió y le sonrió a él, como si el que
yo estuviera allí fuera una broma privada entre ellos.

Fuimos a la parte de atrás, a lo que parecía ser un garaje separado con puertas que se abrían hacia afuera como las de un granero.
Había mucho desorden: aparatos electrónicos, partes de computa-
dores, varias sillas, colchas y un póster de Lakshmi, la diosa hindú
de la prosperidad, la pureza y la generosidad. Había también un par
de estatuas de Buda, una de ellas enorme y de un color azul intenso,
parecido al lapislázuli. Y en el centro de todo eso, con los dedos
manchados de naranja por los Doritos que estaba comiendo, había

un muchacho joven, de veintitantos años, en jeans blancos y una camiseta sin mangas también blanca. Unos espejuelos de gruesa armadura oscura enmarcaban unos electrizantes ojos verdes, y un diamante atravesaba el lóbulo de su oreja izquierda.

—¡Mi hermano! —dijo cuando nos vio.

—¿Qué bolá, asere? —replicó Jorge usando el saludo internacional del macho cubano—. Ésta es Mariela; Mariela, él es Eddie.

—Gusto conocerte —extendí mi mano con la esperanza de que la profusión de contradictorios símbolos religiosos sólo fuera señal de una mente abierta y no de una psiquis confundida.

Él miró a Jorge como si yo no estuviera presente y, antes de estrechar mi mano, le dijo sonriendo, como dándole su aprobación: *Pretty.*

¿Pensó que yo no entendía inglés?

—¿Café? —me preguntó.

Yo asentí. Entonces, incapaz de contener mi ansiedad, pregunté:

—¿Así que eres santero?

—No, no realmente. Yo le doy la vuelta a las cosas a mi manera, ¿tú me entiendes?

Como no lo entendía, pues no dije nada.

—Okay. Vamos a empezar —dijo, trayendo tres pequeñas tazas de café a la mesa de comedor redonda que ocupaba el centro del espacio y colocando un iPad nuevecito cerca de ellas.

—Quiero echarle un vistazo rápido a tu carta astral antes de empezar. ¿Fecha exacta, hora y lugar de nacimiento?

Miré del iPad a Jorge, quien se alzó de hombros como si no tuviera nada que ver con todo esto.

—24 de septiembre, 1974… 11:58 p.m.… Miami.

Él tomó nota rápidamente.

—Okay. ¿Tus manos? —dijo extendiendo las suyas, de dedos largos y fuertes uñas cuadradas.

Cuando no le di las mías, señaló una baraja de tarot y preguntó:

—¿Prefieres las cartas?

—No lo sé.

—No importa. Las cartas son más para confirmar lo que recibes, y en tu caso no hay necesidad —sonrió.

Era una sonrisa amable. Me relajé un poco.

Él cerró los ojos y yo puse mis manos en las suyas. Las tomó como para calentarlas, pero no habían pasado cinco segundos cuando las soltó como si fueran infecciosas.

—Dios... *Not good.* Esto no es bueno.

No sería bueno, pero sí había sido bastante rápido. Yo estaba acostumbrada a esta clase de reacción, así que esperé hasta que se compusiera lo suficiente para cerrar los ojos, tomar mis manos en las suyas de nuevo, y preguntar:

—¿Quieres que te hable de tu vida o quieres saber qué va a pasar? Olvídalo. No importa. Tengo que decirte qué es lo que va a pasar o lo que está pasando.

—¿Qué tan malo es, exactamente?

—No estoy seguro. Pero es malo.

—¡Entonces espera! —dije.

Él abrió los ojos; su cara, un signo de interrogación.

—Si vas a decirme algo malo, tienes que darme un minuto para prepararme —le expliqué.

—Tú ya estás preparada, pero okay. Dale, como dice Pitbull. Prepárate.

Yo quería salir corriendo de allí. Miré a Jorge, que compartía una butaca de vinilo con varios discos duros de computador. Me sonreía en señal de apoyo, pero detrás de esa expresión pude captar su preocupación.

Eddie me miró por un minuto, luego cerró los ojos de nuevo y comenzó a agitar un pie con aparente impaciencia.

—Okay, dime.

—Así que tú también puedes ver. Eres vidente.

No era una pregunta.

—Solía ver.

Él cerró los ojos de nuevo y comenzó a mover la cabeza de lado a lado, como Stevie Wonder cuando canta "I Just Called to Say I Love You".

—Nah, tú todavía puedes ver. Pero has sido miedosa; un poco boba también. Es lo mismo. Da lo mismo.

¿Por qué cuanto psíquico de dos kilos consultaba se sentía en libertad de insultarme?

¿No había solidaridad para una hermana en desgracia?, pensé. Sus palabras, su tono, me recordaban a alguien que no lograba identificar. Ay, Dios mío. ¿Y qué si él fuera un fraude? Tenía que serlo si pensaba que yo aún podía ver más allá de mis narices.

—Okay. Te voy a decir todo lo que pueda. Despacio. Pero tienes que oírme, así que escucha.

Yo esperé, queriendo saber la verdad de una vez por todas. Estaba cansada de huir y necesitaba ponerle punto final a este asunto.

—Este hombre que estás viendo… se acabó.

Wow, pensé. Y entonces él dijo:

—Se acabará ahora, o muy pronto. Va a ser muy feo, muy muy muy… tú sabes, feo. Pero como resultado de este… mal asunto… él finalmente caerá de rodillas a tus pies.

Exhalé extenuada. Había tenido tantas esperanzas al principio, cuando empezó a hablar y pensé que era capaz de ver la muerte de Héctor. Pero entonces lo había echado todo a perder. Era obvio para mí que sí era un fraude. Había supuesto que yo estaba allí por un hombre y deducido que el problema era que dicho hombre no quería un compromiso formal conmigo, lo cual es una deducción lógica cuando una mujer de mediana edad, que no usa un anillo de compromiso, te da sus manos para que se las leas. Eddie pensó que yo era la protagonista de una novelita rosa tratando de averiguar si mi galán se casaría conmigo. Había captado mi atención asustándome, y luego había tratado de "colar" un final feliz que garantizara una donación generosa por la lectura.

Miré a Jorge furiosa, sopesando si decirle al psíquico que, aun si Héctor no estuviera muerto y pudiera hincarse de rodillas, no era posible que me propusiera matrimonio porque ya estaba casado; quería ver su cara cuando lo desenmascarara ante Jorge como el fraude que era. Pero decidí no hacerlo. ¿Para qué darle a él, y a Jorge, más información?

—Y cuando lo haga, cuando este hombre al fin se hinque ante ti, vas a tener, finalmente, la única cosa que siempre quisiste de él.

—¿Ajá? Ah, bueno, está bien entonces —dije, tomando el último sorbo de café de la taza y pensando que si hubo algo que nunca quise de Héctor, fue precisamente una propuesta de matrimonio—. Bueno, si eso es todo, pues un millón de gracias.

—No me crees —dijo.

—No.

—Está bien, sabía que no me ibas a creer —dijo mientras yo me levantaba y me dirigía al bol de vidrio lleno de dinero que estaba al lado de la improvisada área para hacer café y eché un billete de veinte dólares. Pensé que él necesitaba el dinero más que yo si tenía que ganarse la vida estafando a la gente.

—No, por favor no pongas dinero. Cuando me creas, vuelves y pones lo que quieras.

—Lo siento —asentí retirando el billete.

—No lo sientas. Jorge es como de mi familia. Deben venir a visitar en otra ocasión. Mi madre prepara unos tremendos frijoles negros, ¿verdad, Jorge?

Nos despedimos en medio de la incomodidad y regresamos al carro. Segundos después viajábamos por calles iluminadas por los últimos rayos dorados del sol de la tarde.

—Estás molesta conmigo.

—¿Por qué iba a estar molesta contigo?

—Por mi mal gusto en psíquicos.

Bueno, en eso tenía razón.

—Sólo tratabas de ayudarme —respondí.

—Querías ver a mi madrina, y Eddie es el único nieto de mi madrina y el más certero, hasta ahora, quiero decir.

Debí suponerlo. Ahora entendía por qué sus electrizantes ojos verdes me parecieron familiares. ¿Otro niño prodigio, igual que yo? Bueno, eso ciertamente explicaba las cosas.

—Te voy a decir algo: sea lo que sea que estés buscando, creo que debes seguir buscándolo —dijo Jorge al cabo de un rato.

—¿En serio? ¿Y eso por qué?

—Para que puedas regresar a tu vida.

—Aquí estoy.

—Nah. Sólo a medias. Solías estar tres cuartos aquí, pero ahora…

Sin duda reconoces el sentimiento: algo dentro de mí decía ¡sí! a lo que él decía en el mismo momento que lo decía. Sí, había estado ausente de mi propia vida. Eso es lo que pasa cuando te niegas a ver: también te niegas a vivir. A estar presente.

Sonreí pensando que él también era muy intuitivo. Me pregunté si esta nueva actitud suya tenía algo que ver con haber aprendido a prestarle atención a sus instintos en lo relacionado con su vida. Me pregunté si era feliz.

—¿Sabes lo que siempre has tenido que me encanta?—pregunté.

—¿Un sex appeal irresistible?

—Ah, sí, sí, eso y la modestia, por supuesto.

—Por encima de todas las cosas, la modestia.

—Sí, pero no, lo que estaba a punto de decir es que tú siempre has tenido la capacidad de verme, realmente, como soy —le dije.

—Bueno, es muy cierto que siempre me ha gustado verte —dijo sonriendo con aquella sonrisa que yo recordaba.

Pero entonces, tan rápidamente como había llegado, esa sensación de estar relajada, cómoda y en confianza a su lado se evaporó. La nube negra volvía y Héctor estaba de regreso en mis pensamientos.

—Mariela, tú sabes, yo tengo algunos materiales de construcción que me han sobrado de un proyecto en el que he estado trabajando. Puedes tomarlos. Incluso te los llevo, si quieres. Pueden servirte para arreglar el apartamento.

—No, no, olvida eso, pero háblame de ese proyecto. ¿Tú y tu esposa compraron una casa? —insistí en hurgar buscando información ya por pura compulsión.

—No, Mariela, no compramos una casa. Sólo estaba arreglando un local y tengo material de sobra: madera, cal, algunas estanterías, algunos gabinetes y una meseta —dijo con una expresión confusa, sin duda notando el cambio en mí y pensando que tenía que ver con su situación marital, en vez de con mi propia situación extramarital.

Cuando nos acercamos a la avenida Le Jeune, no muy lejos del St. Michel y de mi viejo vecindario de Coral Gables, le pedí que me dejara en Books and Books.

—¿Segura que no quieres ir a comer algo?

—Segura. Necesito aclarar un poco mi cabeza, ¿sabes?

También quería que me besara de nuevo y me odiaba por eso.

—Okay. Como tú quieras —dijo, y permaneció en silencio el resto del camino.

Cuando llegamos a Books and Books me acerqué y le di un beso en la mejilla.

—Cuídate —dijo entonces, y pensé: muy bien.

Porque Jorge había dicho *la frase* que muchos usan hoy en día para romper con alguien: *take care of yourself.* Como cuídate tú a ti misma porque yo ya no te voy a cuidar. Él no podía imaginárselo, pero a mí, cuando un hombre me dice que me cuide, lo que escucha mi cabeza es *fuck you.* Jódete. ¿No quieres conmigo? Pues jódete. Así que muy bien. Eddie el psíquico no me había servido para nada, pero al menos tampoco había complicado yo las cosas demasiado pidiéndole ayuda a Jorge. A pesar del beso desgraciado ese, era obvio que Jorge había captado mi mensaje de indisponibilidad. Muy bien. A cuidarme entonces.

Me despedí, salí del auto y me volteé para entrar a la librería, ignorando las revistas al lado de la puerta de entrada y a la gente que consumía comida orgánica en el patio. Quería ir directamente a la sección de libros "nueva era", pero la espalda de un hombre que vestía unos pantalones color caqui cortos y llenos de bolsillos me lo impedía. En su hombro derecho descansaba lo que parecía ser una cámara profesional; a su lado, una mujer de pelo oscuro, muy maquillada, con un vestido naranja, bloqueaba mi paso.

Entonces me di cuenta de que se preparaban para entrevistar a Mitchell Kaplan, el propietario de la librería. El hombre que Héctor había odiado con tanta pasión. Yo frecuentemente le decía a Héctor que tenía que superar esa antipatía. Me gustaba insinuarle que actuaba como el Guasón, el personaje de las películas de Batman que se quejaba de los fantásticos recursos de su archienemigo mientras moría de envidia y de deseo de tenerlos para sí mismo. Héctor siempre bufaba, gruñía y renegaba antes de decirme que la comparación no merecía una respuesta suya. Pero yo sabía lo que pasaba: él nunca sabía qué responder cuando estaba verdaderamente frustrado.

La reportera decía: "Mitchell Kaplan es el fundador del principal espacio literario de Miami, Books and Books, y de la Feria Internacional del Libro de Miami. Él ha accedido a conversar hoy con nosotros desde su sede de Coral Gables sobre el estado de la industria editorial".

—¿Cómo estás, Mitch?

—Alegre de verte de nuevo.

—Dinos, ¿cómo está Books and Books lidiando con la creciente popularidad del libro electrónico y la caída de la librería tradicional?

—¿La librería tradicional está en decadencia? No lo habíamos notado —dijo sonriendo.

Yo sonreí también.

—En mi mundo, sigue en vigencia —continuó él—. Amo el libro físico y le tengo apego al libro físico, pero también me gustan esos otros lugares donde la gente se reúne para hablar sobre libros, sean digitales o no. Como éste en el que estamos hoy, ¿tú dirías que pasó de moda?

—Bien, obviamente aquí no se nota —dijo la reportera mirando a su alrededor y percatándose de que el lugar estaba repleto de gente; ella era la única "obviamente" fuera de su elemento, en su misión de desconcertar al entrevistado—. ¿Le importaría compartir sus secretos con nosotros?

—Bueno, siempre hemos sido un hogar para los amantes de los libros. Últimamente hemos estado trabajando aún más duro para reunir a los autores con sus lectores. Realizamos eventos casi todas las noches en cada uno de nuestros cuatro locales… y, simplemente, continuamos haciendo lo que hacemos. Yo no sé si lo llamaría un secreto, pero así es.

Oh, he was good. Era un desgraciado que sabía lo que hacía. Ahora entendía por qué Héctor lo había odiado tanto. El hombre le había volteado la torta a la reportera, convirtiendo la pregunta soez de ella en una oportunidad para decir lo que a él le interesaba decir. ¡Y lo había hecho luciendo humilde! Maquiavélico. Héctor se habría vuelto a morir si hubiese estado allí.

—¿Okay? ¿Tienes todo lo que necesitas? —le preguntaba Kaplan a la reportera unos minutos después, entregándole el micrófono inalámbrico al camarógrafo, su atención ya en la gente que se había agrupado a mi alrededor, curiosa por saber qué hacían allí "los de la televisión".

—Sí, excelente, gracias —dijo la reportera frunciendo el ceño.

—*How are you?* (¿Y cómo estás tú?) —me dijo—. *I hope we weren't keeping you from the books.* (Espero que no te hayamos estado obstruyendo el camino hacia los libros).

—Oh, no, para nada. Fue… interesante —dije estúpidamente, fascinada por su sonrisa fácil, su hermoso cabello y sus grandes ojos azules. Recuerdo haberme preguntado cómo sería ser el dueño de tu propio mundo. Caminar por él con la confianza y la certeza de que estás haciendo lo que se supone que debes hacer y donde se supone que debes hacerlo. Y de repente yo también lo envidié, igual o más que Héctor.

Me dirigí a la sección "new age" en busca de libros sobre ocultismo y otros temas espirituales. ¿Por qué no? Los libros habían sido los mejores amigos tanto de mi vida como de la de Héctor. Tal vez podría acudir a ellos como lo había hecho él durante su vida para que lo ayudaran a decir las cosas que quería decir. Quizás esta vez sería a mí a la que brindarían sus herramientas en forma de palabras sabias, pensé esperanzada, pasando mis manos suavemente por las hileras de lomos en los anaqueles, buscando ese libro destinado a hablarme.

El manual de mi tatarabuela había sido un comienzo, pero habían transcurrido tres días de leer y leer y aún no sentía nada ni remotamente parecido a la presencia de Héctor. Ninguna sensación de paz o de amor al conectarme con otro ser, como la que sentía cuando recibí mi don por primera vez hacía más de veinticinco años.

Una cosa sí era cierta: en esos veinticinco años, la clarividencia había alcanzado la cima de la fama. O sea, era una verdadera estrella. Yo había pensado que el diario de mi tatarabuela era único, pero ahí, frente a mí, había docenas de libros mostrando cómo inventar hechizos, cómo "abrir un canal" al más allá; otros describían mandamientos de brujas o técnicas wicca, cantos celtas para hablar con los ángeles e incluso estrategias de vudú para el vidente moderno. Había también libros sobre el silencio, la gratitud, la felicidad autoinducida y el amor propio como herramientas psíquicas. Me sentí casi feliz. Tal vez podía autoenseñarme a ser clarividente una vez más. Quería volver a experimentar ese increíble sentimiento de amor que se siente cuando ves una vez más el mundo como es realmente: un lugar lleno de gente que intenta hacer lo mejor que puede con lo que sabe, algunos con mucho miedo a no ser suficientes, a no ser amados. Y a lo mejor, si aprendía la lección bien esta vez, tal vez aún podría ayudar a otros y ayudarme a mí misma a liberar mis días de toda la basura que el arrepentimiento, la tristeza, la culpabilidad y el odio a mí misma habían almacenado en el garaje de mi vida.

Anoche, después de ver a Jorge y sabiendo que hoy íbamos a ver a un psíquico, intenté todas las cosas prescritas por mi tatarabuela en su diario. Había prendido velas, puesto música, orado, visualizado y sostenido los libros que me había dado Héctor durante el tiempo que pasamos juntos porque él había imbuido en mí cada uno de ellos con alguna intención, y cada uno de ellos había inspirado una emoción en mí. Viéndolos me di cuenta de que esos clarividentes encuadernados habían predicho cada curva y cada giro de nuestra relación. Ahí estaba el comienzo, desesperado y sexy, en el *Amor en los tiempos del cólera*. *Dientes blancos*, de Zadie Smith, era simpático y encantador; me cautivó de la forma más libre y desinhibida, como Héctor en la etapa intermedia de nuestro romance. Y ahí, entre ellos, estaba *Chiquita*, que había predicho nuestro final, con la ayuda del mismo Héctor. Pero no podía sentir ni el más leve rastro de Héctor, a pesar de las horas que pasé con las manos sobre ellos, orando y deseando comunicarme con él por última vez.

Sin embargo, ahora, aquí, rodeada por libros y por la gente que los amaba lo suficiente como para seguir intentando venderlos, de repente me sentía convencida de que alcanzaría a Héctor si seguía intentándolo. Que hablaría con él y descubriría lo que pasó, y que, una vez que lo hiciera, estaría a salvo de que la policía descubriera que yo había sido la última persona que lo había visto con vida y me culpara de su muerte. Entonces, y sólo entonces, sería capaz de desprenderme de este miedo paranoico y llorar, no ya su muerte, sino la forma en que las cosas habían terminado, tal vez incluso encontrar paz ante la muerte de la gente que había amado.

Esa tarde entre palabras me hizo entender que no podía dejarle las cosas a otro. Que ningún psíquico iba a aparecer mágicamente y ver lo que yo no podía ver por mí misma. Pero descubrirlo no me debilitó, como lo hubiera hecho antes. En lugar de ello, me inspiró, convenciéndome de que, de algún modo, iba a lograr recomponerme, reunir mis dos mitades —la mujer y la clarividente— en una sola.

Seguí buscando más libros que me orientaran en esa dirección; libros sobre la reflexión interior, los rituales de gratitud; sobre cómo crear espacios psíquicos, cómo jugar con imágenes como una forma de despertar la intuición y muchas otras cosas que me parecía que todo el mundo debería hacer regularmente, como se hacen una pedicura o un corte de cabello. Cosas normales y naturales, cosas que tienen que ver con que soy parte de un todo, igual que tú, y no un fenómeno aislado por la virtud de ser capaz de ver, sentir y escuchar lo que aparentemente otros no pueden.

Minutos después, había escogido *Opening to Channel*, de Sanaya Roman y Duane Packer; *Cómo controlar el mundo desde tu sofá*, de Laura Day; el clásico *Vida después de la vida*, de Raymond A. Moody, Jr.; y, casi como una idea tardía, *101 Ways to Jump-Start Your Intuition*, de John Holland. Me bastarían para comenzar.

Tomé un taxi a casa y cuando el carro se acercó a la intersección de la avenida 20 y la Calle Ocho, la esquina donde Héctor me había dejado hacía sólo unos pocos días, pagué y me quedé parada allí, reviviendo esa última tarde que habíamos pasado juntos, como lo recomendaba el prólogo de uno de los libros que acababa de comprar. Entonces caminé como una cuadra hasta Del Tingo al Tango, concentrada en mi meta: conectarme con Héctor para entender cómo había muerto y por qué y reconciliarme con el hecho de que había muerto y que no había visto su muerte a tiempo para prevenirlo.

Su librería se veía bella, como una dama, aún más hermosa en su dolor, en su duelo. El letrero de "Cerrado hasta nuevo aviso" parecía un medallón victoriano colgado del picaporte, cual del cuello de la mujer triste que me parecía el local ahora. Entonces pasé la mano sobre el cristal de la puerta de entrada, viendo las marcas de mis dedos sobre el, trazando un camino hasta el picaporte, y el cambio fue inmediato. Intensos escalofríos se dispararon desde el interior de mi muñeca derecha hacia el interior de mi codo derecho hasta que retiré la mano, con la respiración agitada, escuchando… ¿qué era ese sonido? Una canción. Sí. De un radio lejano pude percibir la letra a todo volumen de una canción de Tito El Bambino sobre el perdón. ¿Era un mensaje? Si lo era, ¿estaba diciendo que mi primera misión era perdonar a Héctor? ¿A mí misma? ¿A mi madre? ¡Woa! ¿De dónde había salido eso?

Me quedé allí un poco más, esperando otra señal. Finalmente desistí y recorrí el resto del camino a casa, sabiendo que, a pesar de mi impaciencia, mi reeducación como clarividente se daría a su propio paso. No la iba a poder apresurar por más que quisiera. Ella regresaría cuando regresara, y yo tenía dos opciones: podía alejarme de ella, dándome por vencida, sin nada que mostrar después de todo mi sufrimiento, o podía quedarme allí, esperando testarudamente, para recibirla cuando volviera, si es que alguna vez lo hacía.

Capítulo 21

¿Sabes lo que se siente dormir con un muerto? ¿Sentir *aquello* bajo tus sábanas; la turgencia de su despertar en la mañana?; de eso que ocupa el espacio entre sus piernas, ahí, pero sin estar realmente ahí, excepto por su rabia que trasciende desde otro plano, de alguna parte muy dentro de él, ante la imposibilidad de ser quien antes era?

Pero no me malinterpretes. Tú sí vas a sentir algo cuando duermas con un hombre muerto. Sentirás la urgencia de su necesidad manifestándose en formas inesperadas. Podrías, por ejemplo, sentir lo que él recuerda de su "hombría" (así, entre comillas, porque no acepto que la hombría resida en esa cosa ridícula que se para como un resorte, una broma tonta como diciendo: "¡Sorpresa!" y que, sin embargo, tanto daño es capaz de hacer a niños y a mujeres, pero también a los más débiles, sin importar su sexo o su edad), su "esencia" masculina, fría y afilada, empujando, presionando, o tratando de presionar, el punto medio entre la parte carnosa de tus nalgas como si fuera rayo láser; un estrecho y sumamente enfocado campo de energía.

La razón para todo eso es que un hombre no tiene que estar vivo para delirar. Yo nunca le di a Héctor mi trasero en vida. ¿Qué le hacía pensar que se lo iba a dar ahora, a menos que la muerte le hubiese dado por volverse loco de remate? ¿Has escuchado hablar de la locura senil? Pues esto era un caso extremo que no se dio con la vejez, sino con la muerte. Todo lo cual prueba que es pura basura lo que hayas escuchado en velorios y funerales. La muerte no te convierte en una mejor alma, mucho menos en una persona más consciente o más profunda.

—*¿Flaca?* —escuché su mote de cariño argentino, pero mantuve los ojos, la boca y otros agujeros en posición de *closed*.

—*¿Flaca?* Cho sé e vos estás ahí.

Miércoles. Mierda, *shit* y *merde*.

—Cho sé… cho sé… que vos… cho.

Seguí tiesa y quieta como una barra de jabón. Quería estar segura de que realmente estaba escuchando lo que creía estar escuchando.

—Cho sé e tú… podés… escucháme —dijo ahora, seguido por algo ininteligible.

—¿Qué? —susurré esta vez, dándome cuenta de que aunque fuera posible que él supiera que, efectivamente, yo lo estaba escuchando, eso no quería decir que también supiera que no le entendía ni papa. ¿Te imaginas? Mi amante, que (posiblemente) había sido asesinado, había regresado de la muerte para decirme algo y yo no podía comprender una sola palabra.

De pronto, él estaba sobre mí, como el agua que se siente sólida debido a la cantidad y a la velocidad con la que caes en ella, o con la que ella cae en ti.

—Me estás asfixiando.

—*¿Flaca?*

—¡Qué flaca de qué! Sal de encima de mí, pero ya, ahora mismo.

Es que era como tener un ataque cardiaco: un enorme peso presionando y aplastándome el pecho. ¿Me querría matar Héctor? Tal vez pensaba que yo lo había matado a él y estaba tratando de cobrársela llevándome con él. Como no podía estar segura, y no podía entender lo que decía, peleé, revolcándome como una adolescente poseída, en extrema necesidad de un exorcismo.

—Por fa… por favor, Mariela —dijo él, aunque a decir verdad sonaba más como Me-ríe-la—. Te "lecesito". Escuchame, por favor. No me puedo ir.

—¡Qué me sueltes ahora mismo, te digo!

Y me soltó. Lo sentí irse, o más bien sentí un gran espacio vacío en el lugar donde había estado aquella urgente energía, por donde ahora pasaba una brisa, un aire, aunque leve.

—¡Espera! —dije cuando pude respirar.

Nada.

—¿Héctor?

—¿Mijor así? —masculló desde algún lugar al final del pasillo, fuera de mi habitación.

—Sí. Pues sí, la verdad. Mejor —dije después de unos segundos.

—He checho algo malo.

—Sí, pero está mejor ahora que no estás tan cerca.

—No... Cho... hice algo maaaaaalo.

—¿Qué hiciste?

—¡Es que no o sééééé!

Bueno, tampoco tenía que comerme por no entender lo que carambas decía. Si antes su acento podía hacer que entenderlo fuera difícil, ¿te imaginas ahora con un doble acento, el argentino y el fantasma? Si fuera una cubana vulgar, diría: "De pinga, mis queridos amiguitos". Pero como no lo soy, diré: "Sencillamente terrible".

—Héctor... ¿Tú... hiciste esto? ¿Tú... te suicidaste? —le pregunté a su alma o a esa parte de él que estaba en la habitación, invisible para mí.

Él no me contestó con palabras, pero sentí su respuesta, un "jumfff", como queriendo decir: "¿Pero vos te has vuelto loca, che? ¿Yo (o cho) suicidarme? ¡Jamás!".

—Flaca... escuchá... hice algo malo. Y cho... cho o siento... muuucho.

¿Pero qué me pasaba? ¡Estaba escuchando a Héctor! Estábamos conversando, bueno, casi conversando. Lo había logrado.

—Héctor, no puedo creer que te esté escuchando. Nunca pensé que podría hacerlo, y... y yo también lo siento. Siento haberme enojado tanto que hasta dije que te deseaba la muerte, pero no era cierto. Siento haber actuado como lo hice, y siento mucho mucho que no estés —dije apurando mis palabras ante el miedo de perderlo otra vez, de perder concentración por estar sobrecogida por la emoción, el asombro y la gratitud, y ya no poder escuchar su voz de nuevo.

—Perá… Echos vierten.

—¿Quiénes? ¿Qué es lo que vierten? ¿Héctor?

—Cho me voy.

—No, no, no, no, no, espera, no te vayas. Dime qué pasó. ¿Quién te hizo esto? —le pregunté tratando de retenerlo, preguntándome si había perdido la razón por pensar que podía escucharlo, cuando era imposible que de pronto lo estuviese haciendo, tras tantos años de defender mi política estricta de "no se permiten fantasmas" en mi vida.

—Por tiiiiiii —dijo él.

—¿Por mí? ¿Había muerto por mí?

—Echos están vir… tiendo. Cha casi…

De repente estaba muy asustada. Tan asustada que un grito se escapó de mi garganta cuando escuché dos fuertes golpes en mi puerta.

Salí de la cama, me puse el kimono rosado que siempre tenía cerca de la cama y corrí a la sala que, a diferencia de mi cuarto, estaba iluminada por una luz de sol cegadora y naranja.

—¿Sí? —les pregunté a los dos policías que no había visto en mi vida, tras atisbar por el mirador de la puerta.

No estaban uniformados, pero me mostraron sus credenciales y me dieron sus tarjetas de presentación.

—¿Mariela Esteves?

—Sí.

—Nos gustaría que nos acompañara a la estación.

—¿Para qué?

—Hay nueva información en el caso de la muerte de su inquilino y sería conveniente que viniera con nosotros para contestar algunas preguntas con relación a esta nueva información.

Ellos hablaban, pero yo no escuchaba. Estaba tan nerviosa que esperaba que en cualquier momento uno de ellos me agarrara de la muñeca, me esposara y me dijera que estaba bajo arresto por el asesinato de Héctor Ferro.

—¿No podemos hablar aquí? Ni siquiera estoy vestida. Me acabo de levantar.

—Preferiríamos que viniera con nosotros. No tiene que hacerlo ahora. Usted tiene nuestra tarjeta, venga cuando pueda, pero nos ayudaría si usted…

—No, no, ¿saben qué? Yo no tengo carro y no salgo mucho del barrio. Y… no tengo idea de dónde es este lugar —dije mirando la tarjeta—. ¿Pueden esperar unos minutos en lo que me visto?

Yo necesitaba saber qué le había pasado a Héctor, ¿no? Aparentemente, ésta era mi oportunidad.

—¿Hay algún problema, Mariela?

Era Gustavo que salía en ese momento, de seguro para ir a trabajar, y se encontró con que los detectives bloqueaban mi puerta y, por ende, la suya.

—No pasa nada, Gustavo. Pero ¿podrías decirle a Iris que voy a la estación de policía a contestarles algunas preguntas a los detectives?

—¿Por qué?

—No estoy segura.

—¿Entonces por qué vas a ir? Espera —me dijo a mí. Y a ellos—: ¿ustedes la están arrestando?

Los detectives se voltearon para mirarlo.

—¿Por qué la estaríamos arrestando? —dijo uno de ellos, mientras el otro aclaraba:

—No la estamos arrestando, señor.

—¿Qué está pasando, Mariela? —me preguntó Gustavo ignorándolos y dejando claro que no confiaba en ellos, que no les creía y que para él no eran nadie.

—Nada, Gustavo. No es nada. No te preocupes. Sólo asegúrate de que Iris sepa dónde estoy, ¿okay? —y le di la tarjeta que los agentes me acababan de entregar.

Entré a vestirme, temblando como una hoja. Quería darme un duchazo, pero estaba tan nerviosa, y sentía mi espacio tan invadido —primero por Héctor y luego por los detectives— que no podía pensar. ¿Qué estaba pasando? ¿Acaso creían que yo tenía algo que ver con la muerte de Héctor? ¿Cómo iba a probar que yo estaba aquí en casa, durmiendo, la noche que Héctor murió?

Me vestí a la carrera con unos jeans y una sudadera con capucha que pesqué de la canasta de la ropa sucia, sin dejar de mirar por encima del hombro, con la esperanza de que Héctor regresara y me dijera lo que había tratado de decirme. ¿Vertiendo? ¡Viniendo! Viniendo por mí. Eso era lo que había tratado de decirme, porque no podía ser una coincidencia que hubiera podido escucharlo justo antes de que la policía viniera a buscarme. No era yo la que lo había logrado. Lo había escuchado porque él quiso que lo escuchara. Porque tenía algo que decirme, de qué advertirme.

Cuando salí al vestíbulo de entrada con mi bolso de cuero colgado del hombro y nada más, supe que éste era el momento que había estado temiendo desde la noche de la muerte de Héctor.

Gustavo seguía en el pasillo, de pie, con los brazos cruzados, mirando fijamente a los detectives como si se creyera gárgola de Notre Dame. Ellos, firmes donde estaban parados, le devolvían la mirada sin pestañear, como vaqueros en una película sobre el Viejo Oeste.

—Gustavo, deja el drama y vete a trabajar. No te preocupes. Sólo llama a Iris. No te olvides, ¿okay? —dije antes de subir a un auto sin marcas ni insignias, pero cuyo diseño gritaba: "¡Policías!", que imaginé me iba a conducir a toda velocidad a ese rincón del infierno destinado para aquéllos que, como yo, habían sido tan pero tan estúpidos que se las habían ingeniado para ser erróneamente acusados del único crimen en la vida que jamás habrían podido cometer.

Capítulo 22

¿Que qué pasó después? Pues que todos se enteraron de que Héctor había sido mi amante. Al parecer, cuando yo me fui con la policía, Gustavo corrió a casa de Iris y le soltó que me habían llevado por algo relacionado con su muerte, sin darse cuenta de que ella estaba al teléfono con Betty, la compañera de Marita, que es tan psicológicamente incapaz de guardar un secreto que debería ser periodista.

Además, y sin que yo lo supiera, Ellie había estado haciendo sus rondas por Coffee Park, por la lavandería e incluso por la farmacia naturista, informándole a todo el que la escuchara que yo había tenido un affair con Héctor, y que ella misma con sus oídos nos había escuchado pelear la noche antes de que lo hallaran muerto porque yo era una *crazy bitch* (una puta loca) que la había echado de su apartamento injustificadamente, única razón por la cual ella se encontraba en el "lugar de los hechos" recogiendo los artículos personales que yo le había lanzado a la calle, en una noche de lluvia, nada menos, cuando alcanzó a escuchar la "tremenda trifulca".

Me la imaginé regresando por sus cosas y escondiéndose entre los arbustos cuando nos escuchó a Héctor y a mí pelear. Es muy probable que aún estuviera allí cuando, minutos después de que él se fue, yo boté la carta que me faltaba. Probablemente la sacó del contenedor, pensando que podía serle útil: una venganza fácil por haberla echado, el regalo perfecto del dios de las boquisucias aspirantes a delincuentes.

Lo cual significaba que el cuento había estado dando vueltas por Coffee Park hacía más de una semana, incluso mientras Olivia y yo llorábamos la muerte de Héctor y esperábamos los resultados de su autopsia. La confirmación de Betty, escuchada directamente de boca de Gustavo, era la prueba final de que las lenguas de Coffee Park habían estado esperando para permitirse rienda suelta con el chismerío.

La venganza de Ellie fue también la razón por la que me citaron a declarar al cuartel.

Después de regar suficiente veneno como para matar a una vecindad entera, o al menos mi relación con la gente que vivía en ella, Ellie le había dado la maldita carta a un policía que frecuentaba el McDonald's en el que ella trabajaba. La carta, que confirmaba de manera específica y en mi propia letra que yo no sólo esperaba ver a Héctor la noche de su muerte, sino que también anticipaba que rompería conmigo esa misma noche. El simple hecho de que Ellie hubiera encontrado la carta en mi contenedor de reciclaje con el "buen trabajo" de Héctor de su puño y letra, era sólo el domo que faltaba para terminar la catedral, desde el punto de vista de los investigadores.

—¿Por qué deshacerse de la evidencia si no tiene nada que esconder? —me preguntó esa mañana uno de los detectives; Martínez, creo que era su apellido.

—Yo no sabía que era evidencia de nada cuando la boté.

—¿Entonces por qué la botó?

—¿Por qué no?

—¿No querría conservar algo tan privado?

—No. ¿Y sabe qué? Creo que el hecho de que la haya tirado debería decirle que yo no tengo nada que ver con esto.

Claro que les había dado que pensar el hecho de que por poco me desmayo cuando, minutos después de iniciado el interrogatorio, me mostraron la carta que yo había buscado tan desesperadamente, que quería tener en mis manos antes de que llegara a las suyas.

—Nadie ha dicho que usted tenga algo que ver —dijo el otro (un detective cuyo nombre no puedo recordar, pero que parecía más un modelo que un policía: ojos grandes, nariz larga, labios jugosos y una piel negra y sedosa) mientras transcribía a su computador la declaración que me habían pedido que escribiera en una hoja blanca de papel, y cuyo contenido ellos "sólo estaban repasando" conmigo ahora.

—Pero, a ver, por curiosidad solamente, ¿cómo es que la carta prueba que usted no está involucrada? —preguntó el detective Martínez.

—Porque si hubiera sabido que iba a matarlo, no habría tirado la carta en mi propio receptáculo de basura, donde cualquiera podía encontrarla y saber que era mía.

¡Ja! ¡Chúpate ésa en lo que te mando la otra!, como diría una mis clientas puertorriqueñas. Pensaba que mi respuesta tenía tanto sentido que, por primera vez desde que me había levantado esa mañana, me sentí lo suficientemente relajada como para reclinarme, sentándome cómoda, o lo más cómoda que era posible, en la silla, a esperar a que el detective terminara de evaluar mi deducción lógica y me felicitara por ella, diciéndome que podía irme y que lamentaba haberme hecho perder el tiempo al traerme.

—Tal vez aún no había decidido que iba a matarlo y simplemente olvidó que había botado la carta en el sofocón del momento.

—¿Sabe qué? ¿Ya terminamos aquí? Porque estoy un poco cansada y ya le puse por escrito todo lo que tenía que decir.

—Entiendo, entiendo, y lo siento… Pero sigamos su propia lógica hipotética por un segundo más. Si no tenía nada que ocultar, ¿por qué no admitir la naturaleza de su relación con el señor Ferro, sobre todo cuando se entera de que algo tan serio como la muerte bajo circunstancias sospechosas le había ocurrido justo frente a su edificio?

Ahora era él quien tenía el sartén por el mango, y era yo la que tenía que admitir, aunque sólo fuera a mí misma, que mi silencio me hacía lucir más que culpable, aun cuando el silencio se debiera a un intento, bastante normal, pensaba yo, de mantener en secreto el affair.

Seguí respondiendo sus preguntas —cada una más invasiva que la anterior— preocupada, y preguntándome cada dos minutos si había llegado la hora de pedir un abogado, pero sin el valor de hacerlo.

Ahora todo estaba más claro. Ignorante de las murmuraciones de Ellie, y perturbada por la muerte de Héctor, no había sumado dos más dos, pero ahora comprendía por qué la gente había comenzado a cambiarse de acera al pasar frente a mi portal camino a la escuela para recoger a sus hijos. No era porque estuvieran incómodos con la muerte en general. Era porque sabían que existía la posibilidad de que yo estuviera sentada frente a la ventana, en mi computadora, y tuvieran que escoger entre saludarme o, dudosos de si yo era o no una asesina, voltear la cabeza ignorándome, lo cual, en cualquier caso, resultaría más que incómodo, aun en la mejor de las circunstancias. Casi podía ver sus caras al leer los titulares si yo era arrestada por la muerte de Héctor: el titular del *Miami Herald* diría: "Casera mata inquilino-amante casado". El *Miami New Times* me llamaría la Amante Asesina de Coffee Park. Incluso el canal 6 WTVJ realizaría una intervención para su noticiero de las seis, en vivo desde mi portal vacío, para reportar cómo yo había sido sacada de mi casa por la policía y arrestada en conexión con el asesinato de mi supuesto amante, un prominente hombre de negocios de la Pequeña Habana y miembro del mundo literario, cuya esposa también era mi inquilina y vivía justo al subir las escaleras, a sólo pasos de donde la bella, joven y moderna reportera estaría transmitiendo la noticia. Créeme: sería famosa de la peor manera que se puede ser famoso en Coffee Park.

Desafortunadamente, después de contestar todas las preguntas de los detectives y de que me permitieran irme a casa porque no tenían más preguntas "por el momento", regresé a Coffee Park sólo para tener que escuchar las historias de boca de Iris. Aparentemente, ella había estado a punto de poner en su lugar a la propietaria de The Little Vintage Shop Down the Street por decir que le preocupaba que mi participación en el crimen de Héctor pudiera alejar a sus clientas, que temerían una ola de crímenes en Coffee Park.

La bicha esa —dijo Iris; "bicha" era su traducción montaraz para ese insulto, tan universal como versátil, que es la palabra *bitch*—. Todo por la vez aquella que le dijiste que debería acortar el nombre larguísimo que le puso al negocio de mierda ese. Déjame decirte que si algo va a asustar a la gente y a espantarla de su negocio es el siseo del enorme gato negro que ella permite que vague por toda la tienda y se siente en la mercancía como si fuera el dueño del lugar. Aun así —siguió diciendo Iris, tratando de hacerme sentir mejor— hubo mucha gente que no dijo nada y se negó a seguirle la corriente a esa chismosa drogadicta de Ellie.

Pero tuvo que admitir que esos que se habían quedado callados no lo habían hecho porque creyeran que yo era inocente, sino porque no querían darle el gusto a la gente de la Pequeña Habana de tener una nueva razón para ridiculizar a Coffee Park y su reputación como oasis del liberalismo floridano. ¿En resumen? Yo era ahora persona non grata en mi propio vecindario, lo cual prueba que no es cierto lo que la gente dice: los liberales sí tienen límites y trazan la raya ante el asesinato. ¿O no? Porque, de acuerdo con Iris, el problema más grave no era que yo pudiera haber matado a Héctor, sino que me había estado acostando con él en el mismo vecindario donde también vivía su esposa. O sea, no era el acto, era el contexto y la ubicación, ¿qué te parece?

Si Olivia hubiera vivido al menos un par de cuadras más lejos, si yo hubiese tenido la decencia de buscar a alguien en una ubicación un poco menos conveniente, quizás hasta habrían recolectado dinero para mi causa y creado pancartas con mensajes denunciando el exceso policial y pidiendo que "Liberen a Mariela Esteves". Pero no cuando yo había tenido el descaro de andar con Héctor a pasos (¡a pasos, literalmente!) de su esposa. Había miles, acaso millones de hombres infieles en Miami. ¿Por qué no había escogido a otro, carajo? Eso era lo que no podían perdonarme, y yo no los culpaba.

A raíz de la conversación con Olivia, yo había reconsiderado lo ocurrido y había decidido que lamentaba lo de Héctor. Que lamentaba haber sido tan estúpida de convencerme a mí misma de que era válido salir con hombres casados. Lo lamentaba todo.

Cuando había sido yo la engañada, me había sentido fea por dentro y por fuera. Burlada. Poco femenina. Una tonta. Eso me hizo decidir que tenía el derecho de crear ciertas reglas que me protegieran de caer de nuevo en esa posición. Que era justo dejar que, a estas alturas de mi vida, otra tonta fuera la esposa confiada. Que fuera otra la despojada del amor propio que pudiera tener; el objeto que se devuelve a la tienda o se intercambia por algo que parece mejor.

No me di cuenta de ello en ese momento, pero ese día con Olivia vi algo sorprendente. En vez de la mujer fea y sin valor que pensé que era yo cuando había sido la engañada, vi a una mujer dueña de sí misma, elegante, fluida y auténtica, que asumía con entereza las buenas y las malas decisiones que había tomado en su vida. Aun en medio de la tristeza y posiblemente aun en medio de su culpa, ella se había mantenido íntegra, abierta, una presencia que nadie, ni siquiera Héctor, había sido capaz de minimizar. Esa tarde, por primera vez, había visto a Olivia realmente, y comprendí que la víctima del desamor, o del mal amor, no tiene nunca que sentir vergüenza o bochorno; la esposa sigue siendo una mujer, el matrimonio es otra cosa, una construcción de dos, y se convertirá en lo que ambas personas hagan de él, y la decisión de cualquiera de los dos de estar con alguien más no le quita valor al otro ni lo disminuye como persona.

En cuanto a mí, yo ni siquiera podía usar el amor como excusa. Mis motivos habían sido la soledad y la inseguridad, pero ¿era eso una excusa tan válida como el amor? Ese día pensé que no y, aparentemente, eso mismo pensaron mis vecinos. (Desde entonces también he cambiado de opinión al respecto. Creo que únicamente estando loca volvería a tener un romance con un hombre casado, pero como he vivido en carne propia lo profundamente insistente y lacerante que puede ser la puta soledad, tampoco seré yo la que corra a juzgar a quien lo haga).

—*Screw them!* Al carajo con toditos ellos —dijo Iris esa tarde desde el estrecho asiento trasero de la camioneta Tacoma color rojo oriental de Gustavo mientras viajábamos por la avenida 27, considerada "las afueras" de la Pequeña Habana, a donde íbamos a hacer nuestras compras con el propósito de evitar a los chismosos con sus miradas y sus murmuraciones.

—Ya se les pasará, querida, y si no, ¿qué carajo? Si todos ellos tienen sus esqueletos embarrados de mierda en el clóset. Tienen suerte de que yo no hable, porque si lo hiciera, ay, mi madre, ¿pa' qué contarte, mi hermana?

—Igual quiero saber todo lo que dicen a mis espaldas. A ver. Sígueme contando. ¿Qué están diciendo? —pregunté sonando como Olivia.

—A mí, nada. Todos saben más que meterse conmigo cuando tengo el estrés subido. Pero este mongo… —dijo Iris señalando con la barbilla a Gustavo, que se hacía el que estaba concentrado en el manejo—. Es como si le hubiera hecho una promesa a todos los santos y tuviera que ser Don Encantador con todos esos hijos de p…

—¡Iris! Afloja, vieja. ¿Así habla una diseñadora de moda? —dijo Gustavo.

—Llamarme vieja no va a hacer que yo hable de otra manera, ¿tú sabes eso, verdad?

—Te lo digo de cariño, porque te quiero —le aclaró él antes de susurrarme—: ñooooo. El que se la fume, pierde el vicio.

—Son los nervios, Mariela. Cuando Gustavo llegó corriendo, blanco como un fantasma, pensé que me iba a morir imaginando todas las cosas que podían hacerte. Odio decírtelo, amiga, pero no creo que sobrevivieras en la cárcel. Ojalá tuviera yo un poco de *fuck you money* para dártelo y que no tuvieras que aguantar a los desgraciados hijos de puta estos…

—¿Quién dice que voy a ir a la cárcel? —pregunté desafiante—. ¿Y qué caramba es *fuck you money*?

—Es cuando tienes dinero para decirle *fuck you* a cualquier trabajo, a cualquier jefe, a cualquier marido, o a quien sea que esté tratando de joderte la vida, porque no los necesitas: tienes *fuck you money*. Y ni hablar de clientes. ¿Has pensado cuánto va a afectar esto tu negocio? ¿Quién te va a contratar para que les prepares los impuestos? ¿Quién va a rentar el apartamento justo al frente de donde vivía el hombre que tú supuestamente mataste?

Sí. Lo había pensado. Pero también había expulsado el pensamiento de mi mente porque no se puede con todo a la vez y tenía problemas más graves en ese momento: un par de policías preguntones que no parecían haber terminado conmigo.

Más tarde, cuando íbamos de regreso del supermercado, Iris preguntó:

—¿Y qué vas a hacer con Morticia?

—Se llama Olivia —la corregí.

—Sí, eso es lo que quise decir, Olivia, la puta frígida esa —murmuró Iris.

—A ver, Iris, ¿por qué es ella la puta? ¿O es que ahora ella me debe algo, o tiene la culpa de que yo me acostara con su marido?

—Aun así —dijo Iris obstinadamente—. Y sí tiene la culpa si fue ella la que lo mató, Mariela. Y sí te debe algo si encima de eso te ha convertido en una paria en tu propio barrio. ¿O tú crees que no te debe nada por eso?

—Pero fíjate que ella sólo cuestiona la parte de puta, Iris. Lo de frígida pasó con ficha —dijo Gustavo en un débil intento de hacer una broma para evitar una pelea, porque cuando a Iris no le cae bien alguien, no hay modo de detenerla—. Yo creo que Mariela sabe algo que nosotros no sabemos.

Lo que yo sabía era que, a pesar de estar tan agradecida con Gustavo e Iris, de repente me sentía sola. Como si estuviera allí sin estarlo, exiliada a pesar de no haber ido a ninguna parte, existiendo en un espacio donde nadie podía realmente acompañarme.

—Sorry, Mariela, no nos hagas caso, pero lo que yo no entiendo es ¿por qué Héctor? —preguntó Gustavo.

¿Ves lo que te digo? Ni siquiera mis amigos eran inmunes. Tal vez los había dado por sentados, a ellos, al cariño que me tenían y hasta su liberalismo y su filosofía de vivir y dejar vivir. Quizás ellos estaban secretamente tan decepcionados conmigo como parecían estarlo todos los demás.

—Yo no sé, Gustavo. ¿Por qué no declaramos abiertamente que soy una tremendísima puta y lo dejamos así y ya? ¿Te parece?

—No, oye, no te pongas así, mimi, si eso no es lo que el mongo comemierda este quiso decir… —dijo Iris dándole un sopapo en la cabeza por encima del asiento—. Lo que quiso decir, lo que preguntaba era si tú… si lo amabas.

—Ah —dije, aliviada de que no me estuvieran juzgando, entendiendo que sólo intentaban comprender y que, como mis amigos que eran, merecían una respuesta.

—Nunca lo supe realmente, Iris. Lo único que sé es que hubo un momento… tuve un momento en el que necesité que alguien estuviera ahí conmigo, en el que no fui capaz de seguir con tanta soledad. Él estuvo conmigo cuando importaba y yo siempre lo voy a querer por eso. Si eso es amor, pues lo amé —argumenté, sorprendida de la facilidad con la que podía explicarles a ellos mi relación con Héctor, aunque fallara a la hora de explicármela a mí misma.

Gustavo asintió y dijo:

—Okay, está bien, entonces vamos a preocuparnos de lo que debemos preocuparnos, que es encontrarte un buen abogado, tú sabes, por si acaso.

—¿Por si acaso qué?

—¿Ah, pero no estabas escuchando a Iris? En caso de que la policía quiera hostigarte y tú no tengas *fuck you money* con el cual protegerte.

Conversando, habíamos llegado ya al edificio y estaba a punto de salir del carro cuando la mano de Iris salió disparada como una cuchilla retráctil y me agarró el abrazo.

—Uhn-uhn. Recuerda: las ventanas ven. Levanta esa barbilla, la espalda recta, los hombros hacia atrás, el pecho bien levantado y *siempre* mirando hacia al frente, ¿okay?

Gustavo se había estacionado en su espacio frente al edificio, pero ella no me dejó bajarme hasta que sonreí, me erguí y salí de esa camioneta con mi bolsa de mercado como si no tuviera nada de qué avergonzarme.

Los besé y les agradecí, y estaba a punto de entrar cuando vi a Abril y a Henry caminando hacia nosotros. Abril lucía un vestido negro con una falda acampanada y Henry vestía pantalones grises, una camiseta blanca y una corbata negra. Pensé que se veía adorable, y entonces me di cuenta de dónde salían: de la iglesia.

Por supuesto. Debido al retraso del funeral por causa de la autopsia, debió haber una misa por Héctor en la iglesia unitaria de Coffee Park y nadie me lo dijo, probablemente porque la gente que pudo habérmelo dicho no me hablaba, y los que sí me hablaban… Bueno, digamos que en ese momento fue que comprendí la insistencia de Iris y Gustavo de hacer el mercado lo más lejos posible de Coffee Park esa noche.

—Abril, ¡Abril! —la llamó Iris, pensando que no nos había visto. Pero Abril no se apresuró ni reconoció su saludo. Cuando llegó a nosotros se detuvo frente a mí y me miró con un desdén rabioso, como si se estuviera conteniendo para no abofetearme.

—Lo siento, Iris. Pero yo no puedo ser hipócrita y hablarle como si no pasara nada —y siguió caminando sin dirigirle la palabra a Gustavo. Vi a Henry, que, arrastrado por su madre, volteó a mirarme con una sonrisa tímida, casi reservada, como si yo me hubiese convertido en una extraña de un día para el otro.

Se me rompió el corazón. Quedé, vaya, hecha mierda. Sentí el pop de dolor en mi pecho, como el estallido cuando se funde una bombilla grande dejando sólo el triste tintineo de pequeños fragmentos de vidrio, dentro de una bombilla que ya no servía para nada, como yo.

Es que ¿pa' qué?

—Así que ¿hubo un servicio en su memoria? —pregunté a los dos compinches que tenía de frente, aún mirando a Henry y lamentando no haber estado en la iglesia, porque sí, a pesar de todo, tenía el descaro de estar herida de que Olivia no me hubiera invitado a la misa de Héctor.

—Sí, hubo un servicio, pero fue organizado por el centro naturista donde la esposa era voluntaria. Ellos realmente no invitaron a nadie formalmente. Sólo pusieron anuncios en algunos lugares alrededor del parque. Pensamos que era mejor para ti no ir, así que no te dijimos —admitió Iris, recogiendo las bolsas de su mercado, una en cada brazo—. Lo siento, Mariela. Oye, voy a hablar con Abril. No lo tomes a mal. Ella todavía está un poco en shock. Tú sabes que ella no es de juzgar. Es que el servicio debe haberla impresionado.

Yo no tenía idea de lo que Abril era o no era, pero le dije a Iris:

—No, no. No hables con ella. Déjala. Está bien.

Y realmente lo estaba, porque en el mismo instante en que me vi en la mirada de ira de Abril, había visto algo más. Algo importante: a Abril y a Héctor muy cerca uno del otro, mirándose a los ojos. En mi visión había tensión, como si ellos fueran adversarios enfrentándose, no exactamente lo que se espera de nuevos amantes. Pero aun así había una tensión electrizante que sugería que había algo más de lo que podía haber entre simples vecinos. ¿Habían tenido un affair ellos también? No estaba segura de si eso aclaraba la muerte de Héctor o la hacía más confusa, pero si fueron amantes, eso aclaraba al menos la actitud y la prisa de Héctor por terminar nuestra relación justo antes de morir. ¿Podía confiar en esta visión tan súbita y tan fuera de contexto? ¿Estaba regresando mi capacidad de ver? En otras palabras: yo había sido capaz de escuchar a Héctor justo esa mañana, ¿no es cierto? Entonces, ¿estaban mis esfuerzos finalmente dando resultados? ¿Podría Abril ser la pista que faltaba para aclarar la muerte de Héctor?

Pero entonces recordé cómo, en las semanas antes de que él muriera, ella había hecho todo lo posible por ser amiga de ambos, de Héctor y de Olivia. Una mujer que tiene un romance con un hombre casado no se acerca a su esposa, ¿o sí? (o al menos no aquellas mujeres normales que no están locas como yo). Y Abril había ido al servicio religioso en memoria de Héctor. Eso no tendría sentido si hubiera tenido algo que ver con él. No. Lo que tenía sentido era que yo me había equivocado una vez más, pensé, recordándome que un error no era razón suficiente para volver a perder la confianza. Nadie había dicho que la clarividencia tuviera que ser perfecta.

Iris corrió detrás de Abril y Henry y yo me volteé para despedirme de Gustavo antes de entrar, pero su aspecto me paralizó. Es increíble cuán instantáneamente un amor perdido puede cambiar la disposición hasta de los poros del rostro de una persona. Parecía como si un enorme peso, aún más enorme que el de los últimos días, estuviera obligando a las comisuras de sus labios a buscar su barbilla, desalineando todo lo demás. Sus pupilas estaban inquietas, yendo de aquí para allá, como si fueran las de los ojos de un hombre ciego.

—Todo va a estar bien —le dije antes de correr a mi apartamento con mi bolsa de comestibles sin siquiera esperar su contestación. (¿Qué más me podía decir?). Solté todo lo que traía en el piso al lado de la entrada, quitándome la ropa mientras caminaba, y me dirigí directamente al baño; mi mente me hacía jugarretas: de tantas ganas que tenía de un baño que me relajara hasta me parecía escuchar el chorro de agua tibia llenando la bañadera, tan desesperada estaba por hundirme en ella y olvidar todo este día, toda esta semana, todo este mes.

—Por fin llegás. Es un mimagro esto.

¡Aaaaaaaaaaaaaaaaaaaaaaaaaarghhhh!

¡Era Héctor!

—¡Ay, Dios mío, qué susto me has dado! —grité con la mano en mi pecho por donde mi corazón intentaba salirse.

—¿Y qué hacés? Calmate. No puedo estar acá si vos vas a chillar.

Así que sí escuché el agua llenando la bañera y Héctor realmente había hablado conmigo esa mañana, y ahora estaba en mi baño, completamente vestido, con su bufanda de algodón canela, sus caquis y su gabardina, pero descalzo. Sólo su cabeza y los dedos de sus pies sobresalían por encima del "agua" de la bañera con patas de hierro que yo misma había restaurado y esmaltado el verano pasado.

—¡Puedo verte! Espera. La pregunta es qué es lo que estás haciendo *tú* aquí.

—Esperando el espectáculo, ¿vos? —contestó—. ¿Qué voy a estar haciendo? Esperándote. ¿Qué más?

—Hoy se celebró una misa por ti.

—Humph —dijo desviando la mirada.

—Ay, Dios mío… eres tú realmente. Puedo verte, entenderte… —dije mirándolo, incapaz de creer que lo había logrado.

—Sí, sí, soy cho. Es que, viste, un bajón esto de parir… de aparir… de aparecer —dijo por fin con evidente frustración, él tan fanático de buscar siempre la palabra precisa para su propósito en todo momento—. No sé si sabés, pero alguien se roló tu pero —agregó con un gesto en la dirección de mi flequillo.

Cómo iba a extrañar ese sarcasmo.

—Nadie se robó mi pelo. Me lo corté —dije sonriendo, porque sólo a Héctor se le ocurriría burlarse de mi pelo en un momento como éste—. Me alegra mucho poder verte, Héctor. Tengo tanto que preguntarte. Tengo problemas, ¿sabes?

—Preguntá entonces. ¿Por qué te hacés problema?

No le aclaré que no era yo la que estaba "haciendo" mis problemas, sino aquéllos a los que les picaba el fondillo por culparme de su muerte. En vez de eso, le dije:

—Es que me siento muy mal por las cosas que dije, por ponerme tan brava contigo.

—Estoy muerto, flaca. ¿Qué importa?

Tenía razón.

—¿Qué pasó esa noche, Héctor?

—Por eso estoy acá —dijo antes de enredarse en lo que parecía ser una larga explicación de la cual no pude entender nada. O quizás era él quien no lograba hacerse entender del todo. Quizás era yo la que había olvidado cómo hacer esto y no lograba entenderlo.

—Okay, perdona, pero creo que me apresuré a hablar. Otra vez ya no te entiendo nada.

—¿Querés… querés que… lo escriiiiiiba en la pared? ¿Que aprenda a hablar?

Típico de Héctor seguir echando en cara algo por lo que ya había recibido una disculpa, y que además había tenido muy merecido. Pero…

—Okay, okay. Lo siento —dije una vez más—. Ya te pedí perdón.

Pero su espíritu debía de estar muy sensible porque el volumen de su "voz" se hizo más bajo y su reflejo comenzó a aparecer y a desaparecer intermitentemente y a vibrar como el "agua" en la que parecía flotar.

—¿A dónde vas?

—Cho toy acá —dijo desde algún lugar adentro, sobre o debajo de la tina; ahora casi no lo podía ver.

Entonces era yo. Tendría que concentrarme para mantener la mayor cantidad posible de su energía en el cuarto de baño si quería descubrir toda la verdad, pero al menos ahora sabía que podía hacerlo.

—No te vayas —dije por hábito, porque no tenía idea de a dónde, exactamente, sería que podría irse si lo intentara.

Fui al dormitorio y busqué los libros que había comprado el día anterior. Escogí *Vida después de la vida* de Raymond Moody, y examiné el índice en busca de lo que me había hecho comprar el libro.

—Tomáte toyo el tiempo zel mundo, flaca —dijo él aún más bajito que antes—. Cho no tengo mucho tiempo, pero ¿a quién le importa? A naaaadie —dijo con su sarcasmo habitual bastante fortalecido por su nuevo estatus.

Regresé al cuarto de baño con el libro y me senté en la taza del inodoro con las piernas cruzadas.

—Estoy tratando de traerte de regreso. ¡Ayúdame! Concéntrate en querer estar aquí.

—Pero si cho *estoy* acá. ¿No podés ayudarme…, for favor?

—Perdón, perdón —dije cerrando el libro—. Lo siento, ¿sí?

—¿Por qué lo mentís? —preguntó.

—Dije "lo siento", no "lo miento". Te decía… que me apena que estés pasando por esto. Dime por qué estás aquí. Dime qué pasó. No voy a hablar. Escucharé. Te lo prometo.

No me contestó. Pero sentí un escalofrío por todo el cuerpo que duró mucho, quizás minutos, envolviéndome como una ráfaga de viento invernal con su susurro de brisa helada. Yo recordaba ese sonido. Era el sonido de un espíritu herido, golpeado, perplejo, desconcertado, como un perro después de un golpe que no esperaba, toda su vida creyéndose la niña de los ojos de su amo.

—Cho… cho no sé… cómo. No sé… por qué —dijo finalmente.

—¿No sabes cómo o por qué has muerto? —pregunté, comenzando a entenderlo un poco mejor si unía los sonidos que percibía y los convertía en palabras con la ayuda de mi intuición, en vez de tratar de escucharlos con mi oído psíquico. O sea, ya no estaba tratando de descifrar sino más bien de sentir lo que él podía estar tratando de decirme.

—Cho —dijo, y luego nada. Dejé pasar unos segundos, escuchando atentamente, pero nada más salió de él.

—Okay, escucha, déjame tratar de traerte más cerca. Realmente no puedo escuchar nada de lo que estás diciendo. Pero vamos mejorando, así que sólo quédate ahí, ¿okay?

No hubo respuesta, pero estaba segura de que todavía podía sentirlo.

Fui a la sección del libro titulada "Meditación y clarividencia". Hacía advertencias en contra del café, el alcohol y las comidas pesadas. Yo no había comido nada pesado en esos días, así que, por ese lado, estábamos bien. También recomendaba mucha meditación. ¡Por algo ahora sí podía verlo! El que Ellie hubiese destruido mi reputación había resultado en días menos sociales, más silenciosos y pacíficos, y aunque recién en ese momento me percataba de ello, hablar menos debió haberme hecho más liviana y espiritual.

Eso, y comer poco, unido al hecho de que, en un esfuerzo por no volverme loca, había meditado (de hecho, orado) más durante los pasados seis días que en todos los doce meses que habían precedido a la muerte de Héctor. El libro también decía que era vital estar muy cómodo y vestir ropa lo más holgada posible cuando se estaba "trabajando" a un espíritu, así que me quité los jeans y me senté de nuevo en la taza del inodoro, en blúmer y camiseta.

—¿Inentás tentarme?

—Shhh. Cállate —dije.

—¡No tenlo tochoo el día! —dijo antes de producir más murmullos ininteligibles.

—Aguanta. Casi no te puedo entender.

Inhalé y exhalé como señalaba el libro, hasta que me sentí estable y centrada, como si el inodoro fuera un tiesto y yo un árbol sembrado en él, con mis raíces atadas firmemente a la tierra en algún lugar debajo de la taza, paralelo al drenaje o algo así.

Me concentré en pensamientos de amor y me imaginé el baño estallando con una maravillosa luz entre rosada y dorada, y mientras la luz en mi mente y en mi corazón se volvía más brillante, sentía mi miedo a la muerte comenzar a disolverse. Nada importaba más allá de ese momento.

Entonces sentí una pregunta dentro de mí, una pregunta que, estaba segura, no venía de mi propia mente: ¿cuál era mi intención? Y la respuesta, dulce, aunque un tanto torpe: sé amor.

¿Ser amor? ¿Cómo te transformas en amor, exactamente? ¿Y cómo podía yo lograrlo antes de que Héctor desapareciera de nuevo? ¿Cómo podía amar a Héctor ahora de un modo diferente de como lo había amado antes? De nuevo, la respuesta vino rápidamente de algún lugar que no podría señalar, simple y real: deseando ayudarlo más a él de lo que quería ayudarme a mí misma; siendo inequívoca en la intención de mi amor.

Entonces llegaron las lágrimas; brotaron al ritmo de mi respiración y bajaron cálidas por mis mejillas como las cuentas de un brazalete unidas por el más fino cordel de seda. Recordé entonces las sesiones de mi juventud. Alguna amiga de mi madre se sentaba frente a mí y me daba sus manos; yo sentía el dolor que la sacudía y la lanzaba en mil direcciones. Entonces, yo sentía el deseo de ayudar, fuerte, fuerte en mí, e inmediatamente sentía, escuchaba o sabía algo que quería decirle a ella. Así había sido siempre. Sólo que lo había olvidado.

Pensé en Héctor. Traté de recordar algo bueno. ¡Libros! Él había querido que yo aprendiera cosas. Él había compartido conmigo las cosas que más valoraba. Me había hecho muy feliz con eso. Yo podía estarle agradecida por eso. Yo podría… abrir los ojos… y… ahí estaba él, mirándome como si yo estuviera más muerta que él.

—¡Regresaste!

—¿A dónde podría ir? —preguntó encogiéndose de hombros.

—Bien. Escucha, dime, ¿qué puedo hacer? ¿Qué necesitas?

—Yo necesito… que vos… me ayudés… a saber —dijo como si yo fuera educacionalmente limitada o lenta para entender y él estuviera tratando de tener mucha paciencia conmigo.

¿Cómo decirte lo que había en mi corazón en ese momento? Era todo tan ridículo y, sin embargo, ahí estaba él, pidiendo ayuda, con el rostro —o la imagen de su rostro en mi recuerdo— ahora desfigurado y retorcido por la preocupación y el dolor, y yo ya no tenía que hacer el esfuerzo para sentir amor, para querer ayudarlo. Ahora, eso era todo lo que quería. Lo único que importaba. Porque ayudar a otros viendo lo que ellos no podían ver era la razón por la que yo estaba aquí, en esta vida, y quizás la razón por la cual Héctor se había cruzado en mi camino.

—Te voy a ayudar, Héctor. Sólo que no sé cómo. Puedes ver lo difícil que se me hace verte y escucharte. Yo no sé qué más puedo hacer.

—Tenés que… que decirme por qué… y cómo —intentó decir.

—Okay, entiendo. Bueno, creo… la policía cree… que fuiste… asesinado.

—¿Hacinado?

—No, asesinado.

—¡Eso fue lo que dije!

—En fin, eso es lo que están diciendo. Pero tú tienes que decirme lo que tú recuerdas. ¿Quién te hizo esto?

—Yo... yo... yo vi... ella me ooooooodiaba.

—¿Ella? ¿Quién? ¿Olivia te odiaba? ¿Fue por nosotros?

Silencio. Todavía podía verlo, pero él no hablaba, así que, temerosa de no ser capaz de traerlo de vuelta si perdía la conexión, decidí hacer todas mis preguntas de sopetón.

—¿Héctor? No estoy segura de si todavía puedes escucharme, pero dime, por favor, todo lo que recuerdes de esa última noche, de esos últimos momentos. ¿Quién estaba allí? ¿Qué viste?

Más silencio, entonces:

—Tas linda —dijo.

—Sí, bueno, gracias...

—Anoche también... tabas linda... y tenías... calor.

¿Calor? ¿Quería decir que...? Espera un jodido minuto.

—¿Podías oírme llamándote? ¿Dando vueltas en la cama toda la noche?

Suspiró y dijo:

—Por chupuesto —o al menos eso me pareció que dijo.

—Entonces, ¿por qué no me respondiste?

—No soporto el chanto. No es lo mío, ¿viste?

—¿De veras? ¿Que una mujer llore por ti no es lo tuyo? Pues lo disimulas bastante mal, ¿okay?

—Tas linda —dijo, comenzando a desvanecerse de nuevo.

—Okay, olvídate de eso, por favor, y escúchame. No tenemos mucho tiempo. ¿Qué pasó?

—No sé.

—¿No recuerdas?

—Choooo... cho sé... ella hizo esto. Cho la vi cuando... me otiaba.

—¿Quién es ella? ¿Olivia?

—¡Pero no sé cóóóóóómo!

—¡Espera! —le dije a su traslúcida figura, sintiendo el aire más y más ligero a mi alrededor con cada segundo que pasaba—. ¿Estás diciendo que fue Olivia? ¿Que ella te mató?

Y entonces, desde algún lugar en la vacía y seca bañera, me llegó su angustiado lamento.

—Ayudame, por favor, ayudame.

—Te voy a ayudar, Héctor. Lo prometo. Pase lo que pase, te voy a ayudar. Ahora dime, ¿por qué fuiste al parque?

Nada.

¿Héctor?

Estaba sola de nuevo y tuve la certeza de que él ya no estaba en ningún lugar donde yo pudiera alcanzarlo, al menos esa noche. Estaba sola ahora. Sola con mi asombro. ¿Olivia lo había matado, después de todo? Pero ¿cómo lo había hecho? ¿Y por qué después de todos estos años?

Simplemente no había otra explicación. Ella debió intuir que yo iría a buscar la carta y me la había entregado para despistarme, para que yo no sospechara de ella. Después de todo, un crimen pasional requería pasión, y ella se había asegurado de no mostrar pasión, y mucho menos celos, cuando me la devolvió.

Ahora entendía por qué Héctor no podía descansar hasta saberlo todo. Pero ¿cómo era posible que no lo supiera? Él tenía que haber estado ahí. ¿Lo habría dejado Olivia inconsciente de algún modo, quizás golpeándolo con algún objeto pesado? ¿Lo habría inyectado con algo? Me levanté y fui a la cocina, sabiendo que pensaría mucho mejor después de comer algo y guardar mis compras.

A pesar de todo, me sentía feliz de haber escuchado su voz, de haberlo visto, casi como si estuviera vivo de nuevo.

Acababa de guardar todo lo que había comprado cuando alguien tocó. Todavía estaba en panties, así que fui y miré por el mirador de la puerta. Al otro lado de ella había un joven de baja estatura, con jeans, una camiseta y una gorra roja de béisbol que cubría la mitad de su cara.

—¿Te puedo ayudar? —grité a través de la puerta.

—Te tengo una entrega.

—No he ordenado nada —dije.

—¿Mariela Esteves?

—Sí, pero yo no ordené nada.

—Pues esto es para ti. Y está hirviendo, así que…

—Pero ya te dije que…

—Yo nada más soy el que hace las entregas.

Una nunca puede ser demasiado cautelosa, así que deslicé un billete de cinco dólares por la ranura que los inquilinos usaban para dejarme la renta o alguna nota, e hice que me dejara el paquete al lado de la puerta. Cuando comprobé que se había ido, la abrí sólo lo suficiente para agarrar la gran bolsa de papel café y meterla a mi apartamento antes de cerrar la puerta de nuevo y regresar de puntillas a la cocina, paquete en mano.

La bolsa era como una muñeca rusa, guardando dentro recipientes pequeños de aluminio y celofán, algunos de los cuales tenían adentro otros recipientes. El contenido de cada uno estaba escrito a mano con un bolígrafo de punta fina. Había un envase con lo que parecía ser yogur de mango, una pieza de queso de cabra picante y una ensalada verde que había sido sazonada con algún tipo de vinagre de higos. También había un pequeño baguette y un fino filete de pescado blanco que había sido asado levemente y olía ligeramente a cilantro, ajo y limón. En el fondo de la bolsa había un *soufflé* de chocolate hecho sin harina que llenó mi cocina del olor a mantequilla fresca, y una taza de sopa de coco con aguacate, tocino y una porción de crema agria para decorar, transportada en uno de esos recipientes pequeños dentro de otros recipientes que te mencioné. Atado a todo aquello con una fina soga de rafia había una nota de Jorge:

Querida Mariela, aquí hay versiones orgánicas de cosas que no he cocinado en mucho tiempo. Cosas que te encantaba comer, y que me hacen recordarte. Yo sé que no te gustan los favores o aceptar ayuda

de otros, pero ésta es mi forma de decirte que estoy aquí para ti, sin
compromiso (o, por lo menos, no demasiados).

Era una buena cosa que, por ser chef, Jorge durmiera cuando la
gente chismeaba y trabajara cuando la gente dormía, porque era
claro que él no se había enterado aún de la dichosa visita que la
policía me había hecho.

Te envío todo esto pensando que no debes estar con ánimo de cocinar,
porque, seamos honestos, ¿cuándo lo has estado? Ahora, si alguien
que se preocupa por mí se tomara el tiempo de alimentarme, yo lo
aceptaría todo, sospechando (y perdona mi usual inmodestia) que
podrían ser los mejores bocados que jamás he probado.

Así que al menos prueba lo que aquí te envío. Puede que no
sean los mejores bocados que jamás hayas saboreado, pero, como te
decía al comienzo de esta nota, te los envía alguien que se preocupa
por ti, a quien siempre le has importado, y a quien siempre le vas a
importar.

Capítulo 23

La abogada Consuelo de Pokkos se anunciaba como "abogada espiritual". Iris me había advertido que era poco ortodoxa, pero me la recomendó con mucho entusiasmo, asegurándome que ella no hubiera podido retomar el control de su vida después de la muerte de su esposo sin su ayuda, y que yo debía ir a verla porque me aconsejaría bien, disiparía mis temores y sólo me cobraría lo que yo le dijera que podía pagar, cosa que, en estos momentos, era casi nada.

Ese viernes, la guagua me dejó a pocos pasos del edificio donde la abogada tenía su oficina. De pie, en la acera de enfrente, miré una vez más de nuevo el nombre, la dirección y el número telefónico que Iris me había escrito. ¿Abogada Consuelo? ¿Qué clase de abogada sin su propio show de televisión se identifica a sí misma sólo con su nombre de pila, sin el apellido?

Esperé a que el humo contaminado de la guagua se disolviera y crucé la calle hacia el estrecho edificio de dos pisos. Un restaurante pequeño llamado Fresco California ocupaba todo el primer piso y demostraba una incapacidad crónica de decidir qué servir, porque en la cortina de lona verde que decoraba la entrada se podía leer lo siguiente: PASTA PIZZA ENSALADAS TACOS BURRITOS.

Arriba, en el segundo piso, que era el último, había sólo una puerta y ésta me condujo a una salita de espera en la que también había sólo una puerta, además de aquélla a través de la cual acababa de entrar. No había recepcionista. Tampoco sillas en las cuales sentarse a esperar. Lo que sí había era un sofá cama pequeño abierto y una lámpara de cuya cadenita de metal para encenderla colgaba un pájaro amarillo hecho de cristal de Murano, con las alas abiertas.

En esa mesa de noche (la única) también había revistas sobre temas espirituales como *Tricycle*, *Good* y *Shambhala Sun*. ¿Cuánto tiempo pretendía la licenciada Consuelo que yo esperara allí? ¿Tendría que esperar mucho para que me atendiera? Miré el colchón del sofá cama tendido como al descuido, con un cubrecama tejido y muy mullido. Parecía decirme: "¿Pero serás lenta? ¿Cuándo has visto una cama en una sala de espera? Vas a estar esperando tanto tiempo que vas a querer tomar una siesta. ¿Y las revistas? Sólo están ahí en caso de que seas una de esas personas que no pueden dormir si no leen primero".

Yo no era una de ellas, pero Héctor sí lo había sido.

—¿Todas las noches? —le había preguntado incrédula, mirándolo fumar después del sexo.

—Todas las noches.

—Y qué si quieres tener relaciones sexuales con tu esposa, ¿lees antes o después?

—Mariela…

—Okay, okay, lo siento —dije esa vez, sin saber que pocas semanas después él me iba a decir que, hiciera lo que hiciera, no hiciera "eso", o que pronto sería incapaz de decirme mucho más.

Ahora podía escuchar el débil murmullo de voces viniendo de la oficina al otro lado de la que parecía ser la única puerta interior del establecimiento. ¿Qué clase de abogado tenía paredes tan delgadas? Miré el sofá cama, las revistas y la colcha que, tenía que admitir, parecía invitarme a refugiarme debajo de ella, sintiéndome como si estuviera en un universo paralelo.

Tras unos minutos, me sentí tentada a irme por donde había venido, pero Iris se había tomado el trabajo de sacar esta cita para mí y no quería que pensara que yo no lo agradecía. En el peor de los casos, escucharía lo que la abogada tuviera que decir, le pediría algunas técnicas en caso de que me interrogaran de nuevo, y ahí dejaría las cosas. Yo no había sido acusada de nada, al menos no todavía.

En lugar de irme, me fui de puntillas hasta la puerta de donde provenían las voces y pegué el oído. (Sí, ya sé que no está bien escuchar conversaciones ajenas, pero como podrás imaginar, haber sido clarividente en mi adolescencia eliminó cualquier escrúpulo nato que pueda haber tenido sobre escuchar los asuntos de otras personas, especialmente cuando sus abogados no eran lo suficientemente precavidos para instalar paredes a prueba de sonido).

Una mujer estaba llorando. Entonces la voz de la otra mujer dijo:

—Eres humana. Amas. La persona a quien amas te humilla, te reemplaza, te olvida. Tú dices que quieres "entender", pero si de verdad lo quisieras, ya lo habrías hecho. Lo que realmente quieres es que él siga teniendo que explicarse para que se sienta culpable, se dé cuenta de que cometió un error y vuelva a ti.

La otra mujer dejó de lloriquear abruptamente.

—¿Acaso es malo querer que todo sea como antes?

—Claro. Así de estúpidas somos todas. Pero aunque vuelvas con él, vas a necesitar tu pequeña venganza. ¿Y sabes por qué? Porque no quieres sentirte culpable de haber permitido la infidelidad. Quieres sentir que hiciste algo al respecto. Que no participaste, aunque fuera indirectamente, en hacerte daño a ti misma.

—Pero es que lo cierto es que no participé…

—Pues entérate: participaste. Lo permitiste. Lo que podía pasar, ya pasó.

¡Dios mío! Fue como si alguien hubiese abierto una ventana para dejarme atisbar dentro de la mente de Olivia. Ella se había cansado de permitir las infidelidades de Héctor. Y esta última (que yo supiera), tan cerca de su casa, un espacio que era obvio que ella valoraba y cuidaba, seguro había sido la gota que había desbordado la bañera y no lo había podido soportar.

No era complicado. Era simple. Olivia finalmente se había hartado lo suficiente como para matar.

No estaba del todo cómoda con la idea, pero ahora comprendía que al estar tan involucrada y tan necesitada de las respuestas a las preguntas que yo misma me estaba haciendo, mi intuición no estaba pisando terreno firme y muy bien podía fallarme. Por mucho que estuviera tratando de confiar de nuevo en mí misma, tenía que recordar que, en este caso, el que algo no me hiciera sentir del todo cómoda no significaba que no fuera verdad.

Justo esa mañana, y como parte de mi resolución de reaprender a ver y de recapturar mi don, había empezado a leer el libro de Laura Day *Cómo controlar el mundo desde tu sofá*. En alguna parte del libro decía: "La intuición puede no mostrarte el panorama completo, pero si está funcionando correctamente, llamará tu atención a aquello que necesitas saber para responder a tu pregunta o meta".

Y pocas horas después, me topaba con esta joyita de conversación. ¿Qué otra cosa podía ser esto sino mi guía intuitiva tratando de decirme algo?

—Pero entonces, ¿qué significa? ¿Que él sigue tan campante, sin que nada le duela? ¡Eso no es justo! Debe haber alguna manera de hacer que esto le duela en algo —dijo la mujer dentro de la oficina de la abogada.

Me quedé ahí con el oído pegado a la puerta y el corazón retumbándome con fuerza, escuchando con atención como si la muerte de alguien, o al menos la calidad de su vida post-muerte, dependiera de ello, y quizás así mismo era. Laura Day dice que nos apoyamos en símbolos y que las metáforas son herramientas "frecuentemente usadas por tu subconsciente para expresar ideas, dinámicas y cualidades que se expresan más cómodamente cuando se disfrazan de algo diferente".

Yo sabía lo que era esto: una historia que estaba ahí para contarme otra historia. Las palabras de esta mujer, su dolor, eran el dolor de Olivia. Tal vez esto era un regalo, un mensaje para ayudarme a encender mi propia y amenazada intuición.

La abogada dijo:

—Pensé que no querías su dinero.

—No lo quiero. Pero tiene que haber algo que se pueda hacer. Yo no creo que pueda vivir con la impunidad, quedándome con esta rabia por dentro.

Al escucharla, sentí como si Olivia estuviera dentro de mí. Ahora podía ver lo que le habíamos hecho Héctor y yo. Yo había hecho que la infidelidad fuera imposible de ignorar. Él había hecho que ella lo odiara. Juntos, la habíamos obligado a decidir vivir sin él, y yo no podía lamentarlo más de lo que lo lamentaba. De algún modo, ahora sabía que el fantasma de Héctor tenía razón: ella lo había odiado y entonces lo había matado. Pero ¿por qué? O ¿por qué ahora?

Al otro lado de la puerta:

—Nunca falla. Enséñame a una mujer que no quiere venganza y yo te mostraré a una que tiene esperanzas de volver. Tan pronto ven la luz… Érika, pelear por más dinero del que te corresponde, o crear dificultades para retrasar la disolución del matrimonio, no te traerá autoestima, ni orgullo, ni mucho menos felicidad. Te hará vieja, te pondrá gorda y te causará más de un callo y alguno que otro juanete. Pero puedes hacerlo, si eso es lo que realmente quieres. Es tu decisión.

¿Había decidido Olivia finalmente que no lo quería, y que tomaría su venganza?

—Pensé que era usted abogada —dijo la mujer llamada Érika.

—Lo soy. Yo pensé que eras cobarde, y lo eres. ¿Por qué no te da pena aceptar que quieres volver con él y, sin embargo, no quieres admitir que primero quieres venganza? ¿Acaso la quieres gratis? ¡Quieres que la licenciada Consuelo lo haga todo! ¡Que arruine mi récord kármico! ¡Que cargue con las arrugas, los kilos de más y los juanetes! Pues no. Si quieres mi ayuda, tendrás que aceptar tu parte.

¡Esta abogada estaba loca! Pensé otra vez en irme; dudaba si Iris sabía que la abogada Consuelo había perdido la razón desde la última vez que la consultó. Pero era tarde. Ya estaba "enganchada". Necesitaba saber todo sobre la clienta al otro lado de la puerta. De algún modo, ella se había convertido en Olivia en mi mente. Se había convertido en la mujer que nunca creí ser realmente, la que siempre me había provocado curiosidad: la esposa.

Las voces eran más bajas ahora, más calmadas. Aguanté la respiración y me alisté para volar al otro lado de la habitación si la voz de Érika, la clienta, se acercaba a la puerta, pero no fue así.

—¿Entonces, quieres vengarte de tu marido, sí o no? —preguntó la abogada Consuelo.

—Pues sí —dijo Érika esta vez.

Yo me hubiera sentido igual que como sonaba ella: derrotada, agotada, incapaz de pensar.

—Bien —dijo la abogada, que estaba loca con *L* mayúscula de Lunática.

Miré alrededor de la oficina y encontré lo que estaba buscando: un plato para caramelos junto a una pequeña lámpara, lleno de tarjetas de presentación con la foto de la abogada Consuelo. La necesitaba para ponerle un rostro a su voz. En la foto, ella aparentaba tener alrededor de cincuenta años, con la cara más redonda que había visto jamás, el cabello café crespo, grandes ojos café y una enorme boca que ella sentía la necesidad de realzar con creyón de labios rojo.

Mi celular timbró en ese momento. Era Gustavo, pero dejé que su llamada se fuera al buzón del contestador con las otras llamadas de clientes que todavía no se habían enterado de mi sórdido presente. Parecía como si todo el mundo y su madre hubieran decidido llamarme hoy. Todo el mundo menos Jorge. Pensé que después de haberse esforzado tanto en tener un gesto hermoso conmigo, volviendo a cocinar para mí con el deseo de hacerme sonreír, mostraría más interés en ver esa sonrisa en persona. También me daba cuenta de que quería que me llamara, y me preguntaba qué lo había llevado a besarme y luego a cumplir su promesa de "sólo un beso", como si ese beso le hubiera dicho todo lo que necesitaba saber.

El celular alertó a la abogada Consuelo y a su clienta de mi presencia. La puerta de la oficina de la abogada se abrió y una mujer joven, alta y elegante, con gafas y cabello largo y ondulado, salió corriendo. Su rostro estaba rojo por el llanto, y yo me entretuve con las revistas para que no se sintiera avergonzada. Acto seguido, la Señorita Labios Rojos, la mujer de la foto en las tarjetas de presentación, me saludó y me invitó a pasar.

—Entonces… —dijo la abogada.

—Entonces… —respondí.

—Mariela Mía Esteves Valdés —leyó de su libro de citas.

—Así es —dije.

—Me gusta.

—Gracias.

—De nada. ¿Y vienes por miedo a ser acusada de asesinato?

—Sí.

—Y ¿lo hiciste?

—¡Por supuesto que no!

—¡Por supuesto que no! —dijo ella sonriendo mientras me observaba con detenimiento—. Sólo quería asegurarme.

Yo la miraba a ella también, y quise preguntarle si no escuchaba el sonido bajo, pero insistente, de un sonajero que no estaba por ninguna parte en aquella oficina, y que era agitado por brisas inexplicables, pues la única ventana de la habitación estaba cerrada.

—¿Algún día de estos te piensas sentar? —preguntó la licenciada, con un gesto de la mano ofreciéndome la butaca frente a su escritorio.

Yo sí quería sentarme, pero no podía. La oficina era un vórtice de energía, pensamientos y sonidos. Y la butaca. Bueno, digamos que esa silla hablaba demasiado.

Finalmente, decidí decirle la verdad, de loca a loca.

—Estoy recibiendo algo de esa silla. Como que se me está pegando algo.

—¿Cómo puedes recibir algo de esa silla si no te has sentado en ella todavía? Y, sea lo que sea, estoy bastante segura de que no puedes contraer ninguna enfermedad de la silla estando completamente vestida.

—No, quiero decir… soy psíquica —dije, creyéndolo por primera vez en más de dos décadas.

—Sí, ya lo sé.

—¿Lo sabe? ¿Cómo lo sabe?

En vez de responder, ella extendió uno de sus largos brazos con todo y su largo dedo índice, y señaló un letrerito colgado un par de centímetros sobre su ventana.

—¿Qué dice ahí? —preguntó.

—Abogada Consuelo de Pokkos, abogada espiritual —leí.

—Exacto. Abogada espiritual Consuelo. Ésa soy yo.

—Ah, ya.

—Y te voy a conceder lo de psíquica, pero vas a tener que sentarte en la silla y contarme todo lo que percibes.

Ah, okay. Ahora entendía. Es que ella no me creía. Por supuesto. O estaba probándome, o se estaba divirtiendo conmigo, lo cual no me importaba, porque yo también dudaba que ella pudiera haber aprobado el examen de abogados de la Florida. Así que, en ese aspecto, estábamos a mano.

—Muy bien. Pues hagamos esto entonces... —dije sentándome en la silla y cerrando los ojos. El mensaje fue repentino y claro, como si hubiera estado dentro de mí todo el tiempo, o como si yo fuera el mensaje, o más bien la situación, por la que la mujer había estado llorando.

—Tiene que ver con la mujer que acaba de...

—Érika, su nombre es Érika. ¿Qué puedes decirme?

—Él va a volver a ella.

—¡Oh, no! ¿De veras? ¿Estás segura? Qué pena. Ella merece algo mejor. Todas merecemos algo mejor.

Yo quería que se callara, y se lo hubiera ordenado si no hubiese sido porque tenía miedo de romper la conexión, perdiendo esta hermosa certeza intuitiva que no tuve durante tanto tiempo.

—Pero todo es una mentira. Él es... no es una buena persona... su alma está en constante dolor. Él no sabe cómo ser una buena persona.

—Eso he escuchado.

—Pero ella va a estar bien.

—Dime algo que yo no sepa.

—Lo siento, eso es todo lo que recibí. Ni siquiera estoy segura de si es correcto —mentí.

—Oh, créeme: es correcto. Vaya que si es correcto —dijo ella mordisqueando el borrador de un lápiz—. Entonces, regresando a ti. Hice un par de llamadas. La policía dice que la muerte ocurrió en un periodo muy corto de tiempo debido al veneno utilizado que se llamaaaaa…. ¡belladona! Sí, belladona es el nombre. Hice algunas averiguaciones y la planta que la produce no se da de forma natural en ningún lugar de esta ciudad. Quizás al norte de la Florida, pero no aquí en Miami, no señor. Y lo bonito es que si se ingiere sin tomar las medidas adecuadas, la muerte puede ocurrir en cualquier momento dentro de un margen de entre diez minutos a una hora —concluyó, al parecer fascinada con su habilidad para buscar información en Google.

—¿Qué es belladona?

Me mostró una foto de Internet de una hoja verde con cinco puntas de las cuales emergían unas frutas negras parecidas a unas bayas. El pie de foto decía: *Atropa belladona*.

—También se conoce como hierba mora, hierba del diablo, manzana del amor, cerezo hechicero, baya asesina, baya de brujas, baya del diablo y cerezas de hombre mal portao —leyó, para asegurarse de que yo estaba captando la idea.

—¿O sea, que es un veneno… para hombres infieles?

—Así parece.

—Creo que… me siento enferma.

—Deberías estarlo, pero, mejor, pensemos: ¿quién se beneficia de castigar a un hombre infiel?

—¿Su esposa?

—Su esposa, quien afortunadamente vive justo arriba, a segundos de ti. Así que, aun creyendo que ellos pudieran estar en lo cierto sobre el momento de la muerte, tendrían que ser exactos en el minuto, ya que el señor Ferro pudo haber ido de tu apartamento con rumbo al que compartía con su esposa en, literalmente, menos de un minuto.

—Eso es… ¿bueno? Pero ¿cómo puedo estar segura? —pregunté.

—Todo lo que tienen es una carta de ruptura la cual prueba que ustedes habían tenido un romance y que tú esperabas que él lo terminara primero, si tú no lo hacías. A mí me parece que no tienes nada de qué preocuparte.

—¿Entonces por qué todavía siento este peso, este sentimiento de tragedia y desasosiego a mi alrededor?

—Mira, apenas recibieron los resultados de toxicología ayer. En mi opinión, creo que van a ir tras la esposa.

Pensarías que eso me habría tranquilizado. Pero no.

—Y… ¿ahora qué, licenciada De Pokkos?

—Consuelo —dijo agitando la mano en el aire, como liberándolo de formalidades.

—Consuelo —repetí.

—No, no, *licenciada* Consuelo —me corrigió de nuevo con una sonrisa satisfecha que hubiera sido suficiente para indicarle a alguien menos desesperado que yo que ella estaba absoluta e irreparablemente loca, y que sería una buena idea buscar otro abogado. Pero como, en efecto, yo estaba desesperada y, además, tenía poco dinero…

—Okay. Entonces, ¿ahora qué, licenciada, eh, Consuelo?

—"Eh" no es parte de mi nombre, pero no importa, la respuesta es: nada. Tú no haces nada porque tú no eres una sospechosa. Y si ellos quieren que respondas más preguntas, tú me llamas y esperas por mí antes de decirles media palabra.

—¿Qué debo hacer mientras tanto? ¿Y cuánto le debo? —pregunté, extendiendo mi mano mientras me levantaba.

—Por ahora, sólo un dólar que nos sirva de iguala, lo que en inglés llaman *retainer*. Así, nuestra conversación está protegida por considerarse confidencial, aunque no creo que me vayas a necesitar. Sólo esperemos. Y ¿qué haces en el mientras tanto? Pues quedarte tranquila y tratar de no meterte en problemas. O mejor… No, espera, espera —dijo, poniéndose de pie, colocando las puntas de sus diez dedos sobre el escritorio y cerrando los ojos por un momento antes de decir—: como tu abogada, Mariela Mía Esteves Valdés, te voy a decir lo que le digo a todos mis clientes: mientras tanto, haz lo que quieras hacer realmente, lo que te pida el corazón. Ve y vive, mientras tengas vida.

Capítulo 24

Lo que no le conté a la licenciada Consuelo es que había una tercera persona que también vivía a un minuto o dos de distancia, y en cuyo apartamento Héctor pudo haberse detenido antes de dirigirse al suyo la noche en que murió: Abril.

En mi visión —la que tuve cuando nos cruzamos en la acera mientras ella retornaba del servicio en honor a Héctor— los había visto, a ella y a él, mirándose, o más bien midiéndose, con la intensidad propia de extremos opuestos de una banda elástica a punto de romperse. ¿Habían sido amantes? ¿O había alguna otra conexión entre ellos? ¿Cómo podía yo estar segura de que la tensión que vi era sexual, y no antagónica, como la percibí en un principio?

Ay, por favor, me regañé. ¿De qué otra cosa podría tratarse? Ella era una mujer joven y hermosa, y él era un galán propenso a los romances de vecindario. A eso había que sumarle el hecho de que ella terminó con Gustavo sin explicación alguna el mismo día en que Héctor terminó conmigo. Tal vez Héctor había confundido su actitud demasiado amistosa con coqueteo. O quizás ella realmente le había coqueteado. Tal vez, cansada de tanta lucha, y pensando que Héctor podía ser el *sugar daddy* que ella necesitaba para que la protegiera económicamente, cambió a Gustavo por el modelo vintage de uso, convenciéndose a sí misma de que lo hacía por su hijo. Tal vez era por eso que estaba tan enojada: porque creía que yo había matado al hombre que pudo haber hecho su vida un poco más fácil.

Pero qué va. Ninguna de mis conjeturas hacía clic dentro de mí; ninguna me convencía del todo, aunque sí sabía que andaba sobre lo tibio, que me estaba acercando, aunque no tuviera idea de qué era esa cosa o ese dato al que me acercaba. Lo sabía por la forma en que mi corazón se aceleraba cada vez que la imagen de ellos juntos me asaltaba, lo cual me sucedió de manera repetida y compulsiva durante los veintidós minutos que le tomó a la guagua el regreso a la Calle Ocho.

Esa misma mañana, ante la insistencia de mis recién desperta-dos instintos, la había seguido. Sabía la hora en que generalmente dejaba el apartamento en las mañanas y esperé hasta escuchar el sonido de sus sandalias de tacón de plataforma de paja bajando los escalones de la entrada del edificio de Iris. Luego, cuando la seguí, lo hice sin dejar mucha distancia entre nosotras, sabiendo que Abril no era de las que voltea a mirar al primer ruido, silbido, bocina o sirena —su mente siempre estaba en algún otro lugar—. Tras unos minutos, aceleré mis pasos para ir a la par de ella; el sonido áspero de nuestras sandalias contra la acera semejaban las voces carrasposas de dos viejas fumadoras de toda la vida y que ahora, con tiempo para hablar y sin tabaco que las distrajera, chismean entre susurros roncos sobre la vida de los demás.

Había tomado la decisión de seguirla en medio de la som-nolencia, que la brisa fresca de la mañana y la adrenalina de mi persecución no tardaron en espantar, aunque si me hubieses pre-guntado qué era lo que perseguía exactamente, no te lo hubiera podido decir.

Mientras yo me medía para no acercarme demasiado, Abril doblaba la esquina y se detenía antes de cruzar la Calle Ocho ha-cia la parada de la guagua; una pañoleta rosa tatuada con peonías amarillas revoloteaba a su alrededor con cada paso. Con su postura erguida y perfecta, y el rostro bronceado mirando al frente, se veía desafiante. Me detuve esperando que se volteara al llegar a la parada del bus, preguntándome si se daría cuenta de que yo la observaba a distancia. Pero no se detuvo en la parada de la guagua. Siguió caminando en dirección oeste y avanzó entre los vendedores calle-jeros y las mujeres que baldeaban y barrían la acera. La seguí con el corazón palpitante hasta que la vi detenerse en la entrada de la librería de Héctor. ¿Qué estaba haciendo allí?

Entonces un hombre rubio y fornido con gafas oscuras la alcanzó, se dieron la mano, dieron la vuelta y comenzaron a caminar de regreso, o sea, en dirección hacia mí. Es probable que más bien caminaran hacia el café que estaba a pocas puertas de la librería de Héctor, pero no podía arriesgarme a que me vieran. Así que, con el corazón atronando como tuba de banda escolar, me volteé e hice el esfuerzo por caminar de forma calmada para no llamar la atención. Carajo, hubiera querido haber visto bien al hombre. ¿Qué tal si era el abogado hijo de puta de Miami del que Iris y yo habíamos estado especulando durante semanas? ¿Y si se trataba del asesino a sueldo contratado para liquidar al padre de Henry? (Después de ese último pensamiento, hice una nota mental: Importante: pasar menos tiempo con Iris).

Para cuando abrí la puerta de mi apartamento minutos después, ya había decidido intentar sintonizar a Héctor de nuevo, aunque me tomara todo el día y toda la noche (más ahora, que la abogada Consuelo me había contado lo que la policía creía saber: que él había sido envenenado). Estaba ansiosa por pedirle que tratara de recordar. ¿Cuál había sido el último rostro que había visto antes de perder el sentido? Él dijo que había visto a Olivia "odiándolo", pero eso no significaba que ella lo hubiera envenenado. Al mismo tiempo, se me ocurrió que ella era la única persona que sabía lo suficiente sobre plantas venenosas como para tener una idea de lo que era la belladona, de cómo obtenerla y de qué cantidad podría necesitarse para matar a un hombre de unos ochenta kilos.

Repasando todas estas posibilidades en mi mente, no quería que fuera Olivia. Tampoco quería que fuera Abril, porque ¿qué sería de Henry si ella era acusada?

La única cosa positiva de todo esto era que podía sentir que mi don regresaba, aunque lentamente, a mí. No era sólo que había sido capaz de escuchar y ver a Héctor, aunque con gran esfuerzo, sino también que me sentía más abierta, menos temerosa de la vida con cada día que pasaba. Y menos mal, porque en mi apartamento se encontraba el alma atrapada de un hombre muerto que no podría hacer otra cosa que llorar y gemir en mi bañadera, a menos que yo pudiera ayudarlo a recordar quién había adelantado su salida de este mundo, y por qué.

Y era esta nueva meta lo único que me importaba ahora. Los problemas que antes me quitaron el sueño me parecían ahora meras molestias sin importancia: la ruptura, el apartamento arruinado, la inquilina adicta e incluso la carta perdida eran ahora nimiedades. Y es que mientras los viejos problemas parecían haberse resuelto por sí solos, éste, el de resolver el misterio de la muerte de Héctor, exigía no sólo toda mi fe y mis poderes de concentración, sino que también requería que recuperara mi habilidad psíquica, mi don de ver e interactuar con dimensiones invisibles para otros. Para ello, haría falta no sólo un cambio en mi vida, sino también un cambio profundo en mí.

Hasta ahora, Héctor no había sido de mucha ayuda. Descifrar sus gemidos y sus palabras a medias me quitaba mucha energía y, a pesar de eso, ni siquiera tenía una débil imagen de lo que había pasado durante los minutos que precedieron su muerte. Por ejemplo, yo sentía que Abril y la visión que había tenido de ella el otro día eran una pista, o al menos un símbolo de lo que le había pasado a Héctor. Pero si le preguntaba, ¿iba él a entender lo que le estaba diciendo? ¿Diría la verdad? ¿Sería capaz de concentrarse lo suficiente para decirme lo que ambos necesitábamos saber? No, decidí. Tenía que buscar otra forma de descubrir si Abril había estado involucrada con él, y si no era así, averiguar lo que significaba mi visión de ella.

Mientras caminaba a casa desde la oficina de la abogada Consuelo, pensé en sacarle alguna información a Iris, pero descarté la idea inmediatamente. (¿Conoces a esas personas que no tienen un filtro entre el cerebro y la boca? Ésa es Iris). Entonces, una idea peligrosa surgió en mi cabeza: yo vivía justo al lado de Abril. Iris tenía las llaves del apartamento de Abril, conocía todas sus idas y venidas y, con muy poca insistencia de mi parte, probablemente las comentaría inocentemente conmigo. Tal vez lo que no podía obtener por medio de la clarividencia, podría obtenerlo del modo más antiguo: averiguándolo físicamente. Yo sabía dónde Iris tenía las llaves de sus inquilinos y podía "tomar prestado" el duplicado de la de Abril sin que Iris se diera cuenta. Una vez que tuviera la llave, hiciera una copia y devolviera la original, yo podría sacarle información a Iris sobre el itinerario de Abril haciéndome la interesada en hablar con ella acerca de lo que me había dicho el otro día en la acera. Luego me colaría en el apartamento de Abril cuando estuviera segura de que iba a estar fuera por unas horas. Me tomaría un par de días al menos, pero sabía que podía hacerlo. Ya no me importaba si Abril había sido amante de Héctor, pero si ella lo había matado, entonces yo tenía que saberlo, aun si saber me rompiera el corazón a causa de la adoración que sentía por mi chiquitico Henry.

Absorta en la planificación de las aventuras que, de seguro, me meterían en problemas todavía más grandes que aquéllos en los que posiblemente ya estaba metida, casi me pasé de la casa de Jorge.

Ah, por supuesto. Quieres saber cuándo fue que decidí ir a la casa del hombre a quien hasta muy recientemente había estado evitando. Pues muy bien. Fue en la guagua, durante el recorrido a casa. Mientras una mitad de mi cerebro tramaba cómo descubrir si había una posible conexión secreta entre Abril y Héctor, la otra mitad miraba el celular. ¿Acaso no me había enviado una cena? ¿No me había dicho que yo le importaba? ¿No me había besado? ¿Por qué no me había llamado?

Finalmente, me dije que después de haber disfrutado de lo que él había cocinado para mí, lo correcto era que le agradeciera personalmente; eso era señal de buena educación. No tenía que esperar a que Jorge me llamara para hacerlo. Pasaría por su casa. Como amiga. Y de esa manera, al fin conocería a su esposa, lo cual seguro me ayudaría a sacar de mi cabeza de una vez por todas la posibilidad de él, dada mi nueva filosofía de retirarme, de enganchar los guantes, como querida de hombres casados. Al menos, eso fue lo que me dije mientras caminaba desde la parada de la guagua a su casa, localizada en la calle que está directamente detrás del histórico teatro Tower de la Pequeña Habana, a su vez separado del parque de dominó por una pequeña área delineada con mosaicos de concreto y designada para el uso de los entusiastas del monopatín. (El "parque" mismo, que se ha hecho famoso debido a los residentes que van allí a jugar dominó con más regularidad de la que van a misa, está cubierto por concreto en vez de grama, bancas en lugar de árboles y murales en vez de árboles). Como la casa de Jorge hacía esquina y estaba frente por frente con el espacio para los monopatines, pues podía verse claramente desde la Calle Ocho, aunque realmente estuviera en la Calle Nueve.

Pero aunque la casa todavía estaba justamente donde yo la recordaba, no así la mayor parte de su fachada. En lugar del porche cerrado que yo recordaba ahora había un pórtico moderno y de espacio abierto, pintado de un color hueso claro. El concreto alrededor de las nuevas ventanas negras tipo loft estaba aún fresco y sin pintar, pero de algún modo el efecto final era sofisticadamente rústico en lugar de inacabado. Había un nuevo jardín y las líneas arquitectónicas de las dos palmeras, una a cada lado del corredor de la entrada principal, le daban a la casa un romántico aire de simplicidad tropical.

Me gustó. Me recordaba a Jorge, a su cocina: sin pretensiones. Sencilla, pero no simple. Elegante y sensual a la vez. Como un búcaro con una rosa roja y unas sencillas sábanas blancas de algodón en una cama con dosel.

La reja de hierro forjado estaba abierta, así que caminé directamente hacia la puerta de entrada, que era de vidrio y acero. Había estado allí sólo una o dos veces, porque me había resultado incómodo estar en una casa que se mantenía en proceso de adaptación para una mujer que estaba retenida en Cuba, pero que también se encontraba siempre "al llegar en cualquier momento". Quizás por eso la casa nunca me pareció especial y ahora me deslumbraba. Ahora reconocía que la casa siempre había sido especial, sólo que yo no lo había notado, un poco por falta de interés, un poco por falta de imaginación.

—¿Te puedo ayudar?

Una mujer de cabello oscuro, de unos treinta y pocos años, abrió la puerta. Detrás de ella podía ver cajas, herramientas, incluso una lijadora eléctrica que probablemente había lijado y abrillantado los pisos de madera recién instalados que podía ver a sus espaldas.

—Hola. Busco a Jorge.

—Él no está —respondió.

—Ay, qué lástima. Yo soy Mariela —dije extendiendo mi mano con una sonrisa, a pesar de que ella me miró de arriba abajo sin disimular siquiera, como esos agentes que revisan a los pasajeros antes de abordar el avión en el aeropuerto.

—¿Mariela? —preguntó ella con los labios apretados y el ceño fruncido como si nunca hubiera escuchado el nombre antes y quisiera escupir el sabor que le dejaba en la boca—. ¿Es usted una proveedora?

—No, no. Soy amiga de Jorge —respondí, dándome cuenta, cuando al fin accedió a estrechar mi mano, que no usaba su anillo de casada.

—Bueno, él no está ahora.

Yo pude haber dicho que lo esperaría sólo para molestarla, pero ya había mortificado a suficientes esposas para llenar mi cuota de vida, así que...

—Están remodelando —dije.

—Sí.

—Se ve fabuloso.

—No está terminado.

—No, claro. Pero ya se puede ver cómo va quedando y está espectacular. Felicidades y ¿podrías por favor decirle a Jorge que vine por aquí?

—¿Con relación a?

No fueron sus palabras lo que me molestó. Fue su tono y la forma en que seguía mirándome de arriba abajo con una mano en la cadera.

—Ah, claro, qué tonta soy, si no te he dejado un mensaje —dije sabiendo exactamente lo que estaba haciendo—. Dile que Mariela vino a darle las gracias por la otra noche. La comida estaba deliciosa —añadí mirándola a los ojos y sonriendo perversamente.

Por un momento, pareció como si mis palabras la hubieran desconcertado. Luego, básicamente me tiró la puerta en la cara, pero como la mayor parte era de vidrio, me quedé allí, viéndola levantar una caja y perderse por el pasillo principal con su trasero imposiblemente redondo apretujado dentro de unos jeans al menos dos tallas más pequeños y su pelo largo agitándose en su espalda como limpiador de parabrisas de lado a lado con un talante que a mí me pareció despectivo, hasta que desapareció dentro de una habitación.

Claro que ahora menos le iba a dar mi mensaje a Jorge. Pero ¿y qué? Siempre podía llamarlo a su celular, decirle que había visto la casa y que me había parecido hermosa.

Mirar atrás mientras me iba fue como mirarme a mí misma en un espejo y ver cuán increíblemente crítica había sido con Jorge cada vez que él me mencionaba su vida, su restaurante o a los "muchachos" de su *crew* de cocina. Había optado por quedarme con la imagen de quien él había sido cuando estuvo conmigo: un parrandero de buen corazón, pero con pocas responsabilidades o planes a largo plazo.

Pero ahora, con esa última mirada a la maravillosa casa que tenía, su buen gusto impregnado en las paredes de concreto color hueso, supe lo que quería hacer la próxima vez que lo viera: le mostraría un poco de gratitud y de aliento por ser una persona que me había respaldado cuando casi todos los demás me habían abandonado. Le diría incluso que tenía una bella esposa y le pondría punto final a todo. Ahora entendía por qué no me había llamado. El beso había sido un impulso… algo que él necesitaba hacer para cerrar nuestro capítulo, y como ya lo había hecho, pues no tenía más que decir. Ahora sí que todo había terminado.

Y ahora era yo la que tenía una tarea que completar antes de que perdiera el valor. El plan era llegar a casa, ponerme algo sexy para una supuesta cita romántica y después visitar a Iris sabiendo que me inundaría con preguntas y se enfocaría más en mis posibles pretendientes que en las llaves que mantenía debajo del teléfono. Esperaba que todavía las tuviera rotuladas, pues debía moverme con rapidez para poder quedarme con la llave de Abril sólo el tiempo necesario para copiarla y así estar lista la próxima vez que ella abandonara la casa.

Pero no hice más que entrar a mi apartamento…

—No grites, por favor —dijo Héctor, encaramado en el alféizar de la ventana de mi sala vistiendo su inmortal mortaja caqui—. Nada de gritos ahora.

Yo ya tenía la boca abierta para hacer justo eso, pero la cerré de nuevo, sorprendida de ser capaz de entenderlo sin esfuerzo por primera vez desde que había muerto.

—Tus palabras… tu dicción está más clara.

—¿De weras? Debo haber aprendido a hablar.

Me pregunté si debería señalar que al menos su sarcasmo parecía haber escapado intacto de la muerte. Pero opté por la diplomacia.

—Una vez más, Héctor, siento haber sido tan dura contigo cuando estábamos juntos. La verdad, te criticaba mucho tu acento, tus faltas de pronunciación, la manera en que tergiversabas los dichos y coloquialismos…

—No importa… Está bien —dijo y me pareció que se alzaba de hombros como triste, sin fuerzas.

—Es que tú siempre me hacías sentir como si yo no supiera nada y…

—Intentaba… enseñarte.

—Lo sé, y lo aprecio, pero algunas veces eso me hacía sentir tonta, me hacía querer señalarte todas las cosas que tú no sabías

—dije, dándome cuenta mientras hablaba de cuánto resentimiento le había guardado por eso, y preguntándome cómo era que la gente casada lograba permanecer unida por décadas, cómo pulverizaban todos esos pequeños resentimientos que suelen darse entre dos que comparten una cama, para poder seguir juntos "hasta que la muerte" los separara.

—Muy irritante —dijo él.

Yo quería decirle que más irritante era que él lo trajera a colación ahora. Pero, una vez más, lo dejé pasar. El manual de mi tatarabuela me había advertido sobre el malhumor de los nuevos espíritus, especialmente de aquéllos que estaban atorados entre dos planos, así que respiré profundamente, dispuesta a "caminar en sus zapatos" antes de juzgar, como el libro aconsejaba.

—Me… cremayeron hoy —dijo.

¿Cremayeron? ¡Cremaron! Por supuesto que cualquier impaciencia que pudiera sentir se evaporó en el acto. De hecho, avancé un paso hacia él, queriendo consolarlo, pero cuando vi que se disolvía perceptiblemente en la medida en que yo me acercaba, retrocedí.

—Lo bueno es que estás aquí ahora y que estamos hablando —dije en lugar de intentar tocarlo.

—Sí, tenés razón. Es bárbaro esto. No bueno, buenísimo —dijo mirando por la ventana con la vista vacía y una expresión melancólica que confirmó mis sospechas sobre su estado de ánimo.

—Okay. Bueno, pero al menos vamos progresando. Te escucho; me escuchas. Te hablo… Y justo a tiempo porque tengo que preguntarte algo importante.

—Pues preguntá.

—La policía dice… que fuiste envenenado.

Él hizo un sonido entre gruñido y suspiro gutural, y comenzó a esfumarse de nuevo; me di cuenta de que haber presenciado su propia cremación lo había afectado profundamente. Tal vez era por eso que no podía recordar su muerte. Era demasiado doloroso para él ver, recordar. Lo cual era muy mala noticia para mí. Porque si cada vez que yo le pidiera que recordara ese día, su energía se iba a debilitar haciendo imposible que recapturara la memoria de su muerte, entonces no iba a poder serme de mucha ayuda con esto de resolver el misterio que le daría descanso eterno a él y a mí me permitiría recuperar mi paz y mi apartamento.

—Okay, bueno, ellos dijeron que el veneno que se usó vino de una planta —insistí, haciendo una pausa para dejar que captara la idea, sabiendo que el dato señalaba a Olivia—. Y se llama belladona. ¿Te suena ese nombre?

—Belladona… Bella-donna… bella mujer… pero… qué ironía de mierda es ésta, por Dios —escupió.

—Lo siento, Héctor.

—Ya está hecho, ¿no? —dijo, un poco más transparente que unos minutos atrás.

—Bueno, sí, pero como sabes —dije, dándome cuenta de que no le preocupaba el hecho de que yo pudiera ser una sospechosa por lo que "estaba hecho"—, ellos me interrogaron por el asunto de tu… posible asesinato.

—Pero si no fuiste vos —dijo, como si no pudiera creer el grado de idiotez de los que pudieran pensar que yo lo había matado.

—Bueno, por supuesto, *yo* sé eso y *tú* sabes eso, pero no es como si pudieras testificar a mi favor si algún día llegara a ese punto, ¿no crees?

—Toy muerto, flaca. ¡Muerto! —tronó de repente.

—Okay, sí. Tienes razón. De hecho, ése es precisamente mi punto, que…

—*Muerto*, ¿okay?

Un momento. Estaba tan concentrada en mantener la conexión que apenas en ese momento me di cuenta de que me había estado gritando. Ah, pero no, Señor.

—Sabes, Héctor. Yo quiero ayudarte, de veras que sí…, pero esto es muy difícil para mí también. Así que se acabó. Dime, ¿por qué estás aquí? Y si crees que Olivia te mató, entonces ¿por qué no estás arriba jodiéndole la vida a ella?

—Por… porque…

—¿Porque qué?

—Porque. La puedo asustar y…

—Ah, pues qué bueno saber que te preocupas por el bienestar de alguien.

—Cómo es que… vos nunca… me tijeras… me dijeras que hablabas con… con otros… como yo.

—¿Quieres decir con fantasmas arrogantes como tú? —le dije, porque ya era hora de que dejara de tratarlo con guantes de seda, como si algo de esto fuera mi culpa—. ¿O con personas muertas que se creen las únicas con problemas?

—¿Por qué nunca… me lijiste que macías esto?

—Porque no lo hacía. Tú eres el primero en mucho tiempo.

—¿Que soy el primero? Teo que he escuchado eso antes —dijo.

—Héctor, tú te das cuenta de que esto no es un chiste, ¿verdad? ¿Te das cuenta de que esto es bien serio para mucha gente, o no? Ahora, dime, ¿por qué estás aquí realmente?

—Yo te dije. Teno que westar seyuro de que fue ella, Me-ríela. Tengo… que saber por qué.

—¿Y qué de Abril?

—¿Quién? —preguntó él esfumándose de nuevo.

—¿La mamá de Henry? ¿El pequeño Henry? ¿Del apartamento de al lado? Y ya deja de desaparecerte. Pareces un maldito letrero de neón.

—¿Quién?

—Abril. ¿No te acuerdas quién es ella?

—Yo sé quién…

—Si lo sabes, ¿por qué preguntas quién es? No importa, sólo háblame de ella.

—Yo sé quiééééé… sé quiéééééé Henrieee…

—Estás hablando raro de nuevo.

—Wuuuuuu —comenzó a decir, seguido por su primer murmullo del día.

—¿Qué estás tratando de decir, Héctor?

Pero sólo siguió gimiendo y esfumándose con cada gemido. Su expresión era tan cómica que pensé que estaba fingiendo esta desconexión para evitar mis preguntas. Pero ¿por qué lo haría? Yo no lo había obligado a buscar mi ayuda.

—¿Héctor? ¿Qué tan bien conoces a Abril?

—Él viene.

—¿Quién viene? —pregunté alarmada, porque la última vez que me advirtió que alguien venía, no había sido precisamente el Mesías, y pasé más de cuatro horas en una estación de policía, respondiendo preguntas.

—A chey muerto, rey puesto —dijo, la famosa frase usada para señalar el rápido reemplazo de un amante con otro.

—¿De qué hablas? ¡No te atrevas a irte sin darme una respuesta sobre Abril! ¿Héctor? ¿Héctor?

—No te preocupés por míííí… está llelando.

Y, efectivamente, alguien llegaba y tocaba a mi puerta, pero al menos esta vez Héctor me dijo exactamente quién era antes de que yo abriera. Ya no podía verlo, pero su voz delataba una mezcla de desesperanza e ironía tan densa que podría haberse condensado en una nube justo ahí en mi sala.

—Abrí la puerta, flaca. Es tu movio.

Capítulo 25

Efectivamente, ahí estaba Jorge cuando abrí la puerta, vistiendo unos caquis verde oscuro y una camiseta holgada en la que se leía la frase "No estoy de acuerdo contigo, pero estoy bastante seguro de que no eres Hitler".

—¡Fuiste a casa! —dijo en vez de saludar.

—Sí, y gracias a Dios que recordaba la dirección, porque de otro modo no la hubiera reconocido —dije, invitándolo a pasar; mi corazón latía con más fuerza que cuando había descubierto al fantasma de Héctor acampando en mi apartamento.

—¿Y? ¿Qué piensas?

—¿Qué pienso? Qué pienso. Hmmm, vamos a ver —dije jugando con él, fingiendo que no veía la expresión de su rostro, entre ansiosa e ilusionada, esperando mi veredicto.

—¡Deja de torturarme, mujer, y dime que te encantó! —dijo tomándome de los hombros y haciendo como si me sacudiera.

(—¿Torturándote a vos? Che, vos no tenés ni idea… ni idea… de lo que es la fortura —dijo Héctor desde el rincón al que se había desvanecido).

—Por supuesto que me encantó, tonto. Es maravillosa —le dije al hombre que aún tenía signos vitales y se encontraba presente en mi sala.

—Va bien la renovación, ¿eh? La compré justo después de…

—¿La compraste? Espera, ¿tienes algún tío rico que no conozco?

—Los dueños iban a perderla durante la crisis inmobiliaria, así que me ofrecí a comprarla antes de que el banco se las quitara. Me la dieron barata porque necesitaba muchas reparaciones.

—Me acuerdo de eso —dije.

(—Pero… ¿quién se cree el boludo este, eh? —dijo Héctor).

—Vaya, así que ahora eres dueño de casa —deslicé yo.

—De hecho, soy el propietario de un restaurante. ¿Puedes creer que la casa tiene zonificación mixta, o sea, es zona residencial y también comercial? Es porque está muy cerca del teatro Tower.

—Ay, Dios mío, pero eso es fantástico. ¡Estoy tan contenta por ti! —dije indicándole el sofá para que se sentara y luego me senté en mi escritorio para ocupar el espacio entre él y el alféizar de la ventana en la que había visto la imagen de Héctor (¿flotando?) antes de que él tocara a la puerta.

—Quiero mantener la sensación de que estás en una casa, como cuando vas a la de un amigo a comer. Entonces cada habitación será un comedor separado, con una ambientación diferente y…

(—Bla, bla, bla, bla, bla, bla, bla —refunfuñó Héctor).

—… el portal será un ambiente, el comedor otro, el que era el dormitorio dará al patio y será más íntimo, más romántico —seguía diciendo Jorge.

—Pero ¿y entonces dónde vas a vivir tú? —pregunté.

—Eso es lo lindo: estoy convirtiendo el garaje en un pequeño apartamento independiente, con una entrada lateral y vista a la Calle Ocho.

(—Oooh, pero es queeeee me podría volver a moriiiiir, che, de lo fantááástico que es, pero qué increíble, che, que increííííble —decía Héctor arrastrando las palabras como si estuviera borracho en lugar de muerto).

—Espero inaugurarlo para Halloween. Tienes que venir —decía Jorge.

—¡Por supuesto que iré! Ah, y muchas gracias por la deliciosa comida que me enviaste anoche. Estaba riquísimo todo.

(—Ay sí, diii… liciosa —dijo Héctor tan cerca de mi oído que salté de mi asiento como si me hubiera dado una nalgada en el trasero).

—Pensé que te vendría bien. Gustavo me contó, tú sabes, que vino la policía —dijo Jorge, levantándose y avanzando hacia mí como para darme el abrazo que terminara por fin con toda esta cortesía rígida, con esta nerviosa formalidad, que ahora, después de aquel beso, existía entre nosotros. Pero cuando su mano tocó mi hombro, yo me tensé tanto que él dio un paso atrás, sin saber que era el muerto sarcástico el que me tenía nerviosa, y no la posibilidad de su abrazo vivo, tibio.

—Me alegra mucho que hayas venido —dije tratando de suavizar la expresión dolida de su rostro.

—¿De verdad? —preguntó—. Sé que el otro día me pasé un poco de la raya.

—No, no. Yo lo entendí. Necesitabas cerrar ese capítulo.

Jorge intentó protestar, pero no pude escucharlo porque alguien más estaba hablando:

(—¡Oh, por Dios, por qué no buscás un cuarto, viste, y se wan a la cama ya! —chilló Héctor).

—¿Quieres un poco de vino? ¿Café? —dije, y lo llevé a la cocina con la esperanza de que Héctor no nos siguiera; le serví un vaso de Rioja.

Una vez en la cocina fui directo al grano, algo que (estúpidamente) nunca antes había hecho en mis relaciones con los hombres: hablar claro y de frente.

—Jorge, voy a confiarte lo que me está pasando porque realmente necesito un amigo.

—Aquí me tienes.

—Sí, pero necesito saber por qué.

—¿Por qué...? ¿Por qué estoy aquí?

—Exactamente. Yo necesito saber cuáles son tus motivos, así nadie sale lastimado.

Él lo pensó por un minuto antes de comenzar a reírse sacudiendo la cabeza como si le resultara increíble que le hiciera esa pregunta.

—¿De veras no lo sabes? —dijo por fin.

Moví la cabeza para indicarle que no, a pesar de que escuchaba a Héctor resoplar y vociferar desde la sala que hasta él lo sabía.

—Tú sabes, cuando te conocí, yo llevaba aquí más de una década, pero nunca sentí que estaba aquí, nunca sentí que pertenecía, nunca quise hacer nada más que trabajar sólo lo suficiente para enviar dinero a Cuba cada mes, divertirme, vivir la vida. Incluso casarme con Yuleidys tenía que ver con probarme a mí mismo que podía sentar cabeza, vivir como la gente normal.

—Y lo lograste.

—Y lo logré, pero porque tú ya me habías cambiado.

—No digas eso. Tuvimos un affair, no fue nada…

—¿Cómo sabes lo que no fue? Yo no lo sé —me interrumpió—. De todos modos, después, meses después, me di cuenta de los pequeños cambios en mí. Me di cuenta de que quería hacer mejor las cosas. Ser mejor. Me di cuenta de que quería todas esas cosas para poder venir a buscarte y demostrarte… No, no. Para mostrártelas. Realmente lo que quería era mostrarte todo lo que había hecho.

—Querías que supiera de lo que me estaba perdiendo, ¿eh? —dije, bromeando, para aligerar el ambiente, pero sintiéndome secretamente halagada.

—Nosotros tenemos algo, mujer. Tú y yo —dijo sonriéndome—. Yo no sé qué es, pero tenemos algo.

—Lo que tú tienes es una esposa.

—Tuve.

(—Ahora sí… Está mintieeeeeendo, ¿viste? —gimió Héctor desde la sala).

—Tienes —dije, temerosa de que, tal como decía Héctor, Jorge me estuviera mintiendo y arruinara los buenos sentimientos que empezaban a permitirme volver a sentir hacia él—. Acabo de hablar con ella hoy —dije, señalándole el anillo de oro martillado que él siempre llevaba.

—Éste es el anillo de bodas de mi padre. Me lo dio antes de morir la pasada Navidad.

Así que ése era el hombre por el que yo lo había visto llorar en mi visión cuando Jorge vino a verme por primera vez, la semana pasada.

—Lo siento. No lo sabía.

—Y la mujer que viste hoy no es Yuleidys. Yuleidys se regresó tres meses después de haber llegado.

—¿Estás bromeando?

—No, a ella no le gustó esto. Lo odiaba todo. Lo de tener que aprender a manejar, lo de tener que aprender inglés, lo de seguir reglas a las que no estaba acostumbrada. Además, ella es muy apegada a su familia y la verdad que los extrañaba demasiado y, encima de todo eso, probablemente no ayudó mucho que se diera cuenta de que yo no la amaba realmente.

—Qué horrible para ustedes dos —dije, recordando cómo en aquel entonces él había tratado de esconder su genuina emoción ante la llegada de Yuleidys—. ¿Y qué paso con todo el dinero que ahorraste para traerla?

—Si te digo la verdad, me sentí tan aliviado cuando ella decidió irse que ni siquiera pensé en el dinero. Casi inmediatamente me di cuenta de que casarnos y alejarla de todo lo que ella conocía había sido un gran error. Ya sabes, Mariela, la Yuma no es para todo el mundo.

La Yuma. Hacía mucho tiempo que no escuchaba ese término. La Yuma es un espejismo disfrazado de sueño americano. La única forma de verla es en reversa, como a través de un espejo; es lo que los de allá creen que es venir acá. Todo el mundo viste jeans de diseñador en la Yuma. Tienen grandes casas y carros e incluso botes. Se van de vacaciones y dicen lo que les da la gana sin sufrir consecuencias en la Yuma. Y no es que no pueda ser cierto. Es que no es tan así, aunque no te pueda explicar bien. Qué va. Tendrías que ser cubana para entender por qué es que no es fácil.

—Ahora entiendo de dónde ha salido toda esta nueva madurez que veo. ¿Más? —pregunté, sirviéndole otro vaso de Rioja cuando él asintió—. ¿Así que ella se fue?

—Sí, pero para entonces yo ya estaba claro; sabía lo que me hacía feliz: cocinar para la gente, verlos relajarse y disfrutar en mi propio negocio —dijo, agitando su copa de vino antes de beber un sorbo.

—De eso sí me acuerdo: de lo mucho que te gustaba invitar a tus amistades a comer a la casa. ¿Aún haces esos maratones de cocinadera a las dos de la mañana? Nunca pude entender cómo ustedes podían pasarse toda la noche cocinando en un restaurante, para luego irse a la casa de cualquiera de ustedes y seguir cocinando, con esa música alta, la marihuana, el vino. Dios mío, hubo un tiempo que era casi todas las noches. Te confieso que eso me enloquecía, me sacaba de quicio.

—Era una locura, lo admito. No sé, quizás fue una fase. Mi fase de "bienvenido a América… o a Estados Unidos" —añadió para evitar que yo lo corrigiera y dijera: "De América somos todos los latinos, querrás decir de Estados Unidos"—. Pero cuando tú terminaste conmigo, todo lo que yo escuchaba era tu voz diciéndome lo talentoso que yo era, lo buen cocinero que era y que yo era capaz de lograr cualquier cosa que me propusiera. Así que decidí hacer algo acerca de eso.

—Estoy impresionada, pero, espera, ¿quién era la "simpática" señorita que estaba hoy en tu casa?

Él se miró los pies como si no me hubiera escuchado.

—No tienes que decírmelo.

—Es Omayra. Mi… amiga.

—¿Tu amiga?

—Mi amiga. Ex. Novia. Exnovia que vivía conmigo, y ahora mi exnovia que finalmente se muda de la casa.

—Ohhh.

—Ella estaba justo terminando de mudarse cuando pasaste por la casa. Yo me fui para darle espacio. ¿Cómo iba a saber que pasarías? Pensé que se te había olvidado dónde vivía, por la manera en que te mantuviste alejada todo este tiempo.

—Bueno, tú sabes, yo te imaginaba felizmente casado. No quería entrometerme —dije, dándome cuenta de cuánto me había importado él, pero también de cuánto había querido creer que los matrimonios felices existían.

Jorge apoyó los codos sobre las rodillas, inclinándose hacia mí con la copa de vino aún en la mano y una sonrisa antes de decir:

—Te extrañé, ¿sabes?

—Lo que vas a extrañar es a la noviecita que se te acaba de mudar. Eso es lo que extrañas —dije, tomándome mi vino y buscando a Héctor con la mirada, incapaz de dejar de sentir lo que estaba sintiendo una vez más, tan cerca de Jorge. De este Jorge, soltero, sentado frente a una mujer que sentía, por primera vez en muchos años, que podía intentar amar a un hombre disponible. A este hombre disponible, para ser exactos.

Pero Héctor había decidido, aparentemente, quedarse callado y permanecer en la sala; probablemente porque la densidad de su energía le hacía difícil desplazarse de un espacio a otro.

—Nah, eso ya venía caminando. Ella es una muchacha buena. Sólo que no es para mí —dijo Jorge.

—Sí, ya veo —dije—. Y bueno, al menos me alegra saber que no te has estado sintiendo solo, después de que terminaste con Yuleidys.

—Me decías que necesitabas un amigo —dijo.

—Así es —dije dejándolo cambiar el tema.

—¿Y…?

—Necesito cometer un pequeño delito.

—¿Y eso?

—Necesito entrar al apartamento de una vecina.

—¿Para qué? ¿Qué te vas a robar?

—Nada. ¿Te acuerdas de Abril, la novia de Gustavo?

—Seguro. La acabo de ver.

—¿Dónde?

—Ahora mismo estaba caminando por la acera con su hijo. ¿Por qué necesitas entrar a su apartamento?

—Creo que ella puede saber algo sobre la muerte de Héctor.

—Mariela, todo se va a arreglar. La policía va a llegar a la conclusión de que tú no tienes nada que ver con eso porque ésa es la verdad.

—¿Y tú estás tan seguro?

—Por supuesto. No es tan fácil acusar a alguien de asesinato —dijo.

—No, quiero decir, si tú estás seguro de que yo no lo hice.

Él me miró directamente a los ojos y dijo:

—Nunca en un millón de años.

Las puedo sentir, aun ahora si cierro mis ojos, aquellas mariposas de posibilidad revoloteando dentro de mí, acercándome a Jorge y llenándome de miedo del bueno.

—Pero —continuó él— si insistes en entrar a su apartamento, tendremos que apurarnos. No me pareció que tuviera planes de tardar.

Capítulo 26

—Alabao, ¿tú sabes lo mucho que yo quería tener un auto a control remoto como éste cuando era niño? —dijo Jorge mientras la palma de su mano izquierda acariciaba con reverencia el juguete, propiedad de Henry, que sostenía en su mano derecha; sus ojos color café iluminados por el recuerdo de su deseo.

—¿No había carros a control remoto en La Habana cuando tú eras pequeño?

—¡Mujer, pero qué cosas dices, y yo que pensaba que tú eras cubana! No, por supuesto que no había, ni hay, carros a control remoto en La Habana, o al menos no para niños sin familia en el exilio con el dinero para enviarles uno.

—Okay, pues te prometo comprarte un carrito si te quedas cerca de la puerta y vigilas con atención como me prometiste.

—Perdón, pero, ahem, ¿gracias a quién fue que pudimos entrar?

—Y yo te lo agradezco mucho porque realmente no quería tomar prestadas las llaves de Iris si podía evitarlo.

Estábamos dentro del apartamento de Abril, y mientras Jorge se mantenía vigilante al lado de la puerta de entrada, con el carrito de Henry aún en sus manos, yo buscaba cualquier cosa que pudiera delatar la presencia de Héctor en la vida de Abril: un diario, una carta o un ejemplar de cualquier libro de Gabriel García Márquez con la etiqueta engomada de Del Tingo al Tango adherida a su contraportada, como el que yo tenía en mi apartamento. También buscaba alguna mata de belladona o algunas hojas que hubiesen sobrado de algún ejemplar de la mortal planta ya descartada, aunque sabía de sobra que Abril jamás habría dejado algo ni remotamente peligroso al alcance de Henry.

Quería saber si ellos habían sido amantes, pero más importante aún era encontrar señales del nivel de intensidad de la relación, si la hubo. Y es que si todo había sido una aventura fugaz, entonces Abril no habría tenido suficiente motivo para matar a Héctor, y todas las pistas apuntarían a Olivia. Pero si, por el contrario, la relación había sido larga e intensa, entonces tal vez Abril sí había tenía un motivo contundente para asesinarlo.

Claro que ¿cuán intensa puede ser una relación con un hombre que ya tenía una esposa con la que vivía y una amante a la que veía regularmente? Y si la relación había sido larga y comprometida, ¿cómo es que yo no me había enterado? Pues bien sencillo: de la misma forma que Olivia tampoco se había dado cuenta de lo que hubo entre Héctor y yo hasta después de su muerte. Porque él había sido un mentiroso excepcional. O quizás, y esto era mucho más probable, porque ninguna de las dos habíamos querido ver la verdad.

Como no había nada obvio —una carta, una postal—, hice un inventario mental de las cosas que yo tenía en mi apartamento a causa de mi relación con Héctor —una bufanda olvidada, un cortador de tabaco, un CD de una fusión de jazz y blues— y pasé la vista por la sala de Abril en busca de objetos similares.

Nada. A primera vista, su casa era tan indescifrable como ella misma. La sala estaba escasamente decorada con un sofá y un par de sillones de madera que parecían reliquias rescatadas de algún balcón tropical; un televisor del año de la corneta de palo y tres contenedores de plástico para los juguetes de Henry cuidadosamente clasificados: uno para carros y robots, otro para juegos y rompecabezas, y otro que adiviné sería para todo lo demás: libros para colorear, creyones y algunos Beanie Babies de felpa que sin duda habían sido apachurrados, besados, empapados en lágrimas, histéricamente lanzados durante pataletas y luego rescatados justo a tiempo para ser preservados como miembros honorarios de la familia; estaban allí para recordarle a Henry que alguna vez había sido niño, para ilustrar cómo era a sus siete añitos, para que le sirvieran de reflejo al hombre en quien se convertiría con el paso de los años.

Entre la sala y la cocina había un comedor muy pequeño, con una mesa de formica cuadrada, tres sillas y un archivo metálico. Halé la gaveta superior, pero estaba cerrada con llave, así que la abrí con una pequeña horquilla errante que siempre tengo enredada en el cabello. La gaveta tenía unos cuantos sobres de manila y una pequeña caja color melocotón que originalmente había contenido unas zapatillas de ballet marca Capezio llena de papeles: boletos de avión, constancias de hospital y una copia del certificado de nacimiento de Henry, así como recibos de su fórmula de bebé y de su ropa a través de los años, las cuentas de su ortopeda, de su comida, libros, juguetes, gafas, inmunizaciones y unas cuantas autorizaciones para excursiones escolares. Entre estas cosas, un recibo llamó mi atención. Era de una agencia de detectives e identificaba el servicio realizado con una sola palabra escrita en letras mayúsculas, HENRY, como si él fuera una agencia de gobierno y no un niño hermoso con una sonrisa tan genuina que era capaz, por sí sola, de hacer que te sintieras feliz de estar vivo. Bajo su nombre se leía: Recuperación de la información de contacto.

Organicé el contenido de la caja sobre la mesa de formica y casi pude ver cómo las facturas, los recibos correspondientes y los cheques cancelados trazaban una línea desde Nueva York, donde Henry había nacido, hasta el sur de la Florida y su actual vida en Miami. Abrí uno de los sobres de manila, y docenas de fotos de Henry cayeron en la mesa, casi cubriendo por completo los recibos. Juntos, las fotografías y los recibos parecían los elementos de un álbum de bebé que alguien hubiera olvidado componer, y me dejaba claro que Abril sí había regresado a Miami con la intención de enfrentar al padre de Henry con la justicia o, al menos, con las cortes, y que se había preparado lenta y cuidadosamente para la misión documentando la vida de su hijo y el costo de los sacrificios que había tenido que hacer a lo largo del camino.

¿Qué sería realmente lo que Abril esperaba obtener de este hombre? ¿El monto retroactivo de la manutención de su hijo que él le debía? ¿Quería una relación con el padre de su hijo? ¿O lo que quería era obligarlo a cargar a Henry en sus brazos, a enseñarle a lanzar una pelota de béisbol, a llamarlo hijo?

Empecé a poner todo de vuelta en su lugar, con el mayor cuidado, mientras pensaba: ¿qué tan difícil puede ser encontrar a un hombre? Fue entonces cuando se me ocurrió que a lo mejor él había muerto. Ésa era la única explicación para que todos estos esfuerzos reflejados en los pedazos de papel que yo tenía en mi mano no hubieran llevado a Abril al padre de Henry. Tal vez él había sido rico y Abril estaba tratando de construir un caso póstumo por los derechos de herencia de Henry, o de demandar a los herederos del patrimonio del hombre por manutención infantil, lo cual explicaría todos los recibos. O tal vez estaba muerto pero ella aún no lo sabía. Tal vez para eso tendría que esperar hasta que la próxima agencia de detectives que contratara se lo revelara, en forma de recibo, por supuesto: "Sujeto de la búsqueda no fue hallado en última dirección conocida. Nueva dirección fuera del alcance y territorio de este detective".

—Oye, creo que debemos darnos prisa —dijo Jorge, abriendo la puerta un poco para mirar hacia el pasillo.

—Pensé que habías dicho que la viste cargando un cesto de ropa sucia.

—Sí, pero dije un cesto, no tres. ¿Cuánto puede tardar el lavado y secado de una tanda de ropa?

—Ya casi termino —dije, cruzando el angosto pasillo y pasando por un baño de losas art déco color azul claro antes de llegar al único dormitorio del apartamento, ubicado justo encima del de Iris. La habitación era tan sencilla que casi era minimalista, y estaba muy ordenada, como el resto del apartamento. En la cama de Abril y Henry, de tamaño matrimonial, una colcha amarilla, tejida con pequeños pompones, daba el único toque de color a la habitación.

Me fui derecho a la mesa de noche. En la gaveta superior sólo había algunas hebillas para el pelo, un tubo de Neosporin y el fax de confirmación de la compra de un diccionario escolar.

Cerré la gaveta y rápidamente abrí las dos superiores de la cómoda blanca y laminada cuya parte frontal daba hacia la cama. Palpé debajo del borde del colchón pero tampoco hallé nada.

Le estaba echando a la habitación un último vistazo para asegurarme de que todo estaba como lo había encontrado cuando me di cuenta de algo importante. La impresión fue tan fuerte que me hizo cerrar los ojos y casi sentarme en la cama, pero me contuve justo antes de que mi trasero pudiera desordenar la perfecta alineación de los pompones de la colcha amarilla.

Lentamente, abrí la gaveta de la mesa de noche de nuevo y tomé el fax de confirmación de la compra del diccionario, sabiendo exactamente lo que iba a encontrar. ¿Por qué Abril, que ni siquiera tenía un computador propio, enviaba una confirmación por fax para comprar un diccionario para Henry o cualquier otra persona?

Efectivamente, la confirmación vía fax había sido enviada por un maestro a Del Tingo al Tango por veinte copias de *El Pequeño Larousse Ilustrado 2010*. Volteé el papel y leí los garabatos escritos a mano: "Coffee Park 11 p. m., si es que le parece bien a 'tu novio'".

No estaba segura de quién era la letra, pero el tono sarcástico de la nota era, sin lugar a dudas, de Héctor: la mención de "tu novio", un eco de la forma en que había anunciado la presencia de Jorge al otro lado de mi puerta hacía menos de una hora. Y ahora la visión de ellos dos regresaba como un martillo sobre mi cabeza. Ahí estaba Héctor enfrentando a Abril, y el sentimiento era definitivamente tenso, antagónico y doloroso. ¿En qué había estado yo pensando? ¡A esta mujer no le importaban los affairs! A esta mujer sólo le importaba su hijo, encontrar al padre y hacerlo pagar por todas las penurias que ella había tenido que pasar.

No lo podía creer. ¿Cómo no vi esto?, pensaba, caminando de regreso a la sala.

—Mariela, de verdad que tenemos que ir echando de aquí —dijo Jorge con los ojos fijos en el corredor a través de un resquicio de la puerta entreabierta.

Abril no había estado tratando de hacer que Héctor reemplazara al padre perdido de Henry. Héctor *era* el padre de Henry.

—¿Estás bien, Mariela? ¿Qué pasa? —dijo Jorge, cerrando la puerta y viniendo hacía mí, como dispuesto a sacarme de ahí por la fuerza si fuera necesario.

Pero yo no podía hablar, conmocionada por todos los eventos de los últimos seis o siete meses, resurgiendo rápidos en mi cabeza, pero con nuevos significados. Regresé al archivo y a la factura del detective que había vuelto a colocar en la caja de zapatos. Los demás recibos eran todos anteriores a la mudanza de Abril a este apartamento y correspondían a restaurantes y cafeterías que quedaban cerca o frente a la librería de Héctor. El hombre que se había reunido con ella esa mañana era un detective, tenía que serlo.

—Vamos, tatica. ¡Vámonos! —dijo Jorge desesperado, usando el apodo con que me llamaba en el pasado—. Mira que no quiero tener que salir de aquí por una ventana.

—Jorge, creo que ya sé… —alcancé a decir.

—¿Sabes quién lo mató? —preguntó Jorge, abriendo los ojos.

—No, pero sé algo… más importante.

Y fue en ese momento cuando ambos escuchamos la voz de Henry, subiendo desde la calle, a través de la ventana:

—¿Por qué siempre tiene que ser *después*? ¿Por qué no puedo comer helado *mientras* hago mi tarea? Igual va a parar a mi estómago.

—No quiero que te distraigas —contestó Abril. Ahora su voz se escuchaba directamente debajo de la ventana. Eso significaba que estaban detenidos en la entrada del edificio, probablemente mientras ella buscaba las llaves a la vez que balanceaba su cesta de ropa doblada en una cadera.

—¿Quién se distrae con un helado? ¡Es sólo helado! —se quejó Henry.

—Para ya, Henry. No habrá helado hasta que no hayas terminado todas tus tareas. Ahora, vamos, ayúdame con la llave —dijo Abril justo antes de que la puerta de entrada se abriera con un clic.

—Carajo, Mariela. ¡Tenemos que salir de aquí ya! —siseó Jorge, enlazando mi cintura con su brazo y, básicamente, remolcándome hacia la puerta; la voz del niño, en el centro de todo este lío, aún retumbaba en mi cabeza.

Capítulo 27

Me asusté tanto cuando me di cuenta de que Abril y Henry habían regresado de la lavandería que le permití a Jorge que me sacara casi a rastras de allí, luego él tuvo que correr para alcanzar a ponerle el cerrojo a la puerta del apartamento de Abril.

Una vez en el pasillo...

—Relájate —dijo, tomándome la mano para estabilizarme, desacelerando el paso y obligándome a hacer lo mismo—. No nos va a dar tiempo. Nos van a ver, así que tratemos de no parecer lo que somos: dos personas que acaban de meterse en el apartamento de otra sin su permiso.

Y efectivamente, no bien terminó de decirme esto, Abril y Henry estaban frente a nosotros.

—¡Mariela! —dijo Henry sonriéndome.

—Hola, Henry —dije, tocando su barbilla con la punta de mis dedos—. Te he extrañado.

—¿Qué están haciendo aquí? —preguntó Abril, halando a Henry hacia ella, apartándolo de mí.

—Vine a ver si el señor que... —gesticulé hacia la puerta del apartamento frente a ella.

—La señora...

—Eso, sí, la señora... la mujer que vive ahí... a ver si estaba en la casa.

—Esa señora está loca, ¿verdad, mami? —preguntó Henry.

—¡Henry! —dijo Abril—. Ella no está loca, está enferma.

—Ah, bueno, tal vez es por eso que no me escuchó tocar la puerta. En fin, éste es Jorge. Jorge, Abril. Abril, Jorge.

—Ya nos conocemos —dijo ella, mirándonos cuidadosamente antes de transferir su atención a las llaves que tenía en la mano, sin duda buscando la de la puerta de entrada a su apartamento, sin siquiera desearnos buenas noches, como si ya no estuviéramos allí.

—Sí, claro. Tú eres la ex de Gustavo —dijo Jorge.

—Yo soy la *amiga* de Gustavo —dijo ella, mirándome con rabia a mí como si yo hubiese dicho algo y luego dándonos la espalda por completo antes de insertar la llave en la cerradura.

Yo no pude dejar de hacer un "Hmmph", que quería decir: "Sí, está bien. *Sure honey.* Lo que tú digas".

—Okay, bueno, ahora que todo eso está claro, pues buenas noches —dijo Jorge tratando de evitar un problema.

—*Good night!* —dijo Henry—. *Don't let the bed bugs bite!* —que significa algo parecido a "No dejen que los piquen los chinches".

Sonreí mirando sus inocentes ojos oscuros a través de sus enormes espejuelos, buscando (¡y hallando!) a Héctor en su rostro, antes de decirle adiós y seguir a Jorge escaleras abajo hasta la acera. Caminé despacio, mi mano aún en la suya, mis ojos casi cerrados por el miedo y por el temor a todo lo que estaba por venir. Era verdad: Abril y Héctor. Tal vez no ahora, pero en algún momento del pasado.

Cuando llegamos a mi portal, me giré para subir las escaleras, pero Jorge me volvió a voltear hacia la acera, tirando de mí.

—¿A dónde vamos? —pregunté, ahora con los ojos bien abiertos.

—A cruzar la calle —dijo él señalando el parque.

—No puedo.

—Sí puedes.

—No puedo, Jorge.

—¿Prefieres ir sola?

—No.

—¿Vas a evitar el parque que tienes frente a tu casa para siempre?

Tampoco podía hacer eso. El parque, esa área verde y marrón, aparentemente inconsecuente, era el corazón de Coffee Park, de este lugar que me había cobijado después de cada golpe de la vida.

Así que fui.

Según nos acercábamos a la banca donde fue encontrado el cuerpo de Héctor, empecé a temblar. Mis rodillas, como estacas mal clavadas debajo de una destartalada casa de playa, empezaron a moverse de izquierda a derecha y luego de derecha a izquierda como un carro mal alineado, hasta que tuve que sentarme en la banca de enfrente.

Coffee Park estaba en silencio, todo sombras y hojas que se arrastraban, haciendo el sonido de muchos susurros a la vez.

—¿Cómo te sientes? —preguntó Jorge.

—No sé.

—¿Ustedes eran amantes?

—Sí —admití esta vez.

—Okay. ¿Y cómo te sientes?

—Triste.

—¿Estabas enamorada de él?

—Es posible. Su inteligencia, su cerebro, la forma en que hacía todo más interesante... Creo que yo quería ser la versión femenina de él y, sin embargo, no quería casarme con él, ni mucho menos vivir con él. ¿Tiene sentido eso?

—Y si no lo tiene, yo haré que lo tenga —dijo.

Era algo que solía decirme cuando estábamos juntos, y que lograba hacerme sentir segura a su lado, aunque fuera sólo en el momento en que lo decía.

Lo besé y él me besó de vuelta; su aliento dejando un sabor (¿podrás creerlo?) a manzanas en mi boca.

—No. No fue a esto a lo que te traje aquí —dijo después de unos segundos, poniendo sus manos en mis hombros y empujándome delicadamente a descansar mi espalda en la banca.

—¿Ah, no? Ah, pues si no fue a eso que me trajiste, me voy entonces —bromeé.

—Lo estás evitando.

—¿Evitando qué?

—Mariela, acabas… acabamos… de allanar ilegalmente el apartamento de una persona que ni te habla con tal de descubrir lo que le pasó a este hombre. Obviamente hay cosas ahí que tienes que resolver contigo misma. Entonces, estamos aquí. Donde él murió. Habla de él, piensa en lo que pasó, recuérdalo, llora, haz lo que sea, pero enfrenta las cosas para que puedas seguir. ¿O voy a tener que acompañarte en más locuras antes de que te detengas, lo enfrentes, lo resuelvas, y sigas adelante?

Cuando no respondí, me dijo:

—Trato de ayudarte. Dale. Cuéntame de él.

—No.

—Vamos. No te hagas la larga —que es algo así como que no me hiciera de rogar.

—Uhn-uhn. Nop —dije.

—Habla, mujer. Di algo, empieza por algún sitio —dijo con fingida exasperación.

—¿Desde cuándo eres tan adulto?

—Viejo es lo que me voy a poner esperando a que hables. Vamos, ¡habla!

Así que hablé y le conté todo sobre la muerte de Héctor. Y entonces lloré y él me abrazó, y los abrazos se convirtieron en besos deliciosos que me hicieron bien.

Y entonces *él* me lo dijo todo. Sobre Yuleidys y lo alucinante que había sido darse cuenta de que me extrañaba cuando estaba con ella. Sobre cómo había seguido extrañándome, pero sin saber cómo acercarse a mí o qué decir.

Sobre el día que lo había transformado: había "partiseado" mucho una noche y luego se fue a trabajar sin dormir y con la peor resaca de su vida. Cuando un cliente mandó a devolver su plato insignia —pescado blanco horneado sobre una cama de mango, aguacate, cohombro y carne de cangrejo—, Jorge no logró controlarse y salió a decirle cuatro cosas hasta que la esposa embarazada del cliente comenzó a llorar, viendo el rostro de Jorge deformado por la ira y la falta de sueño.

—Nunca olvidaré la cara de esa mujer, Mariela. ¡Ella me tenía miedo! Pensó que les iba a hacer daño. Fue entonces cuando decidí que necesitaba hacer algo con mi vida. Superar a Cuba de una vez por todas, llevarla conmigo sin dejar que me arrastrara hasta el fondo, y tratar de echar raíces aquí, ¿sabes? Enamorarme de la vida, como dicen.

Me dijo que había pensado en mí mientras trabajaba para convertir su casa en un auténtico restaurante, fantaseando que me invitaría a ver todo lo que había logrado y cuánto había cambiado, y que yo estaría muy orgullosa de él.

Lo escuché en ese lugar que recientemente había sido testigo de muerte, pero también, sin lugar a dudas, de vida y de los gritos alegres de los niños y las conversaciones entre amigos. Yo quería decirle cuánto me estaba haciendo desear creer de nuevo en la posibilidad de un final feliz, que sentada a su lado casi podía imaginarme contenta, viviendo una vida llena de amor y libre del miedo a mi clarividencia. Que me imaginaba lo suficientemente fuerte para ver lo que debía ver y lo suficientemente sabia para usar lo que viera para ayudarme a mí misma y a los demás.

—Tengo miedo —dije en lugar de eso.

Él soltó una risotada y me puso una mano en cada mejilla, como si no pudiera creer que el reloj, de algún modo, hubiera vuelto a este lugar; el "lugar" donde el tiempo y el espacio y las circunstancias se habían intersectado para reunirnos de nuevo.

—Mariela, yo no soy tonto. Tampoco soy un troglodita. Te entiendo. Estás pasando por un proceso en estos momentos y yo no quiero acelerar las cosas. Si esto es real, hay tiempo.

—Jorge, yo ni siquiera sé lo que va a pasar, o qué es lo que estoy sintiendo. Una parte de mí todavía está en duelo por algo, sin saber exactamente por qué. Además, están todos estos asuntos inconclusos alrededor de la muerte de Héctor.

Sin descontar el no tan insignificante detalle de que su fantasma se estaba hospedando en mi casa.

—Cuando estés lista. Y si no estás lista nunca, pues bien. Ya veremos. Creo que te he demostrado que puedo entender una indirecta si es que decides seguir por un camino distinto. Pero si lo nuestro tiene aunque sea una pequeña posibilidad de ser al menos un "tal vez", entonces yo quiero que lo exploremos... Y no tiene que ser mañana, ni pasado. ¿Qué dices? ¿Trato hecho?

—Trato hecho —dije, aliviada por tener ese espacio para reconciliarme con la realidad de mi amante muerto, así como con lo que ahora sabía de la vida del adorable pequeño de los espejuelos grandes, al que Héctor ya nunca podría enseñarle los placeres de un buen libro.

Capítulo 28

En caso de que alguna vez te lo hayas preguntado: no, la gente no cambia sólo porque ha muerto. Y a juzgar por mis tempranas experiencias conectando a las personas con sus seres queridos fallecidos, esto es particularmente cierto en el caso de los hombres.

Dos días completos habían pasado desde que descubrí el secreto de la paternidad de Henry. O al menos las pruebas que señalaban ese hecho, ya que lo que había encontrado estaba muy lejos de ser el equivalente de un análisis de ADN.

Pero Héctor se rehusaba a mostrar su cara, o lo que había estado mostrando durante nuestras conversaciones *post mortem,* algo que, para mí, era prueba suficiente.

—Héctor, así no funcionan las cosas. No puedes aparecer cuando te plazca y luego rehusarte a venir cuando yo te llamo. ¿Héctor? ¡Héctor!

Nada, y eso que yo lo intenté todo: sostuve objetos que él me había dado (libros como el ejemplar de *Chiquita* que me había regalado la última vez en el hotel St. Michel), había llenado la bañadera y me había sentado en la taza del inodoro a esperar y había sonado mis campanas tibetanas, recordando momentos específicos de nuestro tiempo juntos, tratando de conectarme con él a través de experiencias compartidas. También canté más himnos que un monje tibetano, repetitivamente, pidiéndole que se hiciera visible para mí, "reescribiendo" cantos legítimos con palabras inventadas como friki-friki, ignoramus, mango, analfabestia y guavaberry (el alias de mi celular, aunque era un Android) y cantándolas en el más ceremonioso de los tonos, para que se le hiciera imposible abstenerse de hacer un comentario sarcástico. Nada.

Exasperada, le leí reportajes del periódico sobre la Feria Internacional del Libro de Miami, cofundada por su enemigo mortal, Mitchell Kaplan, pensando que su envidioso ego no sería capaz de resistir la tentación de replicar, y terminé provocándolo con un "Él sí sabe cómo vender un libro". Pero Héctor no emitió ni un débil suspiro.

Finalmente traté de hablar con él, prometiéndole que no lo juzgaría y que no diría una sola palabra sobre lo que ya yo estaba segura que sabía, que comprendería lo que fuera, no importaba cuán horrible. Pero nada de Héctor. Si de algo puedes estar segura es de que un hombre siempre va a desaparecer cuando más lo necesitas.

La policía había venido al edificio un par de veces. Pero los agentes vestidos de civiles pasaron de largo frente a mi puerta y subieron al apartamento de Olivia. Si ella tuvo que acompañarlos a la estación de policía, como tuve que hacerlo yo, no lo vi.

Héctor seguía sin aparecer. Como lo conocía, consideré la posibilidad de que pudiera estar celoso por lo rápido que mi "movio" y yo parecíamos haber reanudado nuestra amistad romántica, o nuestro romance amistoso (no estaba segura todavía de cuál de los dos términos definía lo que estábamos haciendo), desde aquella noche de viernes en el apartamento de Abril.

Y entonces, semanas más tarde, cuando ya estaba convencida de que había vuelto a perder mis habilidades, regresó.

Eran las 5:55 a. m. de un lunes, de acuerdo con la pantalla digital de mi microondas. Delicados rayos de luz, entre rosados y rojos como un mango maduro, habían empezado a colarse a través de las rendijas de la persiana de madera que cubría la pequeña ventana que ocupaba la mitad superior de la puerta de mi cocina.

—¿Me querés de rodillas? —preguntó Héctor.

Antes de poder explicarle lo poco que eso resolvería en su estado actual, él se deslizó hasta el suelo; una masa formada mayormente por una gabardina y unos caquis arrugados, apenas sostenidos por mis recuerdos de su piel bronceada y su actitud segura de sí; esa postura tan orgullosa que, incluso ahora, era su forma de hincarse.

Cuando tocó el piso, ya habíamos estado así casi una hora. Él me rogaba que protegiera a Olivia de un peligro que no era capaz de articular de una manera que yo pudiera entender. Yo permanecía sentada en la mesa de la cocina, inclinada hacia adelante con las rodillas juntas y los brazos cruzados sobre mi pecho, tanto porque sentía el brumoso frío de la noche dándole paso al tranquilo silencio de la mañana en Coffee Park, como porque quería crear una cierta barrera a la intensidad de su energía de muerto reciente.

Yo había entrado a la cocina en penumbras en busca de un vaso de agua y lo había encontrado en la mesa, gimiendo suavemente y sentado en la misma silla del sueño que me advirtió de su muerte semanas antes, sólo que esta vez sin cigarro ni periódico.

—Por favor, flaca. ¡Te lo ruego! —suplicó de nuevo; sus ojos, usualmente pícaros en vida, estaban ahora frenéticos, ansiosos y aterrorizados.

—¿Cómo sabes siquiera que Olivia está en peligro? ¿O es que tú crees que la policía está tras ella? —pregunté, recordando que él había sabido que la policía vendría a interrogarme a mí.

—¡Cho no sé! Creo que ella quiere hacerse daño. Tenés que decirle. Decile que no es su culpa. Decile que lo siento, por favor, decile que lo siento —repetía.

—Héctor, ya te dije, Olivia sabe lo que pasó entre nosotros. Ella no quiere mi ayuda.

—Pero está en peligro… Cho séééé… cho sienso que… quieeeeeeeen… quieeeee…

Finalmente se quebró en sollozos, vencido, vertiendo las lágrimas inútiles de un alma en pena que no logra entender que es un fantasma. Era como ver agonizar a un adicto. Pero no pienses en un adicto extraño, un adicto que no conoces. Piensa en un adicto que es tu hermano o el hijo o la hija que nació de tu vientre, un adicto que te importa. Era ver a ese adicto temblar, sudar y sollozar, y era insoportable.

—Por favor, no llores, Héctor. Te prometo que voy a ver qué hago.

Le había dicho que sabía todo lo de Henry en el mismo instante en que lo vi sentado ahí en mi cocina después de tantos días de silencio. Le pregunté cómo había podido hacerle algo tan terrible a su propio hijo. Pero sólo se puso más frenético, rehusándose a hablar de Abril o de Henry e insistiendo en que me fuera a ver a Olivia en ese instante.

—Lo siento, Héctor. No hasta que me digas la verdad sobre ellos. ¿Es que no te importa Henry? ¿Cómo puedes tener el corazón tan frío?

Eso era lo que había hecho que se arrodillara y suplicara y llorara: mis invocaciones llamándolo y mis preguntas sobre Henry lo habían obligado a recordar. Él había recordado que, de alguna manera, Olivia se había enterado de lo de Henry y Abril. Estaba seguro de que era por eso que su última mirada había estado cargada de ese odio que lo mantenía atado a este mundo. Ésa era la razón por la que todo esto había pasado, dijo, aullando su dolor en esa forma que yo había empezado a identificar —wuuuu wuuuu— una y otra vez, hasta que ya no pude más.

—¡Basta! Tienes que morir con esto. No sé lo que esperas que yo haga.

—Es, es… no puedo, cho… no puedo —logró decir, forzando los sonidos, haciendo su esfuerzo máximo para que yo pudiera entender.

Y entonces comprendí. ¡Era arrepentimiento! El arrepentimiento lo había paralizado. Él no podía moverse porque el dolor lo estaba cegando, haciéndolo denso, incapaz de ver, de moverse hacia delante, como me había pasado a mí.

Empecé a decir palabras sinónimas de luz y amor para tratar de calmarlo, tal como lo había leído en el manual familiar que casi había memorizado en cuestión de semanas.

—Amor, piedad, luz, bien, belleza, amistad, alma, integridad —repetí una y otra vez, hasta que no lo sentí lamentarse—. Héctor, no puedo ayudarte a liberar el sentimiento que te aqueja si no sé cuál es la situación exactamente, y no puedo adivinarla sin conocer lo que tú sabes sobre lo que pasó esa noche.

—¡Pero si cha te lo he ticho! Algo maaaaalo.

—¿Quieres decir malo literalmente, como maldad?

—Eh —dijo tristemente, sacudiendo la cabeza melancólicamente como una vieja abuela judía que me ha explicado algo cien veces y se está convenciendo de que es inútil seguir tratando de explicármelo.

—Okay, entonces. Algo malo. ¿Odio? ¿Vergüenza? ¿Violencia? —dije sintiéndome segura de que avanzaba en la dirección correcta.

—¡Wuuuujuuuu! —gimió Héctor de nuevo; algunas partes de él aparecían y desaparecían ante mis ojos.

—¿Es dolor, verdad? ¿Impotencia? ¿Duda? ¿Rabia? ¿Culpa? —seguí lanzándole opciones como si se tratara de un juego de preguntas y respuestas en el que te enfrentas contra un reloj de treinta segundos.

En el instante en que dije "culpa", su gemido se hizo más potente y supe que había dado en el clavo. Él se tapó los oídos, creo que quizás por costumbre, ya que éstos eran tan incorpóreos como su gabardina.

—Okay, okay. Para. Ya capté. Te duele. Pero ya es muy tarde. No hay nada que ninguno de los dos pueda hacer. Vas a tener que quedarte con la culpa; se irá con el tiempo, te lo prometo.

—¿Cómo podés vos, precisamente vos, fecirme eso a mííí, flaca? ¿No sabés que no puedo irme… así? —quería saber Héctor.

Tenía razón. ¿Cómo pude? Yo conocía bien el sentimiento de culpa. Lo había estado cargando conmigo —como se carga una cartera favorita— toda mi vida. Había tomado una decisión nacida del sentimiento de culpa y del sufrimiento por la muerte de mi madre cuando tenía dieciocho años, y luego había sido demasiado terca y demasiado ciega para aceptar que no tenía toda la información, y rehusé cambiar esa decisión, negándome el recuerdo del amor de mi madre hasta hacía sólo unas pocas semanas, cuando la muerte de Héctor me había sacudido la vida. El resultado había sido una vida entera enmarcada por esa sola decisión, por esa ausencia de amor propio; tantas oportunidades para crear mi propia felicidad, desperdiciadas.

Ahora lo entendía todo. Era por eso que Héctor aún estaba aquí. Culpa y arrepentimiento, las dos caras de una misma moneda. Una culpa tan dolorosa y poderosa que te asalta desde cada rincón y que te quita el sueño, el descanso e incluso te causa la muerte. Ahora lo entendía. Pero entenderlo no significaba que tuviera el remedio.

—Tenés que ayudar a Olivia —dijo de nuevo.

—Háblame de Henry.

—Necesito que ayudés a Olivia —dijo, en sus trece—. Cho no quiero que ella pague por esto. Esoy… estoy… en deuda con ella.

—Háblame de Henry y de Abril o me voy a dormir de nuevo —dije, ignorando que él básicamente había aceptado que Olivia estaba detrás de su muerte y pensando en el dolor inmenso que aceptar este hecho debió causarle a su alma.

Pero aunque me sentía mal por lo que le estaba pasando ahora, la verdad es que en ese momento yo estaba realmente enojada con él. Aquí estaba, de regreso de la muerte, hablando interminablemente de Olivia y el supuesto peligro que corría, mientras que aparentemente le importaba un pepino ese niño que no había pedido venir a este mundo.

—Empieza a hablar o voy a regresar directo a la cama y me voy a meter debajo de las cobijas, y ni se te ocurra pensar meterte ahí conmigo porque te juro que voy a empezar a rezar el rosario si es necesario.

—No choy perfecto, flaca.

—No me salgas con eso, Héctor Ferro. ¿Quién diablos te pidió que fueras perfecto?

—No digás diablo, te ruego —dijo calladamente.

—¿A qué clase de hombre no le importa un niño? ¡Su niño!
—insistí.

Se quedó en silencio por unos segundos, como si sopesara sus
opciones. Entonces se levantó, o eso me pareció a mí, y se "sentó"
de nuevo en la silla frente a mí.

—Echa quería que cho fuera un padre. Le dije que tenía que
romper con el tipo ese… —dijo cediendo al fin.

—Quieres decir ¿Abril? ¡Ay, Héctor! ¿Cómo pudiste hacer
algo así?

—Y, choy… ssssoy maloooo —dijo sacudiendo la cabeza de
nuevo.

—Olvídate de ti un segundo. ¿Cómo pudiste hacerle esto a
Henry?

Entonces me contó que le había estado dando dinero a Abril
para Henry después de que un detective lo contactó y lo amenazó
con las pruebas de su paternidad. Que había pensado que estaba
haciendo lo correcto al proteger a Olivia, a la vez que le daba a Abril
lo que honestamente podía. En realidad, no pensó que decirle a
Henry que él era su padre iba a mejorar las cosas. Le dijo a Abril
que continuaría ayudándola secretamente y hasta la había ayudado
con su escuela de enfermería, pero ella insistía en que su hijo tenía
derecho a ser querido por su padre.

—Claro que lo tenía —afirmé.

—Es un lindo chico, flaca. Cho pude haberme hecho responsable de él, pero echa dijo que no era fuficiente. Ella quería
que lo amara, que pasara tiempo con él. ¡Pero cho nunca quise
ser padre!

—Debiste haber pensado eso antes de acostarte con ella. ¡Y
tú le dijiste a Olivia que sí querías ser padre!

—¡No hice nada de eso!

—¿Tú no le dijiste que querías tener un hijo?

—Se lo dije pero no en serio… hace mucho tiempo….
Pero mentía. Estaba segura.

—Sí, lo hiciste, y eres un horrible horrible hombre. La avergonzaste todos estos años mintiéndole, haciéndola sentir inútil —insistí sin importarme que cada palabra mía lo hacía retorcerse de dolor. Cuando no contestó, yo seguí, como si fuera la máxima experta en su matrimonio.

—¡Di algo, carajo! —dije dándole un puñetazo a la mesa.

—Entonces, ¿merecí morir? —preguntó, con sus cejas rebeldes vibrando como el agua de un estanque; sus palabras me hacían sentir como si la mesa me hubiera devuelto el golpe.

—Bueno, no. Pero, entonces, ¿qué pasó? ¿Qué pasó realmente? —pregunté suavizando el tono.

—Echa quería que le dijera todo a Olivia, ¿viste? Por eso vendí la casa, para poner todo el dinero a nombre de Olivia.

—¿En caso de que ella reclamara manutención para su hijo?

—Le dije que tenía que terminar con su movio si quería que yo destruyera miiiiii matrimonio —dijo ignorando mi pregunta.

—Por Dios, Héctor.

—¿Cómo iba a saber que lo iba a hacer?

—Claro, tú sólo querías acostarte con ella. Y cuando ella demostró que estaba dispuesta a hacer cualquier cosa para obligarte a actuar como es debido, tú decidiste tener la parte dos de tu pequeña aventura. Es por eso que tenías tanta prisa por romper conmigo, ¿no es así? —dije, viéndolo todo tan claramente que era como leerlo en el diario de mi abuela.

Se quedó en silencio de nuevo.

—Vamos, admítelo. Tú no podías esperar para botarme como periódico de ayer, sólo para probar ¿qué?, ¿lo irresistible que eras?

—Cha loo dije: fui maaalo.

—¿Y para qué? —seguí, imparable—. Olivia te hubiera perdonado. Yo lo hubiera superado. En lugar de eso, me lastimaste a mí y a Gustavo también, heriste a Abril y a Henry, ¿sólo para acostarte con ella? ¿Para probarte que podías arrebatársela a un hombre más joven? ¿Fue eso?

—¡No séééééé! Tal vez. No lo sé, dejameeeeeee en paz —dijo, llorando de nuevo.

—Estás bromeando, ¿verdad? Porque a menos que pensaras dejar a Olivia, esto no tiene sentido.

—¿Qué? ¡No! No, no, no. No, no. Nunca. No. Pero cho... me sentí, eh, vos sabés, eh, macho. Echa siempre decía: "tu hijo, tu hijo", eso era muy, sabés, algo muy... para mí.

—Padre no es el que engendra... —dije en el tono más asqueado que encontré.

Él sólo sacudió la cabeza, como para sí mismo.

—Fui un estúpido, lo sé. Lo sé. Actué maaal.

Él no recordaba por qué había estado en el parque, o cómo Olivia pudo haberse enterado de lo de Henry. Todo lo que recordaba era el odio que vio en sus ojos, y luego, nada. Y yo lo veía ahora: eso era lo único que le importaba. Lo que me hizo darme cuenta de la inutilidad de desear que fuera una mejor persona en la muerte que la que fue en vida. Sencillamente, la cosa no funciona así. Como todos los mujeriegos egoístas, Héctor se había concedido el derecho a tenerlo todo: una esposa amorosa a la que él amaba "a su manera" y los innumerables flirteos que no eran más que el drama, la diversión y la variedad que él creía merecer, del mismo modo que creía merecer los buenos libros, el arte y la música. Tú sabes, los pequeños placeres de la vida.

—¿Me vas a ayudar, flaca? ¿Vas a... ser... una... amiga? ¿Ayudar a Olivia? —suplicó de nuevo como para recordarme que nada importaba ahora que él estaba muerto, que no tenía sentido reprenderlo por lo que había hecho en vida.

—¿Qué puedo hacer yo?

—Dile. Dile que lo sssssiento.

Eso era algo que yo *no* iba a hacer de ninguna manera.

—¿Cómo puedo decirle eso a ella, Héctor? ¡Tú estás muerto!

—Dile. Flaca, cha te dije: creo que quiere... lastimarse.

Suspiré esperando que él entendiera que yo trataría de ayudarlo lo más posible, pero también rogando que fuera incapaz de leer mi mente y descubrir que de ninguna manera iría a decirle a Olivia que había pasado por el más allá y me había encontrado con su marido, por casualidad.

—¿Flaca?

—Sí, Héctor.

—Quiero que vos… meeeee perdonés. Por cómo… fui. No pensé en ti. Sssssiento haberte lastimado tanto —dijo, de nuevo en el piso, mirándome con esos ojos que parecían tan vivos como antes; poniendo su alma en mis manos al arrodillarse ante a mí, tal como Eddie el psíquico dijo que lo haría.

—Está bien, Héctor, está bien. Y no fue para tanto. No me lastimaste tanto. Y por otro lado, me hiciste mucho bien, hubo mucho de bueno…

—¿Como qué? —preguntó incrédulo, pero esperando una respuesta.

—Como amor a la vida. Tú sabes, al… arte, los libros, la música. A las cosas buenas y…

—Sos faravichosa, flaca. Sos… muena. Puedo ver eso ahora —dijo recalcando cada sílaba y haciendo un enorme esfuerzo energético para hablar claramente. Me di cuenta de esto porque con cada palabra su imagen se parecía cada vez más a un fresco veneciano emergiendo del yeso de la pared en el que ha permanecido medio escondido durante siglos—. ¿Me perdonás?

—Te perdono, Héctor —dije con la esperanza de que me creyera, que supiera que nunca estaría solo—. Y sé que Olivia te perdonó también; tú sabes eso, ¿verdad?

Él empezó a sollozar de nuevo, emitiendo ese "wuuu wuuu" suyo.

—¿Héctor?

—Decile que ella fue siempre mi Olivia. No, decile que ella es mi árbol de olivo. Decile eso, por favor. Y… y… que la amo.

Le creí. Él se había esfumado casi por completo tratando de conseguir la fuerza suficiente para decir esas palabras tan claramente como pudo, para hacer de la absolución y de su amor por Oliva su última intención.

Así que lo dejé ir, dejando ir también la distracción que todo este misterio me había brindado, algo que al fin, ahora, era capaz de admitir, aunque sólo fuera a mí misma: que esto me había servido de muletilla para ayudarme a lidiar con la pérdida de él en mi vida.

Había sido demasiado para su alma este rondar de días, incapaz de irse, incapaz de estar aquí. Era tiempo de que descansara. También era tiempo de que Olivia y Abril, las dos mujeres que más había lastimado, vivieran.

Cuando se fue, pude escuchar los sonidos de Coffee Park, completamente despierto y listo para comenzar el día, como si alguien les hubiera subido el volumen. Yo estaba lista también, y ahora que por fin sabía lo que tenía que hacer, no tenía ni un segundo que perder.

Capítulo 29

Durante meses supe que algo andaba mal, pero cuando le preguntaba, él sólo rezongaba alguna tontería sobre Mitchell Kaplan, o sobre el costo de los quioscos de la Feria del Libro de Miami. Yo sabía que me estaba mintiendo, pero…

Olivia estaba en cama ahora. Yo misma la había convencido de acostarse, luego de que tardara casi doce minutos en abrirme la puerta, a pesar de mis golpes, más insistentes con cada minuto que pasaba, y que apareciera finalmente temblorosa e inestable por la falta de comida, de sueño y de paz.

Había negado con la cabeza, como si no fuera necesario, cuando traté de cubrirla con la desgastada colcha de flores, pero no puso objeción cuando fui a la cocina en busca de algo para que comiera. ¿No temía que encontrara su belladona? ¿O es que ya ni eso le importaba?

Abriendo y cerrando (ruidosamente) los gabinetes en busca de alimentos, no te puedo negar que la estaba buscando, al menos así empecé, porque pensé que quería confirmación, pero pasados unos minutos, me detuve. Yo ya sabía lo que sabía. Además, había prometido ayudar a Olivia, no venir a hacerle el trabajo a la policía.

En los gabinetes encontré latas: garbanzos, maíz dulce y sardinas blancas en limón. En el refrigerador descubrí el último cuarto de una cebolla roja y algunos champiñones *shiitake,* que corté y mezclé con el contenido de las tres latas en un bol de cerámica, antes de agregar el último puñado de trozos de queso feta, milagrosamente preservado en el recipiente original del supermercado.

No había vegetales verdes o frescos para preparar una buena ensalada, así que le eché a lo que tenía un poco de aceite de oliva extra virgen que encontré debajo de la meseta y lo rocié todo con sal de mar celta, que era gruesa y rústica y, por lo que vi, casi tan cara como el aceite de oliva de Olivia.

Revolví la mezcla hasta que el aceite lo cubrió todo, haciéndolo colorido y brillante. Como no encontré una bandeja adecuada (o limpia), puse la improvisada ensalada en un plato turquesa que le llevé a su cuarto.

La habitación, como el resto de la casa, estaba hecha un desastre. Era evidente que ella no había hecho más que las funciones básicas: ir al baño, beber agua y bañarse, tal vez.

Puse la comida en la mesa de noche a su lado y empecé a recoger un poco, tomando nota de una pequeña maleta y un cambio de ropa en la silla al lado de la ventana; continué ordenando hasta que vi con el rabillo del ojo que Olivia miró el plato un par de veces.

—Déjame ayudarte —dije sentándome en el borde de la cama; tomé el plato con una mano y llevé la cuchara hasta su boca con la otra. Lo hice con la mayor naturalidad, como si lo hiciera todos los días.

Después de un par de bocados, ella sacudió la cabeza apretando los labios cerrados.

—Tienes que comer —dije, pensando en la posibilidad de pedirle a Gustavo que me ayudara a llevarla al hospital.

—Yo sabía que algo andaba mal. Su estado de ánimo, su ausencia, aun cuando estaba aquí… Pero pensé que fuera lo que fuera, fuera ella quien fuera, eso acabaría, como siempre acababa. Decidí buscarme un proyecto. Eso siempre me había ayudado antes —dijo, mirando fijamente los pellejitos de las cutículas de sus uñas y arrancándolos sin tenerles cuidado.

—¿Un proyecto?

—Un remedio, una receta. Pensé que podría ayudar al chico, Henry. Con sus ojos.

—La belladona —dije.

Ella me miró entonces, sorprendida de que lo supiera.

—Leí mucho sobre la miopía. Algunos dicen que no es hereditaria, pero yo encontré que en los casos más extremos, como en la miopía degenerativa, lo es.

—Pero Abril te dijo que ella no tenía miopía.

Ella cambió la mirada abruptamente, fijándola en la pared. Héctor había tenido razón. Ella sabía lo de Henry. ¿Pero cómo?

Después de unos minutos de silencio, yo insistí:

—La belladona, ¿no sabías que es mortal?

Ella respiró profundamente, como dándose fuerza, y luego me hizo señas para que le diera el plato de nuevo, comiendo un par de cucharadas de mi ensalada con entusiasmo antes de continuar hablando, luciendo ya mucho mejor. Sólo Dios sabía cuándo había sido la última vez que comió.

—Yo no iba a hacer que la ingiriera. Iba a usarla para dilatar sus pupilas de forma que el ingrediente secreto de mi remedio funcionara mejor —dijo. Cuando fue obvio que yo no estaba interesada en la neuropatía y no le iba a preguntar cuál era ese ingrediente, agregó—: son los champiñones *shiitake*.

De pronto hablaba segura, con la autoridad de hablar de algo que conocía.

—Fui muy meticulosa. Trabajé durante días para extraer el líquido de las hojas de la belladona que encargué, secándolas hasta que el líquido que quedaba adquirió una consistencia casi perfecta, como una resina, y eso a pesar de que eran hojas de una planta que ni siquiera es nativa de aquí. Bueno, yo pude habérmelas arreglado para cultivarla, pero no quería arriesgarme a que uno de esos cambios súbitos de clima la echara a perder.

—¿Dijiste que la encargaste? ¿De dónde? —pregunté sin saber lo que ella me iba a contestar, pero segura de que me estaba diciendo la verdad por la inefable sensación de certeza con cada detalle que me daba.

—En la farmacia de Pedro. Ellos la encargaron para mí semanas atrás —dijo como si yo hubiera hecho una pregunta estúpida, y pensé de nuevo cuánto se parecía ella a Héctor en las cosas más pequeñas.

— ¿Quién la encargó para ti? ¿Pedro? —pregunté.

Cuando ella movió la cabeza negando, entendí por qué no la habían arrestado todavía.

Pero antes de decirte cómo lo supe, déjame explicarte la naturaleza híbrida de las tiendas de Coffee Park. Como la del cerrajero cuya esposa también hornea empanadas y hace jugo de lulo para el almuerzo, como si su tienda fuera una cafetería; o el estudio de yoga donde también dan masajes y clases para hacer collares con cuentas; y la farmacia, por supuesto, que funciona como almacén de remedios y ofrece de todo, desde ungüentos hasta hierbas, tónicos importados y plantas de todas partes del mundo. En otras palabras, nuestras tiendas eran, por decirlo así, informales…, como Pedro y Sarah.

Sarah había sido la otra persona que atendía la registradora o procesaba los pedidos especiales. Y si siempre fue informal, durante esas semanas previas al fin de su relación con Pedro, lo había sido aún más. Recuerdo haber pensado que eran sus peleas con Pedro lo que le hacían olvidar anotar lo que estaba vendiendo, llenar el formulario del pedido con el duplicado que serviría como tu recibo y meter el efectivo en la registradora. Pero ahora veía que esta "distracción" no era otra cosa que su forma de "ahorrar" para su huida.

Como ese establecimiento sólo aceptaba efectivo, no se les podía seguir el rastro a las tarjetas de crédito y, gracias a Sarah, no había ni siquiera un récord del pedido. Claro, que aunque lo hubiera habido, o aunque Sarah hubiese recordado la compra de la belladona, ella no le habría dicho nada a la policía. Vamos, si es que hubiera estado ahí para decírselo, porque había regresado a su casa la misma semana en que Héctor murió, si es que recordaba correctamente lo que me había dicho Iris.

Estaba segura de que la policía había buscado en todas las farmacias cercanas los pedidos de plantas, hojas o semillas de belladona, empezando por las de Coffee Park. Sarah no lo había escrito y yo dudaba que Pedro hubiera dicho otra cosa que "Tendríamos que haberla ordenado y yo no veo ningún registro de eso en nuestro paquete de pedidos especiales".

Me pregunté si al revisar esa información para la policía, ver la letra de Sarah en la libreta hizo que la extrañara y si, en su tristeza, le importó poco ayudar a la policía, a quienes, en todo caso, él veía como el enemigo.

—¿Así que dilataste los ojos de Henry con la belladona? —le pregunté.

Pero Olivia se quedó mirando su comida por un rato, sin responder.

—¿Alguna vez has estado enamorada, Mariela? —dijo al fin.

—¿Qué quieres decir? Bueno… creo, tal vez —dije sin saber con certeza a dónde quería llegar.

—Conocés un hombre. Un dios de hombre. Te hace reír, te hace pensar, hace que todo sea fascinante, exuberante y maravilloso. Estás enamorada y sos amada y nada más importa. Y entonces, algo terrible sucede. Vos no podés darle la única cosa que él dice que desea con todas sus fuerzas: un hijo. Y ves a este hombre triste, tan triste, que le pedís que se vaya, que haga su vida sin vos, para que encuentre la felicidad en otro lugar, a pesar de que sabés que en el momento en que él se aleje tu vida se convertirá en algo tan pequeño, tan oscuro y tan falto de aire como un ropero repleto de abrigos.

Ella empezó a temblar como aquel día en que me sirvió un té y me devolvió la carta de ruptura, así que tomé el plato que ella todavía tenía en sus manos y lo puse en la mesa de noche. Entonces me senté en el borde de la cama, tomé sus manos entre las mías, cerré los ojos y escuché.

—Pero él no me dejó. ¿Podés imaginar el sacrificio? Él dijo que yo era su esposa y que seguiríamos juntos. Y mantuvo su palabra: cuando llegaron los problemas en la universidad debido a la crisis económica y mis padres no nos ayudaron, él no dudó. Decidió venir aquí y trabajó duro, compramos la casa y después la librería. Luego, justo un poco antes de la crisis de los bienes raíces hace unos años, él se hizo cargo de nuevo. Dijo, Olivia, vos sos mi hogar, y yo soy tu hogar. No necesitamos estas paredes, este techo, así que la vendimos y pagamos la hipoteca de la librería, que él puso a mi nombre. Él bromeaba diciendo que si yo quisiera podía dejarlo sin un centavo. Pero él sabía que no lo hubiese hecho. Nunca. No importa lo que pasara.

Sus manos se movían violentamente entre las mías, como esos aparatos de luces que te dan en los restaurantes y que vibran para avisarte que tu mesa está lista. Pero yo seguí sosteniéndolas.

—Ése era Héctor cuando estaba de buenas —dijo, y una lágrima solitaria rodó por su hundida mejilla izquierda y aterrizó en mi mano.

—¿Y cuando estaba de malas?

—Entonces era hiriente. No podía evitar hacerme sentir inadecuada, fea, una pobre desquiciada. Me decía que todas mis sospechas de infidelidad eran producto de mis complejos de inferioridad, que me estaban volviendo loca. Me decía que necesitaba un psicólogo. Algunas veces yo estaba leyendo o regando las plantas del balcón o cocinando y venía a mí para preguntarme cuánto habíamos ahorrado, y cuando se lo decía, él respondía que esa cantidad ni siquiera cubriría la cuota inicial de mi tratamiento en un hospital psiquiátrico si seguía como iba.

La escuché sabiendo que ambos Héctor eran los verdaderos.

—Hace como un año, le hablé de vos.

—¿De mí?

—Le dije que lo sabía todo sobre vos. Le dije que no sabía si él estaba acostándose con vos, pero que si no lo había hecho, lo haría, y le prometí que lo dejaría cuando lo hiciera. Al otro día me trajo un ejemplar de *La campana de cristal,* de Sylvia Plath. Me dijo que lo leyera y decidiera si ésa era la vida que yo quería llevar, porque sonaba igual a la mujer loca y suicida de esas páginas. Que yo veía mujeres en todas partes, que estaba delirando. Dijo que no le importaba arrastrar una carga como yo, pero que además lo estaba torturando y eso ya era demasiado. Algunas veces incluso era capaz de convencerme de lo que decía, haciendo que yo me disculpara.

La abracé entonces y la dejé llorar en mi hombro, sabiendo, con absoluta certeza, que ella no me lo estaba diciendo todo, que las cosas habían sido peores de lo que me estaba contando.

Otra persona —alguien que no sea una mujer— podría preguntar por qué simplemente no lo había dejado. Pero yo sabía nuestra verdad; si pudiéramos, los dejaríamos a todos: los malos crónicos, los que son un fraude, los abusadores violentos, los poco fiables, los perezosos, los egoístas, los que son malos en la cama y aun aquéllos que posan como buenos hombres pero que tienen la capacidad de convertir cada momento de felicidad en un viaje diario a la letrina más cercana. Aguantamos, viendo y sintiendo y grabándolo en el corazón, hasta que al fin somos capaces de respirar, de ponernos de pie, de decirnos a nosotras mismas que no estamos locas, que somos fuertes. Y entonces, nos vamos.

O los matamos. ¿Era eso lo que había pasado? Yo aún no podía concebir que Olivia hubiera envenenado a Héctor.

Olivia me apartó y caminó hacia el baño secándose los ojos. Sin cerrar la puerta, se levantó el camisón hasta la cintura sin importarle que yo pudiera ver que se bajaba el panty y se sentaba a orinar, todavía llorando.

Me ocupé acomodando sus almohadas sudadas, aireándolas, hasta que regresó y se sentó en la silla, justo encima de la muda de ropa que alguien —ella misma, deduje— había colocado.

—Así que preparé el remedio. Cuando la tintura de belladona estaba lista, llamé a la madre del chico. Ella me había dado su número cerca de una docena de veces, siempre que me veía con Héctor. Siempre pensé que era amistosa, aunque un poco irritante. Ahora sé que ésa era su forma de amenazarlo con contarme sobre el chico. Pero ese día sólo le dije lo que estaba haciendo y le pregunté si Henry era alérgico a algo.

—Oh, Dios —exclamé, viéndolo todo mientras me hablaba, como si estuviera mirando el avance de una película después de que fue estrenada; mi clarividencia no era mucho mejor que un viejo DVD cuando se trataba de los enredos de Héctor.

—Ella me dijo: "¿Sabes que tu esposo es un hijo de puta?". Le dije que no sabía tal cosa. Que haberla llamado había sido una mala idea. Porque yo sabía. Yo sabía qué era lo que estaba a punto de decirme, y no quería escuchar de otra traición. Incluso recuerdo haber pensado que no quería que me lo dijera, porque tendría que mudarme. Y no me quería mudar de nuevo. Qué tontería, ¿no? ¿Lo que me preocupaba? —dijo Olivia, esbozando una triste sonrisa.

—¿Y fue entonces cuando te lo dijo?

—Que Héctor la había seducido y luego se había negado a hacer otra cosa que darle dinero para un aborto. Que ella había estado muy asustada y sola y sin saber qué hacer. Que había planeado ser orgullosa y llamarlo cuando su hijo fuera presidente de los Estados Unidos, sólo para oírle llorar de remordimiento.

Eso, ciertamente, se parecía a Abril.

—¿Qué le hizo cambiar de opinión? —pregunté.

—Su familia, creo. Ellos le hacían preguntas, le decían que era una mala madre. Que un niño necesitaba saber quién era su padre. Así que regresó preparada para hacer Dios sabe qué. Pero nos habíamos mudado, habíamos vendido la casa.

—Se mudaron aquí.

—Sí, y ella también cuando lo encontró, lo que no le fue muy difícil. Estaba, por supuesto, la librería, que yo había dejado prácticamente de atender o siquiera de visitar mientras me concentraba cada vez más en mi trabajo en el centro naturista. Ella me dijo que el plan había sido dejarle saber lo maravilloso que era Henry, lo inteligente, lo parecido a él. Ella pensaba que él iba a cambiar de opinión sin tener que llevarlo a la corte. Pero no fue así. En lugar de eso, dijo que la presionó para que se acostara con él. Me dijo que él se burlaba de ella diciéndole que yo nunca lo dejaría. Que él no tenía nada, lo que es verdad porque para entonces todo lo que teníamos estaba a mi nombre, y que todo lo que ella iba a poder obtener serían las migajas que le otorgaría una orden de corte.

—Pues estaba equivocado —le dije—. La única manera en que eso hubiera podido ocurrir es si ustedes se hubiesen divorciado. De otro modo, la mitad de tus bienes todavía eran suyos.

—Ése era Héctor. Siempre creía que era más inteligente que los demás. Que nadie era lo suficientemente astuto como para ganarle. De cualquier modo, ella me dijo que había tratado de seguir adelante con su vida, y que estaba saliendo con el hombre del piso de abajo... ¿Gonzalo?

—Gustavo.

—Sí, Gustavo. Ella dijo que Héctor estaba celoso, que él le dijo que podía ver su futuro, criando los hijos de varios hombres distintos, todos de diferente color, como aberraciones de probeta.

—Dios mío —fue todo lo que pude decir. ¿Pudo Héctor realmente haber dicho cosas tan horribles?

—Ella me dijo: "¿Quiere saber lo hijo de puta que es su esposo, señora?". Yo sólo me quedé en el teléfono, sin decir una palabra. Pero ella siguió gritándome, diciendo que él le había prometido que si terminaba con Gustavo y se acostaba con él una última vez, él me hablaría de Henry.

Conociendo a Héctor, pensé que eso de "una última vez" no había sido su plan; hasta que él se cansara de ella, era más probable.

—Ella dijo que nos iba a demandar a los dos; me aseguró que ya había visto a un abogado. Me dijo que él iba a pagar por lo que le estaba haciendo a su hijo, que no se iba a salir con la suya.

—Pero ella no ha visto a un abogado —dije. Las amenazas eran para que Héctor pasara tiempo con Henry, convencida, como cualquier madre, de que una vez que lo hiciera lo amaría tanto como ella. Había sido un buen plan. Pero ella no contó con el narcisismo de Héctor o con su aparente ausencia de genes paternales.

—Luego dijo algo más, como que él iba a tener que esperar toda la noche en el parque, porque ella estaba harta de su juego —dijo Olivia.

—¡El parque! — exclamé, preguntándome si me había equivocado, si todos nos habíamos equivocado: Héctor, yo, incluso la policía, pensando que había sido la belladona lo que lo había matado, en lugar de la furiosa madre de un hijo despreciado durante demasiado tiempo.

—Sí. Ella me dijo que se habían puesto de acuerdo para verse en el parque esa noche a las once, pero sólo porque lo único que ella quería era que su hijo se supiera querido por su padre —dijo Olivia confirmando mis sospechas sobre los motivos de Abril—. Pero que ahora, al escucharme preguntar "desdeñosamente", según ella, sobre las alergias de su hijo como si estuviera preguntando sobre sus enfermedades contagiosas, había cambiado de opinión. Dijo que se alegraba de que yo lo supiera todo, porque si me quedaba con él, ahora sabría con quién me estaba quedando, y que ambos podíamos podrirnos en el infierno. ¿Cómo podía yo ser culpable de que ella se hubiera acostado con mi esposo, Mariela? ¡Contestá eso!

No era su culpa. Abril simplemente había explotado, después de años de impotencia. Además, estaba segura de que Olivia no estaba consciente de lo desdeñosa que ella podía sonar a veces. No se daba cuenta de cómo su timidez la había convertido en la bruja con complejo de superioridad que todos habíamos imaginado.

—¿Qué hiciste?

—Nada —dijo ella—. Me senté aquí como una estúpida, recordando todas las veces que él me había dicho que hubiera dado cualquier cosa por tener un hijo y comprendí: él nunca quiso tener un hijo. Nunca lo quiso, Mariela. Lo único que realmente quería era torturarme. Hacerme sentir mal. ¡Manipularme para que me volviera ciega a sus, a sus mujeres! —dijo ella mirándome, sin dejar dudas de que hubiera querido llamar a las mujeres de Héctor por otro nombre, pero que se contenía porque recordó que yo había sido una de ellas.

—Todo era un juego para él —continuó ella—. Cuando él llegó esa noche después de estar con vos, o con ella, o con quien fuera, yo estaba consumida por la rabia. No podía pensar, ni respirar, ni siquiera mirarlo.

Ahora también lucía consumida por la rabia; sus ojos estaban exageradamente abiertos, como si lucharan para escapar de sus cavidades; sus sienes latían visiblemente.

—Él se burló de mí. Me preguntó qué estaba haciendo sentada en la oscuridad con todo mi reguero en la cocina. Empezó a picar de la comida, hablando y hablando, sin darse cuenta de nada. Sin darse cuenta de mí. Y yo sentí todo el odio que había acumulado por décadas. *¿Sabés lo que eso significa? ¿Sabés cómo se siente?* Era mi vida, Mariela, que él me la amargó por gusto. Él no quería un hijo. Él no me quería a mí. Él no quería ni amaba a nadie más que a sí mismo.

—Olivia, por favor, cálmate. No te ves bien —caminé hacia ella, admito que con un poco de miedo, y traté de que dejara la silla en la que estaba sentada para que volviera a la cama.

—Y luego fue a la meseta y siguió hablando y hablando, miró la tabla de cortar, las hojas y los limones y la miel que yo tenía ahí para agregar en caso de que se necesitara una consistencia más gruesa, y dijo: " Voy a salir de nuevo". Y agregó, como si yo fuera completamente estúpida: "Voy a reunirme con alguna gente de la librería. No esperés despierta". Entonces lo miré, y lo vi claramente, al chico en su rostro. Yo no había sido capaz de poner el dedo sobre mi sensación antes, pero había algo en esa cara que siempre me había parecido familiar. Y ahí se acabó; por primera vez quise que Héctor se fuera. Lejos de mí, de ella, de todas las mujeres. Lejos, donde no pudiera herir a nadie más, y yo…

Ella me miró por unos segundos, luego desvió la mirada.

—¿Tú qué? —la presioné.

Permaneció en silencio durante un tiempo que me pareció interminable.

—Poco tiempo después de la primera década de matrimonio, cuando lo conocés a él como te conocés a vos misma, los sentís: esos escombros que se han ido acumulando, atascando algo en tu interior. Es tan posible para vos amarlo como odiarlo, la línea entre ambos sentimientos varía primero de año a año, luego de estación a estación, de mes a mes, de semana a semana y, finalmente, pasa tan rápido, con tanta frecuencia, que te asustás.

—¿Qué hiciste, Olivia? —suspiré.

—Dejé que sucediera.

No le entendí, pero esperé.

—Él siguió probándolo todo, haciendo un desorden aún más grande, y yo sabía que había metido los dedos en la resina de belladona que yo había preparado para que mantuviera su efectividad extrayendo el poder de los alcaloides, sus compuestos curativos, pero también su veneno, si era ingerida. Yo sabía que él la probaría y no hice nada. Sabiendo que fumaba, sabiendo que tenía problemas respiratorios.

—¿Eso qué importa?

—Es la póliza de seguro de la belladona. Puede o no causarle la muerte a una persona que la traga. A mucha gente sólo los droga. Pero es casi seguro que matará a un fumador, o a un asmático, si la ingiere. Los alcaloides…

—Ay, Dios mío. ¿Qué hiciste?

—Nada. Me quedé ahí, mirándolo, odiándolo, viéndolo meter sus dedos en todo, viéndolo mentirme de nuevo. Después de unos minutos, se puso un poco pálido y yo casi dije algo, pero no podía hablar. Aun después de que se fue, yo quería correr y alcanzarlo, pero no me podía mover. Yo lo maté, Mariela. Lo maté… por mí. Lo maté por el niño. Yo lo maté. Yo lo maté, yo lo maté…

Ella siguió repitiendo esa frase como si tuviera todos esos "yo lo maté" dentro de ella y necesitara vomitarlos. Entonces lloró por un largo rato. Me senté con ella hasta que se recostó de nuevo contra las almohadas de puro cansancio y se hundió en un tortuoso sueño.

Entonces me puse a trabajar. Encontré sus utensilios de limpieza y limpié su apartamento. Lo limpié todo, tratando de deshacerme de todo su dolor. Había sido un segundo de odio, nacido de años de amor. Ella no lo había planeado. Y lo estaba pagando, ¿no es cierto? Delatarla no era asunto mío; además, hacerlo no traería a Héctor de vuelta. Y me recordé que él no quería que yo hiciera algo al respecto, sino todo lo contrario. Mi decisión se iba fortaleciendo dentro de mí.

Limpié y pensé, y limpiando y pensando me di cuenta de que él la había amado a su modo, y de que ella lo había amado también. Y aun así, todo había terminado de esta manera.

Pensé en cuántos matrimonios estaban a un segundo de caer en ese precipicio del que no serían capaces de regresar. Y yo que había pensado que mis matrimonios habían sido malos, sin saber cuán malos pudieron haber sido.

Un par de horas después, escuché un ruido y fui a verla. La encontré vestida con la ropa que estaba en la silla.

—¿A dónde vas? No estás fuerte.

—Me voy a entregar a la policía.

—No lo hagas, por favor.

—Tengo que hacerlo. No puedo vivir así, sabiendo…

¿Sabía Héctor que ella iba a hacer esto? Él pensaba que ella iba a lastimarse, a suicidarse. Pero esto era diferente. ¿Debía yo permitir que se entregara a las autoridades? Pero antes de saber lo que estaba haciendo, mi corazón habló por mí.

—Tú no puedes hacer eso porque Héctor no quiere que lo hagas.

—¿Qué?

—Yo… tuve un sueño.

—¿Vos tuviste un sueño?

—Sí —tragué en seco.

—Por favor, no me tratés como si yo fuera una tonta.

—No es ésa mi intención, lo juro. Yo, de hecho, vine a ayudarte… a decirte algo… tú sabes, cuando subí a verte.

Ella se sentó en la cama y yo decidí no perder tiempo en decir lo que tenía que decir.

—Olivia, anoche yo tuve un sueño —dije, porque ¿quién podía saber si había sido un sueño o no?—. Y yo, en el sueño, hablé con Héctor. Él dijo que entendía, que él te perdonaba. Él dijo que te amaba y que quiere que vivas.

Ella sonrió burlonamente.

—¿Acaso conociste a Héctor alguna vez? Porque él nunca diría eso.

—Bueno, pues lo dijo. Dijo, me pidió que te dijera que, que tú eras su Olivia, que tú siempre habías sido su árbol de olivo, que él quería…

—¿Qué dijiste?

Yo sabía qué era lo que había hecho que sus ojos se dilataran, qué era lo que ella necesitaba que yo repitiera.

—Que tú eras su árbol de olivo.

—¡Callate! ¡Pará! —dijo ella sacudiéndome por los hombros.

Deduje que quería decir que dejara de hablar, así que lo hice. Después de unos minutos de mirarme intensamente a la cara, me soltó.

—Te estoy diciendo la verdad —me atreví a decir.

Sin dejar de mirarme un segundo, se sentó de nuevo en la silla.

—Entonces contame. El sueño —dijo al fin.

Así que combiné las cosas buenas de Héctor que yo había tenido la suerte de recibir durante las dos últimas semanas y las convertí en un sueño, editándolas mentalmente, para tratar de ofrecerle ese regalo.

Porque si Héctor me había dado regalos de pasión, emoción y cultura mientras estuvimos juntos, Olivia me había dado un espejo en el que podía verme a mí misma y a mi vida. Y tal vez ella nunca sería mi amiga. Pero era, lo decidí ese día, mi hermana. Ella no había tenido la intención de matarlo. Había cometido un error que tendría que luchar para perdonarse el resto de su vida. Héctor se había ido, pero yo todavía podía salvarla a ella.

De hecho, mientras más la veía llorar y emocionarse mientras le contaba algunos de los detalles más divertidos de mi sueño de las últimas semanas, me di cuenta de que compartir esos recuerdos era un alivio para ella, que debió extrañarlo desesperadamente todas esas semanas. Yo estaba segura de que ella merecía salvarse, así que, de alguna manera, la convencí de que no se entregara, y de que no "se hiciese problema", porque yo siempre guardaría su secreto.

Capítulo 30

El letrero blanco y negro a la entrada del nuevo restaurante de Jorge estuvo a punto de decir "Mariela's", escrito en grandes letras y, debajo en cursiva, en una letra más pequeña, "Un restaurante de la comunidad bohemia". En cambio, encima del pórtico de concreto con vigas de madera descansa un letrero más apropiado, en el que simplemente se lee: "Sí", que en inglés suena como la palabra *see,* es decir, "ver". A mí no se me ocurrió. Se le ocurrió a Jorge y a mí me encanta.

Me fascina su doble significado, su mensaje: que le digamos que sí a nuestra capacidad para *ver* lo que nos rodea, pero también lo que nos llena por dentro, sí a estar despiertos, a enfrentar las cosas, a ser más felices de lo que jamás pensamos posible. Me encanta saber cuán claramente Jorge me ha visto siempre. Tiene que ser así, para que se le haya ocurrido ese nombre.

Yo también he comenzado a ver, con cada día que pasa, cuánto nos queremos, cuántas vueltas hemos dado en círculos uno alrededor del otro, para terminar aquí, juntos, donde ambos queremos estar.

Ahora observo el enorme plato frente a mí. La superficie de la pequeña mesa redonda de concreto gris tiene pequeños pedazos de loza reciclada incrustados por aquí y por allá. El plato es de porcelana blanca, pero tiene una forma redonda irregular, y es de un material entre la piedra y el vidrio, muy hermoso. En una parte del plato hay siete rodajas finas de queso de cabra y de oveja, Jarlsberg, manchego, gruyer y otros que no reconozco. En la otra hay trozos de aguacate en forma de luna en cuarto menguante rociados con aceite de oliva y salpicados con una sal rostizada ahumada tan gruesa que puedo verla sin esfuerzo; su color, el del azúcar morena. Una pequeñísima fuente llena de mermelada de membrillo ocupa el centro del plato; la delicada empuñadura de una pequeña cuchara de plata sobresale de ella como una lengua a punto de lamerse los labios. Este plato, la tabla de madera rústica en la que descansa un baguette recién salido del horno y la botella alta de vidrio llena de agua fresca en la que flotan rodajas de limón, me parecen, en este momento, todo lo que necesito para sentirme la más bendecida de las mujeres.

El lugar ha cobrado vida que se siente orgánica, no creada. Y aunque sus detalles, todos ellos, son maravillosos, para mí lo más hermoso, lo que me hace sonreír cada vez que miro es la escultura de Gustavo, la que comenzó con la intención de participar en el concurso de la Agencia de Desarrollo de la Pequeña Habana, pero que al final decidió obsequiar a Jorge como regalo por la apertura de su restaurante. La pieza está hecha con los pedazos de su corazón roto, su sentimiento, su esencia, plasmados en ella, y quizás por eso es tan hermosa.

Es enorme, del tamaño de una persona, hecha con esferas de metales, con curvas y remolinos de diferentes tamaños. En algunas partes el metal oxidado cambia de color, yendo de los tonos marrón oscuro del chocolate más puro al amarillo mostaza, al turquesa y al más profundo azul celeste en otras.

Para la apertura de hoy, él ha colocado una delgada pieza de gasa del color de la arena húmeda y, sobre ella, un translúcido vestido de verano, de manera que si te paras a pocos pasos de ella, puedes ver que se trata de una mujer abrazando algo contra su pecho. Es una madre, con las espirales de sus "rizos" volando en el viento. Está colocada a la entrada, pero de tal manera que en vez de mirar a la calle, como dando la bienvenida a los invitados según van llegando, ella parece acercarse con ellos, como si llegara a casa en busca de alguien a quien quiere. Comiendo queso con pan y aguacate, la miro y siento unos deseos inmensos de tocarla y de rezarle, aunque sólo sea como un símbolo de nosotras, todas, las mujeres.

Y lo haré un día de estos, pero no ahora. Ahora estoy sentada, disfrutando de la comida, de la brisa, de la sonrisa de Jorge recibiendo a sus clientes e invitados, que de vez en cuando me busca con la mirada para sonreírme. Gustavo está a su lado y todos en el lugar se sorprenden y se maravillan ante la sencilla y sofisticada belleza de todo.

Y entonces la veo, como si la estatua hubiera hecho que el sueño de Gustavo se hiciera realidad. Abril y Henry cruzan la calle hacia ellos. Yo no puedo dejar de acordarme de Héctor, esperándola en el parque, doblado de dolor, muriendo solo, las tres mujeres de su vida a pocas yardas, todas furiosas con él.

Pero desecho esos pensamientos. Su muerte no fue culpa de Abril, y yo me alegro de que haya venido. Había pensado que no tendría la oportunidad de despedirme de Henry después del ciclón de eventos que había descendido sobre todas nuestras vidas, barriéndolo todo a partir del día en que escuché la confesión de Olivia. No podía creer que casi un mes entero había pasado desde esa mañana que se había convertido en tarde y luego en noche: la última fase de mi búsqueda de la última pieza perdida del rompecabezas que fueron la vida y el matrimonio de Héctor, sus romances y su muerte.

Primero, Olivia me había hecho repetirle el "sueño" de nuevo, como tratando de llenarse de fuerza. Luego, habíamos regresado a los detalles de lo que realmente había pasado. Héctor había estado tratando de provocar una pelea con ella esa noche. Llegamos a la conclusión de que había sido para intimidarla, para que no lo cuestionara sobre a dónde se dirigía a una hora tan avanzada. Fue por eso que actuó de una manera particularmente odiosa. Después de tomarse un trago de la mezcla de belladona y catalogarla como un desperdicio de tiempo y dinero como toda "esa tontería macrobiótica", se fue tan rápido que ella apenas tuvo tiempo de reaccionar. Ella recordó haber pensado que no había nada que hacer: él nunca cambiaría, y pensándolo lloró hasta quedarse dormida.

Alrededor de las seis de la mañana, despertó, desesperándose al descubrir que Héctor no había regresado. Lo llamó al celular una y otra vez, luego llamó a la policía y, después que la policía le dijo que él no llevaba suficiente tiempo desaparecido para hacer un reporte, empezó a llamar a los hospitales. Su diligencia hizo su inocencia más plausible ante los ojos de los detectives que investigaban el caso. En algún momento alrededor de las siete de esa mañana, escuchó los gritos y el estruendo de la gente, y lo supo, aun antes de que la policía llamara a su puerta.

—¿Cómo es posible que no encontraran la belladona? ¿La botaste a la basura?

—No había más belladona que encontrar. Boté la bolsa en la que venía cuando la compré y la había ido secando en bolsas de papel de la floristería. Y sabiendo que mi remedio jamás llegaría a manos del chico, a juzgar por la actitud de su madre ese día, lo que Héctor no consumió desapareció cuando lavé los platos luego de que él se fue dando un portazo. Ya nada quedaba cuando los policías preguntaron si podían revisar "informalmente" el apartamento.

Mientras Olivia hablaba, recordé aquella mañana de mi cumpleaños en la que me corté el cabello y caminé hasta Tinta en busca de café y de Jorge, sin sospechar que los insistentes pensamientos sobre Héctor que se negaban a salir de mi cabeza a esas horas tan tempranas tenían que ver más con su muerte que con nuestra ruptura.

—Por un tiempo, la policía creyó que lo habían asaltado y yo me sentí de algún modo aliviada de que hubiera sido un atraco, de que yo no lo hubiera lastimado, o fallado en salvarlo de él mismo, de mí —dijo ella.

Mientras hablábamos, ella seguía insistiendo en que la única forma de redimirse, de poder vivir con ella misma era entregándose.

—¿No sería mejor que hicieras algo productivo en lugar de eso?

—¿Cómo qué?

—¿Qué tal si arreglas las cosas con Abril? Asegúrate de que Henry reciba una manutención, dedica tu vida a producir nuevos remedios que ayuden a la gente, no sé. ¿Qué bien le haría a Héctor que tú termines en la cárcel? Tú misma dijiste que él se fue casi inmediatamente después de haber tomado la belladona. Si no hubieras estado tan angustiada, le hubieras advertido, ¿no es cierto?

Mi comentario la hizo llorar de nuevo, y dijo:

—Yo realmente lo hubiera hecho, Mariela. Estaba enojada, pero en realidad nunca podría haberlo matado.

Por supuesto, ambas sabíamos que lo habría hecho, que en el momento quiso hacerlo. Fue sólo durante ese segundo, pero había bastado. Ella lo amó toda su vida, pero un instante de odio se apoderó de ella y la derrotó.

Yo seguí hablando, pensando que había una alta probabilidad de que me escuchara. El hecho de que no se hubiera entregado cuando le dieron los resultados de la autopsia sólo quería decir que había estado demasiado atemorizada o que tenía demasiado miedo y no era capaz. Todo lo que yo necesitaba hacer ahora era darle una buena razón para que no hiciera lo que ella consideraba que era "lo correcto". En lugar de eso, tenía que darle otra opción, algo mejor que entregarse, pero que también fuera "lo correcto", y le permitiera redimirse.

Así fue como se registraron los papeles que le dieron a Henry un nuevo apellido, Ferro, y unos cuantos bonos del tesoro de Estados Unidos para hacerle juego y garantizar sus estudios.

También recibió la colección de libros antiguos de su padre y más dinero, que llegaría cuando se vendiera la librería y la herencia de Héctor fuera distribuida.

Olivia decidió regresar a Argentina para estar cerca de su familia, y Abril decidió regresar a Nueva York con el mismo objetivo. Aparentemente, en algún momento ella y el resto de Coffee Park habían decidido dejar de odiarme y temerme, aun cuando nadie se enteró jamás de cómo fue que Héctor murió exactamente.

Ahora Abril iba a comenzar de nuevo en Nueva York, lejos de este lugar que ya no tenía ningún significado para ella. Me lo había venido a decir personalmente días atrás, y a darme las gracias aunque no contestó cuando le pregunté "¿De qué?", ni quiso entrar en detalles, como si todo estuviera sobrentendido y confiara en que yo también la perdonaría, que entendería el enorme resentimiento y confusión en que había vivido desde mucho antes de conocerme.

—Me voy para Nueva York —decía Henry ahora, tratando de saltar a mis brazos con todo y zapatos ortopédicos, antes de que yo pudiera recorrer el camino de mi mesa a la entrada donde ellos estaban.

—Sí, lo sé, mi cielo. ¿Estás emocionado?

Henry sonrió ampliamente y asintió como si estuviera tratando de hacer que la cabeza se le desprendiera del cuello.

—Recuerda lo que te dije.

Era Gustavo, quien se había acercado, seguido por Abril.

—¿Que cuide mucho a mi mamá? —preguntó Henry.

—Sí. Que cuides a tu mamá y estudies mucho —contestó Gustavo.

—Yo siempre estudio mucho. Estudio tanto que…

No pudo terminar la frase porque Gustavo lo abrazaba tan fuerte que temí por la respiración del niño.

—Hey, me estás apretando. ¡Suéltame!

—Lo siento, brothercito —dijo Gustavo.

—No es cool —dijo Henry, alisando su pequeña guayabera.

—Tienes razón. Lo siento. Perdóname.

—Está bien. Por lo menos no lloraste.

—Un hombre puede llorar y ser un hombre, Henry. No lo olvides —dijo Gustavo.

—Yo sé. Yo lloro algunas veces también —dijo Henry, y entonces susurró, señalando hacia Abril y hacia mí con la barbilla—. Pero no enfrente de ellas.

Lo cual nos hizo sonreír a todos.

Justo en ese momento apareció Iris, enfundada en un fabuloso vestido de tejido de punto rosa y zapatos altos de lentejuelas plateadas.

Muy pronto nos sentamos todos a cenar, mientras Jorge se acercaba cada cierto tiempo con más comida para todos y un beso para mí, lo que hizo que nadie en aquella mesa me creyera cuando dije que lo estábamos "tomando suave", viendo cómo se desarrollaba la relación.

Mirándolo atender a todo el mundo, recordé una noche después de aquélla en la que fuimos al parque y le hablé de Héctor. Estaba esperándome, sentado en las escaleras de la entrada de mi portal, y me dijo que había escuchado ruidos en el apartamento vacío que había sido de Ellie, ése que yo no había terminado de arreglar, a pesar de que necesitaba el dinero que me daría su alquiler.

—Tal vez deberíamos revisar el apartamento —dijo.

—¿Tú crees que Ellie haya podido entrar?

—No sé, pero deberíamos revisarlo —insistió.

—Está bien, déjame ir por las llaves.

Entramos y fue como si estuviéramos en un apartamento 3 completamente diferente a aquél en el que había vivido Ellie, porque cada rincón estaba impecablemente limpio.

—¿Qué pasó aquí? —dije sin dejar de mirar los productos de limpieza que yo había comprado la mañana de la muerte de Héctor, bien ordenados sobre el mostrador de la cocina, todos a medio usar.

—¿Te gusta? Iris dijo que sólo necesitaba un poco de limpieza. Fantástico, ¿eh?

—¿Estás bromeando? Está increíble. No puedo creer que Iris y tú hicieran todo esto. ¡Estoy sin habla!

—Gustavo también ayudó.

—¡Esto es increíble! ¡Te amo! ¡Y a Gustavo! ¡Y a Iris!

Y lo dije con sinceridad, sintiéndome querida y agradecida, y riendo cuando Jorge dijo que preferiría que lo amara solamente a él, pero que me compartiría con Iris y Gustavo por ese momento.

Era el mismo sentimiento que sentía ahora, en el restaurante de Jorge, rodeada por estos seres que amo, que llevo en mi corazón. Sentada entre ellos, me permití flotar, casi como si mi alma se elevara sobre mi cuerpo para mirar la escena, para verme ser feliz, para nunca olvidar esa sensación, y poderme recordar que era posible cuando yo necesitara reafirmación.

También sentí a mi madre muy cerca de mí esa noche. Era un sentimiento que se había hecho más frecuente en el último mes, y que sólo puedo describirte como una profunda sensación de bienestar. Era un sentimiento tan pleno, que ni siquiera necesité invocarla o hablarle para saber que su esencia siempre estaría conmigo, que era y siempre sería su hija adorada.

Y aunque esa noche no me imaginé convirtiendo mi clarividencia en una carrera, sí podía verla siendo parte de mi vida de nuevo, podía verme ayudando a las personas a hacer lo que ellas aún no sabían cómo hacer por sí mismas, o sentían temor de hacer. Me veía amando y sintiéndome orgullosa de hacer lo que mi primer esposo me reprochó una vez, como si fuera un pecado: "conversando y perdiendo el tiempo haciendo amistad con los inquilinos". En otras palabras, lo que yo llamaba hacer comunidad, valorando ser parte de ella.

Y ahí estábamos, todos: Gustavo, Abril, Henry, Iris y yo, celebrando el restaurante de Jorge, su sueño hecho realidad, diciéndole adiós a Henry y a Abril con el corazón lleno de amor, comiendo, bebiendo, recordando y riendo, sintiendo la adrenalina agridulce de los nuevos comienzos, soñando con los giros que nuestras vidas estaban a punto de dar, disfrutando esta última oportunidad de estar juntos, bajo el cielo iluminado de luna de Coffee Park.

Fotografía de la autora: Javier Romero.

ANJANETTE DELGADO

Es una destacada escritora y periodista de origen puertorriqueño, residente en Miami. Ha colaborado en importantes medios de comunicación, como NBC, CNN, NPR, HBO, Univisión, Telemundo y *Vogue*, entre otros. Ha realizado coberturas de elecciones presidenciales, golpes de estado, Juegos Olímpicos, los ataques terroristas del 9/11, y se desempeñó como productora ejecutiva durante la guerra de Irak. Fue ganadora de un premio Emmy por su trabajo de interés humano en la serie "Madres en la lejanía", presentando a mujeres latinas que dejaban a sus propios hijos para viajar a Estados Unidos y trabajar como niñeras indocumentadas. Con la publicación de *La píldora del mal amor*, su primera novela, ganó el Premio Internacional del Libro Latino Romántico en Inglés, la Triple Corona por Mejor Libro Romántico en español, así como el primer lugar por Mejor Libro Romántico Latino de "Books into Movies".